제17회 수필의 날 기념

밖에서 본

대구

유혜자, 정목일, 지연희 외 지음
수필인의 수필집

초판 발행 2017년 9월 1일
지은이 유혜자,정목일,지연희 외 **펴낸이** 안창현 **펴낸곳** 코드미디어
북 디자인 Micky Ahn **교정 교열** 백이랑

등록 2001년 3월 7일 **등록번호** 제 25100-2001-5호
주소 서울시 은평구 갈현로 318-1 1층
전화 02-6326-1402 **팩스** 02-388-1302
전자우편 codmedia@codmedia.com

ISBN 979-11-86104-65-1 03810

정가 12,000원

제17회 수필의 날 기념

밖에서 본

대구

갓바위

팔공산

도동서원

동화사

동산동 의료선교 박물관

대구수목원

파계사

대구 gallery

국채보상운동기념공원

부인사　계산성당

녹동서원

서상돈 고택

이상화 시인 고택

김광석 거리

대구타워

풍등축제

대구스타디움

대구오페라하우스

근대골목

달성습지

대구, 수필문학 언어의 그릇에 담겨
역사 속에 흐를 것

㈜한국문인협회 수필분과회장
지 연 희

　　무더위가 절정에 이르고 있습니다. 깊은 가뭄의 시간을 지나 장마가 이어지더니 불볕더위가 활화산처럼 대지를 뜨겁게 달굽니다. 수필문학의 농사를 평생의 업으로 짓고 계신 회원 여러분의 창작의 방은 그럼에도 풍성하시리라 믿습니다. 지난 4/14~15일 1박 2일의 제17회 수필의 날은 400여 회원여러분의 참여로 성공적인 성과를 이룰 수 있었습니다. 근 현대문화예술의 튼실한 뿌리를 내장하고 있는 대구 제17회 수필의 날은 대구문인협회, 대구수필가협회 여러분의 배려로 잘 치를 수 있었습니다.

　　무엇보다 수필문학 발전에 투신하고 계신 회원 여러분의 관심과 애정은 미래 수필문학을 여는 밑거름이라고 생각합니다. 금년 들어 열일곱 해의 시간을 맞이하고 있는 전국 수필의 날이 서로 만나 수필문학의 현재를 확인하고 미래를 설계하는 기회가 되기를 기대하게 됩니다. 열일곱 번의 수필의 날, 이제 그 역사적 시간이 안고 있는 의미만으로도 수필인 모두가 내일을 향해 젊어지고 갈 삶의 이유가 될 것이라 생각합니다. 오직 수필인들 만의 특별한 잔치로 이날을 기다리는 회원들의 참여는 해를 거듭하며 확장되고 있습니다.

　문학인의 길은 고통의 길이라고 합니다. 글을 쓴다는 일은 고통을 수반하는 일이어서 고통을 감내하지 않고서는 문학인이 될 수 없다는 말이기도 합니다. 한 편 한 편의 좋은 수필을 생산하기 위하여 어쩜 오늘도 밤낮을 밝히고 계실 회원여러분의 문운을 빕니다. 더 발전하는 수필문학, 더 큰 자존을 세울 수 있는 수필문학인을 위하는 일에 매진할 것을 약속드립니다. 다시 한 번 대구 수필의 날을 성공적으로 치를 수 있도록 물심양면으로 노력해 주신 대구문인협회, 대구수필가협회 회원여러분들에게 감사드립니다.

　오늘은 1박 2일 대구 여정의 흔적을 모아 한 권의 수필집을 발간하게 되어 더욱 의미가 있습니다. 그저 스쳐 지날 수 있는 대구문화예술의 다양한 면모를 짚어주신 회원여러분의 노고에 감사드립니다. 문화와 문학이 어우러진 오늘의 이 대구 짚어보기는 한국수필문학의 현주소이며 시대의 역사를 재조명하는 깊은 의미가 됩니다. 언젠가 수필문학 언어로 조명된 이 이야기들은 새로운 깊이의 수필문학 그릇에 담겨 역사 속에 흐를 것입니다. 1박 2일 동안의 대구 체류는 최선의 힘으로 맞이해 주신 대구문인협회, 대구수필가협회 회원들의 배려로 행복한 여정이었습니다.

'밖에서 본 대구' 기행수필집
발간을 축하드리며

대구광역시장 **권영진**

　　전국의 수필가들이 우리 지역의 명소를 둘러보고 그 소감을 진솔하게 쓴 기행수필집 『밖에서 본 대구』 발간을 250만 대구시민과 함께 진심으로 축하드리며 감사의 말씀을 드립니다.

　지난 4월 문향의 도시 대구에서 개최된 제17회 전국 수필의 날 「대구문화예술, 한국수필 중심에 서다」를 기획하고, 오늘 기행수필집 발간에 힘써주신 지연희 수필의 날 운영위원회 위원장님을 비롯한 관계자 여러분의 노고에도 감사드립니다.

　예로부터 우리 지역은 신라, 가야, 불교문화의 중심지로 다양한 문화가 서로 영향을 주고받으며 대구만의 고유한 지역 문화를 형성해왔습니다. 지역 곳곳에는 선사시대부터 삼국, 고려, 조선시대 등 오랜 역사와 문화를 자랑하는 문화유적들이 숨 쉬고 있고, 근대골목투어, 근대로의 여정 등 다양한 이야깃거리도 있습니다. 이와 함께 한국 문단사에 길이 남을 민족시인 이상화, 백기만, 소설가 현진건 등 수많은 지역출신 문인들이 대구를 중심으로 한국 근·현대 문학을 꽃피웠으며, 그로써 대구는 민족정신을 일깨워 온 문화의 터전이기도 했습니다.

우리 선조들의 삶의 지혜와 애환이 녹아 있는 이러한 문화유산은 과거와 현재를 이어주는 연결고리이자 미래로 나아갈 수 있는 밑거름이 되는 값진 자산입니다. 지역 구석구석에 잠자고 있는 지역 문화의 흔적과 스토리를 재조명하고 새로운 가치를 부여해 주신 여러분의 수고에 큰 박수를 보내며, 이러한 노력들이 대구시민의 삶을 훨씬 더 풍요롭고 윤택하게 할 것이라 기대합니다.

이 책이 발간되기까지 수고를 아끼시지 않으신 대구문인협회 장호병 회장님과 관계자 여러분께 격려와 찬사를 보내며, 감동적인 작품을 내어주신 작가 여러분께도 고마움을 전합니다. 한국문인협회 수필분과의 건승과 무궁한 발전을 기원합니다. 감사합니다.

2017년 9월 1일

대구광역시장 권영진

환영의 말씀

대구문인협회장
장호병

　　제17회 수필의 날 행사를 위하여 대구를 방문하고 기행수필집에 옥고를 투고해주신 수필가 여러분을 마음 모아 환영합니다. 2008년 제8회 수필의 날 행사를 대구에서 가진 지 꼭 9년 만입니다.

　　1945년 조국 광복에서 6.25 한국전쟁기까지 대구는 한국현대문학의 중요한 담론의 공간이었습니다. 일제의 압제에서 벗어나면서 우리가 가장 먼저 되찾은 것이 말과 글이었습니다. 대구에서는 1945년 10월 석우 이윤수 선생에 의해 죽순시인구락부가 창립되었고 이듬해 4월에는 『아동』 5월에는 월간 시전문지 『죽순』 6월에는 『새싹』이 창간되었습니다.

　　당시 대구는 사상적으로 좌우익이 첨예하게 대립하여 전국문화단체총연합회(全國文化團體總聯合會: 이하 문총) 대구지부 발족조차 흐지부지된 상태였습니다. 다행히 『죽순』이 서울이나 타 지방 문인들과의 가교 역할을 해 오던 중이었습니다.

　　『죽순』이라는 뚜렷한 구심점이 있었기에 대구의 문학인을 비롯한 문화예술인들은 6·25 피란문인들이 몰려왔을 때 이들의 뒷바라지와 교류, 나아가 문총구국대, 종군작가단의 활동에도 적극적으로 참여할 수 있었습니다.

상화와 고월에서 한 자씩을 딴 상고예술학원이 전쟁 기간 중에 설립되어 전문예술교육을 실시하였으며 이후 그 뜻은 서라벌예술대학, 서울예술전문학교로 이어졌습니다. 한국문학사에 빛나는 이런 획을 그을 만한 굵직한 일들은 대구의 문인들과 전국의 문인들이 함께하였기에 빛났습니다. 외지인에 대한 후한 인정, 새로움을 받아들여 더욱 새롭게 만드는 대구인 특유의 융화력에 힘입은 바 큽니다.

서울수복과 휴전으로 문화예술인들이 일거에 빠져나가 대구예술계가 황량해지자 1955년 7월 최해운 시인이 『예술집단』이란 무크지를 창간하여 대구예술의 도약을 꿈꿨습니다. 6.25 '전시문단'은 학생들의 동인활동으로 불이 옮겨붙음으로써 대구의 문학은 저변이 두터워졌으며, 1990년대와 2000년대 대구문학의 주역으로 활동한 많은 문사들이 이들 동인 출신입니다.

죽순(1946), 대구아동문학회(1957), 영남시조문학회(1965), 경북수필동인회(1968) 등 전문 장르별 문학동인이 최고, 최장수 동인지로 이름을 날리는 것 또한 대구 전시문단의 영향과 무관하지 않을 것입니다. 전국수필공모전에서 대구 지역 작가들이 한때 입상을 석권하는 등 대구는 수필계에서 크게 주목을 받았습니다. 동인을 비롯한 수필문학단체 15개, 수필 전문지 2개, 수필문학관 1개소 등이 300여 명 대구수필가들에게 유기적으로 작용하고 있습니다.

대구문학관, 향토문학관, 한국수필문학관을 둘러보셨습니다. 아직 미흡한 점이 많습니다. 세미나 후 대구의 문화자산 투어 등을 통한 대구방문기가 '대구 톺아보기'로 발간되어 대구의 문화예술인, 수필가들에게 신선한 자극을 줄 것으로 믿습니다. 대구에서의 추억이 보람과 기쁨으로 오래 자리하기를 기원합니다.

장호병

contents

수필문학 세미나

제17회 수필의 날 기념

밖에서 본

대구

　　대구에서 하룻밤 묵으면서 달성공원 앞 새벽시장을 구경하기로 마음먹었다. 달성공원 근처에 숙소를 잡았다. 새벽 4시에 잠이 깨었다. 잠을 더 자기도 그렇고 하여 세수를 하고 창밖을 내다본다.

　　별이 빛난다. 푸른빛이 감돌고 그믐달은 하늘가로 밀려 희미하다. 어둠은 빌딩숲을 뭉툭하게 감싸고 있다. 무덕무덕 다가오는 빌딩은 농도 짙은 수묵화다. 뭉툭한 어둠의 덩어리 위에서 이따금씩 붉은 불빛이 깜박인다. 한 송이 장미 같다. 밤의 정적이 하늘을 향해 살아 있음을 알리는 맥박 같기도 하다.

　　다른 쪽을 본다. 무리를 지은 여러 동의 아파트가 검은 물감을 뚝뚝 흘리며 난공불락의 성채처럼 홀연히 서 있다. 그 어둠을 보는 순간 마음이 안정된다. 기분이 좋아진다. 평화롭다. 가슴이 텅 비어버리고 온몸이 깃털처럼 가벼워지는 행복감을 느낀다. 다음 순간 커다란 어둠의 덩어리는 고래가 되어 나의 몸과 마음을 쭉~ 빨아들인다. 항거할 수 없는 마력이다. 나는 은연중에 그것을 즐기고 있다. 마치 기다리기라도 한 것처럼.

　　시야를 꽉 채운 빌딩 숲을 눈으로 훑어가며 하늘 닿은 끝자락을 감상한다.

들쭉날쭉 끝없이 펼쳐진 빌딩 위로 하늘은 희미하게 내려앉았다. 사람의 힘으로 높이 올린 모든 시설물들이 남긴 공간을 꽉 채운다. 하늘의 아랫자락을 본다. 깜빡이며 건물의 끝을 알리는 꽃 같은 비상등, 건물 높이 매달린 네온 사인, 간혹 불 켜진 방들은 수채화처럼 아름답다. 검은 성채 아래쪽을 훑어본다. 어둠을 나사못처럼 헤집고 들어서는 자동차 헤드라이트와 줄지어 서 있는 가로등 불빛이 나그네의 마음을 어루만진다.

새벽 5시, 달성공원 쪽으로 난 4차선 도로가 희미하게 드러난다. 어둠이 채 가시지 않은 번개시장으로 향했다. 어스름한 어둠 속에서 내 쪽으로 예리한 빛을 발산하는 붉은 빛이 있다. 한 떨기 장미처럼 아름다운 꽃이다. 어둠을 관통하는 날카로운 송곳이다. 맹렬하게 다가오는 그 기세에 눈은 감기고 정신은 아득해진다.

불빛 아래가 시장인 모양이다. 조금 더 걷다보니 움직이는 사람들이 보인다. 붉게 밝힌 백열등과 그 아래 하얀 빛의 형광등, 어렴풋이 움직이고 있는 사람들, 알아들을 수는 없지만 소란스러운 소리들, 대구의 아침을 여는 상쾌한 모습이다. 이 시간이면 나는 아직 잠자리에 있을 때가 많다. 살아가기 위해 이른 새벽부터 부지런히 움직이는 사람들을 보니 부끄러운 마음마저 든다.

짠한 마음으로 길 양쪽에서 부지런히 움직이는 사람들을 바라본다. 달성공원 정문까지의 4차선 도로 양쪽에 노점이 들어서고 있다. 길이는 약 300미터 정도. 4차선 도로 양쪽 보도에 겨우 한 사람이 지나다닐 정도의 공간만 남기고 좌판을 놓기 시작한다. 나는 물건을 사러 온 것이 아니라 새벽시장의 산뜻한 공기와 사람냄새 나는 분위기, 생동감 넘치는 활력을 얻기 위해 찾아 온 유람객이다. 느긋하고 자유롭게 공원 정문까지 걸어 본다. 다시 반대편 보도로 건너가 원래 출발지로 되돌아왔다. 상품이 어느 정도 진열된 뒤에 나는 다시 거리를 돌아본다.

　도로 양쪽에 줄지어 선 좌판마다 상품 앞에 가격표가 붙어있다. 1,000원, 2,000원, 3,000원. 종이상자를 뜯어서 멀리서도 잘 볼 수 있도록 매직펜으로 굵직하게 썼다. 대부분 1,000원짜리다. 등산복을 파는 곳을 제외하고는 3,000원 이상의 팻말을 보기 힘들다. 가지지 못한 자에게 용기와 희망을 주는 곳이다.

　매서운 겨울의 맛이 채 가시지 않은 4월의 아침이다. 파란 망사나 비닐포대 속의 대파와 배추, 고추 등의 채소들이 얼어 있다는 기분이 든다. 그 옆에는 묵나물이 먹음직한 모양으로 진열되고 있다. 진열을 마친 할머니는 손이 곱은지 장갑 낀 손을 입으로 호호 불고 있다. 어지간한 채소전을 방불케 한다. 그 옆으로는 우리가 어느 장마당에서나 흔히 볼 수 있는 농산물과 잡화들이 놓여있다. 조금 더 걸어가자 어묵과 떡볶이가 김을 모락모락 피우고 있다. 막걸리 한 잔이 딱 어울리는 곳이다.

　등산복을 파는 곳, 냉동 고등어와 냉동 게를 파는 곳, 골동품 같은 것을 파는 곳, 몇천 원에 한 끼 식사를 할 수 있는 식당 등 마산의 어시장 앞 새벽시장이나 대거리 번개시장과 비슷하다. 그런데도 더 정겹다는 생각이 드는 것은 아마도 종이상자를 찢어서 써 붙인 가격표 때문인 것 같다.

시간이 지날수록 모여드는 사람들의 숫자가 점점 늘어간다. 사람들의 얼굴에서는 생기가 돈다. 나도 덩달아 기분이 좋아진다. 가슴이 시원해지더니 아랫도리가 가벼워진다. 지나가는 사람 아무나 붙들고 말을 걸고 싶어진다. 인간적인 교감이 이루어지는 곳이다.

김이 모락모락 오르는 어묵국물을 마시며 생각에 젖는다. 시장에서 능력은 호주머니 속의 돈이다. 여기서는 1,000원짜리 한 장 내밀 수 있는 능력이면 당당할 수 있다. 내가 가진 자유와 교환한 윤택함은 개나 주어야 할 사치에 불과하다. 여기서 잠시나마 자유와 실존이 일치할 수 있다는 생각을 해본다.

나는 무빙 워크나 엘리베이터를 타고 위층 아래층으로 이동하면서 훈련 받은 대로 움직이는 인형 같은 점원들의 도움을 받기도 한다. 그들의 계산되고 형식적인 친절에 감사하는 척 하며, 착시현상을 유도하는 진열들에 속기도 한다. 꾸밈없이 맨 얼굴로 수수하게 놓여있는 시골 아낙네 같은 상품 앞에 섰다. 그 소박하고 진실 된 모습에 충격을 받는다.

참 재미있는 시장이다. 원하는 자리에서, 팔고 싶은 물건을 팔면 되는 시장. 자리가 없으면 이어진 골목 다른 곳에 좌판을 펴면 된다. 시장은 그렇게 이루어진다. 상품의 가격은 1,000원, 2,000원 짜리가 중심이니까 더 이상 깎을 것도 없다. 호주머니 사정에 따라 대접이 다른 일도 일어나지 않는다.

자기의 의지와 선택으로 살 수 있는 물건이 많은 곳이다. 이곳에서만은 자기가 자기의 주인이 될 수 있을 것 같다. 그러니 모두의 얼굴에 생기가 돌 수밖에. 아는 사람 하나 없어도 자기가 자기의 주인이라는 생각을 가진 이상 외롭지 않다. 모두가 이웃 같다.

1,000원짜리 가격표 앞에서 마음에 이는 물욕 하나 다스리지 못한 내가 한없이 부끄러워진다. 많이 가진 사람들 앞에 내어놓기는 부끄럽지만 내가 가진 것이 너무 많다는 생각도 든다. "그래, 내가 손해 본다는 생각으로 한 번 살아보자. 자유가 곧 실존인 생활을…" 잠들기 힘든 길고 긴 밤의 터널을 지나온 기분이다. 시장의 초입에서 백열등의 붉은 빛이 예리한 송곳이 되어 눈과 가슴을 찌르던 그 의미를 알 것 같기도 하다. 가슴이 후련해진다. 조용히 일어나 어둠이 가신 동쪽 하늘을 쳐다본다. 태양이 붉다. 세상의 어둠을 파고드는 백열전등 같다.

강대진
경남 하동 출생. 『한국수필』 등단. 수상: 제7회 올해의 수필작가상(월간 한국수필). 한국수필가협회, 한국수필작가회, 경남수필, 한국문인협회, 경남문인협회, 마산문인협회, 하동문인협회 회원

수필의 날 단상斷想

고동주

　　2017년 4월 14일, 대구문화예술회관에서 제17회 '수필의 날' 행사가 있었다. 수필의 날 운영위원회가 주최하고, 대구광역시와 대구문인협회를 비롯한 여러 유관단체에서 후원한 행사였다. 전국에서 수백 명의 수필가가 고루 참석하여 풍성한 분위기가 조성되었다. 수필의 날이야말로 친교의 기회이자 수필문학의 미래를 향한 발전적인 역사의 장이라는 인상이 풍겼다. 특히 해마다 전국 여러 지방으로 옮겨가면서 기념식을 갖는다는 것은 수필세계의 폭을 넓혀가는 데도 크게 기여하리라 생각되었다.

　　제1부 개회식이 시작되고, '제10회 올해의 수필인 상' 시상도 있었다. 수상자 석에는 수필가 반숙자 씨와 내가 가지런히 서서 상을 받고, 수상소감까지 각각 발표하게 되었다. 소감을 말할 때, 부족한 점이 너무 많아 부끄러운 생각이 앞섰다. 그러면서 한편으로는 담담하면서도 자랑스러운 기분이기도 했다. 그 이유는 이 상을 받겠다고 덤비지도 않았거니와, 본인도 모르는 사이에 수상자로 결정되었다는 사실 때문인 것 같았다.

　　어느 날, 뜻밖에 지연희 수필의 날 운영위원장께서 전화가 왔다. 내용인즉

'올해의 수필인 상' 수상자로 결정되었으니 수상 소감을 써 내라는 날벼락이었다. 약간 당황하기는 했지만, 바람직한 방법이라 생각되었고, 이런 전통이 이어진다면 미래 수필문학의 지표가 바로 서겠다는 확신이 마음을 스쳤다.

오늘날 수상 풍토 중, '내가 꼭 수상을 해야 하겠다'는 욕심 때문에 불미스러운 결과를 빚어내는 분위기와는 상관없는 방법이라, 오히려 떳떳하게 생각되었다. 그런데 나는 수필의 실력도 실력이지만, 처신까지도 많이 부족한 것이 문제인 것 같다. 수상자쯤 되었으면, 주최 측에서 마련한 행사에는 끝까지 참석해야 마땅한데, 그럴 처지가 못 되는 것이 문제였다. 이유인즉 통영에서 지도를 맡고 있는 '물목문학회'에서 축하차 동행한 회원들이 많아, 별도로 숙박할 처지도 못되고 당일 그 일행과 같이 귀향해야 할 사정이었다. 그런 관계로 운영위원회에서 마련된 프로그램의 제3부 행사와 다음 날 6대의 버스에 분승하여 대구의 명승지를 탐방하는데 동참하지 못하게 되었으니 말이다. 그런 이유로 제2부 순서인 세미나까지만 마치고, 어둡기 전에 통영 일행끼리만 가까운 '대구수목원'을 한번 둘러보고 내려가기로 했다.

수목원에 들어서자 그 규모가 바다처럼 보였다. 바닷가의 비탈진 좁은 땅만 보고 살아온 통영 사람의 시각으로는 상상도 할 수 없는 넓은 평원이기 때문이었으리라. 길게 연결되어 있는 다양한 식물원은 총 27개나 된다는데 그 명칭도 다양했다. 활엽수원, 습지원, 약초원, 분재원, 방향식물원 등. 그 수목원을 차분하게 다 둘러볼 시간이 부족해서 아쉬웠다. 마침 관람객 중에서 안내원처럼 설명을 잘 해주는 분이 있어서 대구 시민인 줄 알고, 언제부터 이

수목원이 개원되었느냐고 물었더니, 약 15년 전이라 했다. 그러면서 이 식물원 전체가 본래 쓰레기 매립장이었다는 것까지 강조했다. 묻지도 않았던 그 말까지 듣는 순간, 조금 전에 방향식물원에서 코끝에 묻었던 향기들이 모두 쓰레기 냄새로 변해버리는 것을 느끼게 되었다.

세상 살면서 남의 허물을 들어내는 것이 나쁘다고들 하지만, 역시 말 못하는 수목들까지도 과거의 흉했던 쓰레기장 모습을 들추어내어 인상을 흐려버리는 것도 온당치 못하다고 생각 되었다.

며칠 후, 대구에 있는 친구에게 그 수목원을 설명한 재료가 있으면 보내달라고 전화를 했더니 책자 몇 권과 최근에 보도된 지역 신문을 보내왔다. 우선 신문을 펼치자 문화면 한 페이지를 장식하는 기사의 제목이 '쓰레기 매립장에 조성한 최초 수목원'이라 되어 있었다. 같이 보내온『대구수목원』이란 책자 표지에도 '우리나라 최초로 쓰레기 매립장에 조성한 수목원'이라는 부제가 붙어 있었다. 수목원은 아무리 아름다워도 15년 전의 오물 냄새를 아직도 벗지 못하고 오히려 만방에 더 강조하고 있음은 무엇 때문일까.

그런 일이 있은 후, 깊이 깨달은 것은 주변에 있는 사람뿐만 아니라, 감성感性이 없는 식물을 비롯한 어떤 대상도, 과거까지를 들추어 비하卑下할 필요가 없다는 것을 느끼게 되었다. 과거야 어쨌든, 현재가 좋으면 좋은 대로 보는 것이 마땅하지 않을까. 하기는, 없는 허물까지 만들어내느라 바쁜 세상인데, 있는 허물 벗기기가 어찌 그렇게 쉬울까마는….

그런 중에서도 우리 수필의 날 운영위원회만은, 과거도 깨끗했고, 현재도 아름답고, 미래도 탄탄대로이니, 무척 다행스럽다. 다만 본인과 같은 경우, 과거의 부족했던 점이 그대로 계속되고 있는 것이 문제이니, 많이 늦었기는 하지만 지금부터라도 최선을 다하는 길만 남았을 뿐이다.

고동주
1988년 경남신문 신춘문예 수필 당선 및 『한국수필』 추천완료. 저서: 수필집 『달빛 닮은 흔적』 외 다수.
수상: 올해의 수필인 상 외 다수. e-mail: kdj3608@hanmail.net

역사와 문화 지킴이, 대구

곽영호

　연년이 이어지는 '수필의 날' 행사에 참석하려고 올해는 대구를 찾는다. 겨울을 벗어던진 4월, 풀싹이 새로 돋아나고 검은 나뭇가지에 꽃이 피어 봄의 기운이 가득하다. 다람쥐쳇바퀴 돌듯하던 일상에서 벗어나 관광버스를 타고 봄의 전원을 달린다. '활짝 핀 배꽃이 이화월백梨花月白하고' 라는 옛시조가 생각나게 하여 어설프게 시심에 잠기게 한다. 순백의 배꽃이 하얀 무대를 군데군데 펼쳐놓았다. 멀리 보이는 검은 산에 하얀산 벚꽃들이 숲속의 요정처럼 나타나 봄의 왈츠를 춘다. 꽃이 봄을 지킨다.

　경부고속도로를 달린다. '황간'이란 지역 안내판이 눈에 들어온다. 어느 수필가의 여행기 중 "황간을 지나 영동을 스쳐 추풍령을 넘는다."란 청소년 시절에 읽었던 문장이 기억난다. '황간', 쉽게 기억되지 않는 지역 이름이다. 높은 지대 덕분에 구름도 울고 넘는다는 추풍령을 쉽게 넘는다. 고갯마루 도로 건설 당시 사고로 세상 떠난 영령들의 위령탑이 힐끗 보여도 누구 하나 눈길조차 주지 않는다. 고개를 넘으니 경상북도 김천. 도시마다 슬로건이 있다. 내 고장은 '사람이 반갑습니다.'인데 김천은 '얼~쑤! 김천'이다. 경상도 느낌이 들어 입 속에서 되뇌어진다.

구미시를 스쳐 지나니 금호강이 마중을 나와 낙동강과 사랑을 나누는 달구벌에 발을 디딘다. 달구벌은 분지다. 안반에 떡을 물 묻은 떡메로 힘차게 내려치면 언저리가 에둘러 불근거리듯 팔공산이 감싸는 분지라서 기온이 높다. 때문에 아침에 보고 왔던 나뭇잎보다 더 푸르다. 왕건이 신라 군사들에 포위되어 체포될 위기에 부하의 옷으로 갈아입고 탈출하였다. 그 후 고려를 건국하고는 여덟 공신의 공을 기리기 위해 그들의 무덤이 있는 산의 이름을 팔공산八公山으로 지어졌다는 내력이다. 경주 남산의 천불 천 탑이 경주를 지키듯 팔공산 명당마다 큰 가람들이 대구를 지킨다. 천주교 박해 당시 쫓기다 살해당한 30여 위의 묘소가 있는 한티재 큰 고개도 팔공산의 아픔이다.

얼마 전에 어느 술자리에서 남해南海에서 나고 자란 또래를 만나 이야기를 나눈 적이 있다. 그는 6·25전쟁 참상을 모르고 말로만 들었다고 한다. 점령지 적의 치하에 들어 폭정에 시달리며 적의 노래를 배웠던 나와는 천지차이다. 동원과 부역으로 나름의 자유가 없는 압제치하, 그가 모르는 치욕의 상태를 나는 아직도 머릿속에 붉은 그림자로 가지고 있다. 전쟁으로 끊어질 듯 끊어질듯하던 난세의 국운과 국토의 명맥을 대구가 지켜주었다. 최후의 보루 대구가 지켜낸 것은 우리역사의 비극이고 대구의 눈물이다.

아우성치는 전쟁의 틈바귀 속에서 전시문학이 싹을 틔워냈다는 것은 휴머니즘이고 기적이다. 군가 한 마디 없는 군대가 맞닥뜨린 전쟁, 대구가 추슬러 새로운 정신을 재무장시켜주었다. 군인들 마음을 다잡는 새로운 군가가 대구에서 만들어지고 흐트러진 군인들이 다시 집결해 튼튼한 군대를 만든 것이 대구다. 대구는 국토를 지키고 문학으로 민족의 정신을 지켰다. 열린 도서관에 비치된 당시의 작품집을 관람했다. 참으로 가난하게 보여 웃음이 나왔지만 담긴 정신이 우리의 끈이고 대구의 자랑이다. 딴청 피듯 하는 경상도 특유의 사랑으로 『톺아보기』라는 대구 문집과 요긴한 필기도구를 선물로 받았다.

대구는 더 오래전부터 민족을 지켰다. 임진왜란 당시 천둥번개 치는 장마 뒤에 버섯이 돋아나듯 최초의 의병이 일어난 곳이 대구다. 기록에 의하면 왜란 당시 전 국토에 우리의 관군은 삼천 명, 소소행장 왜군은 삼만 명 중과부족이다. 난생처음 들어보는 화약 터지는 소리에, 쏜살보다 빠르게 총알이 날아오는 조총에 놀란 관군은 혼비백산 도망가기 바빴다. 관군이 버리고 간 칼을 들고 분연히 민초들이 일어나 게릴라전으로 적군의 보급로를 차단하고 최초로 왜군을 살해한 것이 대구의병이다. 민초들이 분기한 의병정신은 우리헌법전문에 기술할 대상이고 대구가 드러낼 정신이다.

대구 현풍이 나의 관향이다. 의병장 홍의장군 곽재우 장군의 태생지며 장군의 선두 잡이로 의병이 일어난 곳이다. 종사일로 몇 차례 방문한 적이 있다. 여러 씨족 본향이 있지만 유지보존이 잘된 곳으로는 현풍 곽씨 본향이 으뜸이라는 사학자들의 의견이다. 나라에 충성하고 부모에 효도하고 열녀 효부 '십이 정려 각'이 문화재다. 수도권에서는 희귀한 성씨 소리를 듣지만 대구에서는 인정받는 집안이다. 건국 이래 빠짐없이 집안에서 지역정치인을 배출하여 중앙정치무대에 발을 드려 놓는 집안이라 씨족으로 긍지를 느낀다. 행사 다음 날 여러 갈래로 나누어 대구 관광을 한다. 곽씨 집성촌은 4호차 순방 코스라 2호차를 배정 받은 나는 먼발치로 바라 볼 수밖에 없어 아쉬웠다.

김광석 거리가 기억에 남는다. 폭이 2미터 남짓한 좁은 골목으로 길이는 150미터는 족히 되지 싶었다. 가난이 만져지는 골목, 음악인 김광석이 태어나고 자란 곳이다. 한쪽은 높은 담벼락이 골목을 움켜쥐고 있다. 검은 담 벽면에 사진과 노래가사와 악보가 현대적 표현으로 조형되어 있다. 나는 음악을 모른다. 안내자의 말에 의하면 한 시대에 나올까 말까 할 정도로 천재적인 재능이 넘치는 음악인이라고 한다. 요절하였지만 그가 대구를 일류화 시킬 새싹을 만들어 놓고 떠났다고 강조를 한다. 새로움을 창조한 그를 대구 시민이 본받자는 다짐의 거리다. 술 고픈 늙은 나그네는 덤덤히 구름이 되어 스친다. 처음부터 끝까지가 주점인데 술이나 한 잔 걸쳤으면 김광석의 마음이 만져졌을 텐데. 한 잔 할까, 짝꿍이 눈을 똥그랗게 뜬다.

곽영호
경기 수원 출생. 『문파』 등단. 저서: 수필집 『나팔꽃 부부젠라』. e-mail: era3737@hanmail.net

다시 만난 대구

권남희 ●

수필의 날 대구 행사를 위해 답사 차 들렀던 1월의 대구는 의외로 포근했다. 믿음직스러운 장호병 대구문인협회 회장님이 톨게이트까지 마중을 나와 마음이 한결 포근해져서일까. 팔공산에 위치한 숙소부터 행사장이 있는 대구문화예술회관, 박물관, 김광석 거리 등을 들러보는데 감회가 남달랐다.

경상도 감영소재지(1894년까지)에서 현재 광역시로 면모를 세운 대구가 나날이 달라진 얼굴로 사람들을 맞이하니 눈높이가 세계를 향해 열려있다는 인식을 하게 된다. 개인적으로 대구는 90년대 초반부터 여러 차례 방문 기회가 있었다. 누군가를 만나기 위해 들렀던 그 때의 대구는 한사람을 위한 여정으로 이곳 저곳 돌아볼 여유가 없었다. 시간을 쪼개 달려왔기에 이야기를 나누기에도 벅찼던 나의 시간들. 그저 버스 터미널과 그가 머무는 곳으로 한정되어 대구는 오직 특별한 사람의 장소로 남았다.

그렇게 그를 다 알지 못한 채 서로 멀어졌듯 대구는 다시 생소한 얼굴로 돌아갔고, 우리의 젊음도 묻혀 버렸다. 불현듯 다시 방문한 대구는 여러 가지면에서 복합적이면서 퓨전의 도시라는 느낌을 받는다. 예술과 사업과 역사적 자취가 살아 버무려내는 활력들이 대구의 오늘인 것이다. 우리사회의 중심축처럼, 인간의 허리처럼 언제나 중심으로 있는 대구는 굳건하다.

삼국시대에는 중간지점으로 고려와 신라와 백제의 각축장이 되기도 했던 대구가 경주와 다른 이유는 무엇일까 생각한다. 신라를 발굴하며 살아가는 경주보다 대구는 한 집안의 장손처럼 지킴이로 묵묵히 시대를 겪어내는 모습이다. 신라 초기는 달구화현, 달불성으로 불렸던 대구는 689년에 신라의 도읍을 경주에서 달구벌로 옮기려 한 사실도 있었다. 당시 신라의 오악五岳 가운데 팔공산을 중악으로 숭배한 점이 대구의 위상을 말해주고 있다. 그때 도읍이 되었더라면 역사는 달라지고 혹, 우리나라의 운명까지 달라지지 않았을까, 상상을 한다. 이태리 어느 도시처럼 유적의 도시로 세계인을 불러 모아 확장되었을 수도 있고 6·25때 최후의 보루가 되었던 것처럼 그 이전부터 나라의 기운이 모아져 강건해졌을 수도 있다.

대구는 중립을 세우고 의로움을 품어야 살 수 있는 도시였을까. 항일운동의 중심에서 다시 1960년 4·19혁명의 기폭제가 되었던 2.28학생 의거는 민주주의에 뿌리를 내리게 했다. 대구의 남다른 자부심을 엿볼 수 있는 부분이다. 그런 맥락이서인지 다른 지역보다 반골 기운의 문화예술인 활동이 왕성하게 팽창하고 있다. 저력이라 할 수 있는, 그 배경에는 선배들의 문학적 DNA가 면면히 이어져오고 있는 곳이다. 우리나라 최초의 문학동인지 『죽순』이 1945년 창간되었고 지금까지도 그 명맥을 이어오고 있는 것으로 안다. 이상화 시인은 대구문학의 얼굴이다. 전태일 노동운동가도 대구출신으로 일찍이 의식 있는 젊은이의 표상이다. 문학의 인연으로 다시 찾은 대구에서 어떤 힘을 느끼며 용기를 얻는다.

권남희

1987년 『월간문학』 수필 당선 등단. (사)한국수필가협회 편집주간. 덕성여대, MBC아카데미 수필 강의
저서: 수필집 『목마른 도시』, 『육감하이테크』, 『그대 삶의 붉은 포도밭』 등 7권. 수상: 제22회 한국수필
문학상, 제8회 한국문협작가상

대구에 두고 온 낭만

김상미

　　수필의 역사를 만드는 수필의 날 대구행은 나에게 특별했다. 봄이면 앞 다투며 피어나는 꽃처럼 내 가슴 속 추억들도 다양한 색상으로 피어나곤 한다. 나는 '대구'라는 지명을 떠올리면 가장 먼저 그의 얼굴이 떠오른다.

　　나의 청춘시대에 경부선 기차를 타고 대구역에 도착했던 그때도 봄이 무르익어가고 있었다. 그가 편지에 대구 자랑을 하지 않았다면 생각지도 않았을 여행이었다. 대구역으로 마중을 나온 그를 나는 알아차리지 못했다. 처음 만났을 때는 대학교 1학년이었는데 다시 얼굴을 마주한 것은 사회 초년생이 되었으니 그간 흐른 세월을 감지하지 못한 것이다. 시간을 뛰어 넘어왔어도 그의 선한 눈매와 수줍은 미소는 여전했다.

　　처음 그를 만난 것은 호남선 완행열차를 타고 섬 여행을 떠나던 길이었다. 꽃들의 잔치 마당에서 추억을 만들자는 친구들과 용산역에서 열차를 탔다. 표가 매진되어 입석표를 샀으니 객실 안으로 들어갈 이유가 없었다. 우리는 승강구 쪽 넓은 공간을 차지하고 앉았다. 열차가 영등포역을 지나 수원역에 도착했을 때 한 무리의 남학생들이 탔다. 그가 기타를 메고 7호차 객실로 들어가려다 우리를 보고 어디까지 가느냐고 물었다. 익산까지 간다는 말에 객실안 자리가 비어있으니 들어가자고 했다. 그는 대학동아리에서 목포로 여행을 가는 중인데 빠진 사람들이 있어서 자리가 비었고 긴 시간 지루하니까 함께 놀면서 가자고 했다. 서글서글한 눈매와 부드러운 말씨가 맘에 들었던지 친구들은 환호하며 그의 제안을 받아들였다.

젊음은 언제 어디서나 준비 없이도 어울릴 줄 안다. 자리 정돈을 하고 서로를 소개하며 말문을 텄다. 마주 앉은 그가 통기타를 끌어안고 〈고래사냥〉 노래를 불렀다. 하나둘 따라 부르더니 합창 소리가 객실 안을 가득 메웠다. 주변의 어른들도 젊은이들의 낭만쯤으로 생각하는지 소란스럽다고 말하지 않았다. 독창으로 김승덕의 〈아베마리아〉를 부르는 그의 부드러운 비브라토는 여심을 흔들었다.

기차는 어둠을 가르고 우리들의 이야기는 끝이 없었다. 새벽녘 기차가 익산역에 도착한다는 안내 방송이 나오고 우리는 다시 만나자는 약속을 남기고 헤어졌다. 그 후 그의 편지는 자주 나의 안부를 물었다. 그는 학교를 졸업하고 고향 대구로 내려가 직장생활을 시작했다. 편지에는 문인들이 자주 드나든다는 대구 르네상스 음악다방 이야기도 등장하곤 했다. 전쟁의 소용돌이 속에서 한국을 대표하는 작가들의 대구 피난살이 흔적이 많이 남아있다며 사라지기 전에 놀러 오라고 했다.

문인들의 사랑방 역할을 한 동성로에 있는 석류나무집과 창공 구락부에서 웃지 못 할 취중 시비 이야기는 소설의 한 대목 같았다. 술집과 다방들로 가득한 향촌동 로맨스는 한 번도 가보지 못한 대구의 이미지를 각인시켰다. 문인들이 자리한 술집에서의 문학담론과 음주철학을 생생하게 들려주었다. 지금도 흐려지지 않고 기억되는 이야기가 있다. 석양이 곱던 어느 저녁 무렵 포로수용소에 있다던 시인 김수영 선생님이 염색한 미군복과 군화 차림으로 석류나무집에 나타났다. 술상을 마주하고 앉았던 마해송, 조지훈 선생님께서 김수영 선생님을 반기며 위로의 술잔을 건넸단다. 안주를 시킬 형편이 못되는 상황에 옆에 앉아 있던 이상범 화가께서 붕어 그림을 그리고 성악가 권태호 선생님이 노래로 시름을 달래주었다는 음풍농월 이야기를 읽으며 눈물이 났다. 가난이 안쓰럽기도 하고 우화적인 현장이 눈앞에 그려져 웃음을 멈출 수가 없었지만 눈물이 시야를 가렸다. 그것이 예술하는 사람들의 낭만인지도 모른다.

　말대가리 집은 술꾼이 하나둘 늘어나면서 노래와 춤판이 벌어지고 방안 벽에는 온갖 그림과 낙서가 난무했다는 이야기는 오늘의 주점문화가 된 듯하다. 술을 좋아하고 노래를 잘 불렀던 여류작가 최정희 선생님의 술자리 인기는 연예인 못지않았단다. 대구 유지의 딸로 여학교까지 나왔는데 술집을 열어야 했던 그녀의 파란 많은 삶은 문인들의 안방이 되기도 했단다. 날마다 외상술을 마셔도 눈 한번 흘기지 않았다는 선생의 고운 마음은 문단사에 기록되었을 것이다.

　손때가 묻어 있는 편지에는 마해송 선생님의 격조 높은 풍류와 조지훈 선생님의 호방한 취중 행보에 대한 이야기와 술집 아주머니께서 들려준 "길거리를 지나다니는 멋쟁이들은 모두 외상술꾼이데이"라는 푸념도 그 시대의 낭만으로 읽혔다. 그는 대구라는 도시를 그리워하게 한 것이 아니라 한 시대를 풍미했던 대구 문화살롱을 들러보고 싶은 마음을 키우게 했다.

편지로 대구를 안내하던 그가 드디어 관광가이드로 나섰다. 그는 향촌동을 걸으면서 허공을 울리는 구상 시인의 웃음소리가 들리는 듯하다고 했다. 향촌동 맥주홀에서 무르익던 술과 문학의 향기는 빈곤 속의 풍요를 추구하던 대구 사람들 가슴에 남아 있었다. 현진건을 비롯한 문인들이 우미관 뒷골목과 다방골을 누볐다고 했다. 아픔을 술로 달랬던 낭만이 있는 골목을 들여다보며 대구의 속내를 들여다본 느낌이었다. 진골목의 명소 가운데 미도다방 앞에서 다방역사에 대한 이야기를 들려주었다. 세월이 많이 흘렀으나 다방은 옛 모습을 지니고 있었다.

그는 문인 중의 신사를 말하라면 구상 선생님을 떠올린다고 했다. 구상의 문학적 터전이 된 대구와 인연은 달성공원에서 열렸던 이상화 시인의 시비 제막식 추모사를 읽으면서 시작됐다고 했다. 그와 함께 걸었던 약전골목, 따로국밥집에서 먹은 점심과 동화사로 향하던 중 들려준 권번기생이야기는 지금도 그의 목소리로 남아있다.

대구 사람들은 개인 거리가 서울 사람들보다 23m나 길다는 말을 한다. 나는 그와 하루를 보내며 대구사람들을 평가할 때 가장 많이 나오는 보수적이라거나 배타적이라는 선입견을 버릴 수 있었다. 오히려 타인에 대한 배려심이 크다는 것을 알 수 있었다. 그의 안내를 받고 둘러본 대구에 다시 오겠다는 마음을 남겨 두고 돌아왔지만 여행을 떠나기는 어려웠다.

　30년 전의 기억을 더듬으며 다녀온 대구 수필의 날은 문인으로 사는 내게 향수 같은 곳이었다. 그는 지금 어디에서 무엇을 하며 살까. 이 생에 그에게 감동을 줄 글 한 편 남기는 것이 나의 의무라는 생각을 한다.

김상미

『현대수필』, 『시와세계』 등단. 현 현대수필 편집위원, 송파수필작가회 부회장, 한국여성문학인회 사무처장. 수상: 신라문학상, 구름카페문학상, 산귀래문학상. 저서: 수필집 『바다가 앉은 의자』 『유리새를 만나다』 『발자국은 기억을 만든다』 『홀림』, 시집 『반사거울』. e-mail: seabird59@hanmail.net

달구벌로 가는 길

김영곤 ●

대구大邱로 갈 때마다 이상하게도 대구大口를 떠올렸다. 나의 유년 시절은 좀더 자연에 가까워서 그랬을까? 방학이면 알 수 없는 바람에 홀린 듯 기차를 탔다. 부산에서 동대구역으로 가는 동안, 대구라는 바닷속으로 대구처럼 헤엄쳐가는 기분이 너무 감미로웠다. 고모와 삼촌을 지느러미로 인사 나누며 입술이 부르트도록 유영하다가 집으로 돌아오곤 했다.

강물이 흐르고 나도 흘렀다. 서울에서 못자국 많은 전셋집의 감정으로 오랫동안 내 옛모습을 잊고 살았다. 그러나 일봉산과 바싹 붙어 있는 천안으로 정착한 후로부터, 나는 다시 시작되었다. 내가 산을 뚜벅뚜벅 걷노라면 산도 사뿐사뿐 함께 걸었다. 가지를 가득 움켜쥔 바람은 내게 푸른 잎새들을 흔들어주며 지나갔다. 저절로 시가 악수를 청해왔고 수필이 나를 다시 정독해주기 시작했다. 새들은 하늘을 칠판 삼아 다채로운 필체로 내가 잊어버렸던 추억들을 써주었다.

도겐 선사의 에세이 산수경의 첫구절 중에 "산과 강은 이 순간에도 살아있다. 만물의 형상이 일어나기 전부터 자아였기 때문에 자유자재하며 실현

되어 있다"는 구절이 조금씩 이해되고 있었다. 그러던 어느 날, 수필의 날 행사가 대구에서 개최된다는 연락을 받았다. 천안에서 대구로 차를 몰고 가는 동안, 참으로 오랜 만에 대구의 기분으로 지느러미를 세우고 속도를 올렸다.

창문을 열자 기다렸다는 듯 바람이 왈칵 내게 불어왔다. 구석기인들이 비바람을 피하며 살았다는 바위그늘 사이로 백마를 타고 바람을 가르며 적군을 무찌르던 붉은 옷이 펄럭거리는 것 같았다. 또한 청라언덕 위에 울려 퍼지는 봄의 교향악이 귓가에 쟁쟁하고, 빼앗긴 들에도 봄은 오는가를 묻고 있는 시인의 핏발 선 외침이 내게 철썩철썩 밀물쳐왔다. 얼마 전부터 고장나 있던 오디오에서 "점점 더 멀어져 간다. 머물러 있는 청춘인 줄 알았는데"를 읊조리는 기타 선율이 내 가슴에 바짝 파고드는 것 같았다. 오늘따라 팔공산에 살던 바람이 나를 불러내어 함께 금호강처럼 흐르고 있는 기분이었다.

문득 1907년에 전개된 국채보상운동이 생각났다. 전 국민들에게 한마음의 바람을 일으켰던 귀한 주권 회복의 운동이었다. 그러나 내게 시선을 끌었던 것은 국채보상공원 내에 쌍가락지 모양의 여성기념비였다. 넉넉지 못한 여성들이 분신 같았을 쌍가락지를 선뜻 국채보상금으로 내놓았던 사실을 잊지 않고 '여성기념비'로 명명하여 세웠다는 것이 왠지 뭉클함으로 다가왔다.

불현듯 사과 같은 말씨를 쓰던 대구 아가씨가 잠시 기억속에 피어올랐다. 그녀가 웃을 때마다 사과가 빨개지는 것 같았다. 그녀도 어떤 위기가 닥치면 기꺼이 사과를 툭툭 떼어줄 것이 틀림없다. 역사적으로 보나 근원적으로 보나 대구의 여성은 그 마음가짐이 사과의 속성을 이어받았기 때문이리라. 그 빨갛고 탐스러운 사과의 열정과 향기는 지금도 그 무의식 속에 쌍가락지가 야생하고 있다.

대구로 가는 길인데 이미 내 마음은 대구였다. "물의 길法은 하늘로 솟아오르면 물방울이 되고 땅에 떨어지면 강이 되는 그런 것이다"고 웬지는 말했다. 물은 제 모습만을 고집하지 않는다. 장소마다 상황마다 변화한다. 나도 물에 가까워진 듯 마음이 평온해지기 시작했다.

예로부터 대구의 지형은 험준한 산지가 둘러싸고 있는 분지라서 외부로부터 고립된 이미지가 강했다. 산을 넘어야 대구로 왕래할 수 있었던 것이다. 그래서 자연스럽게 수많은 고개가 생겼는데 이 고갯길 덕분에 다른 외부 지역과의 교류에 물꼬가 트였다. 아마 이 고갯길은 사람들의 발자국들이 모이고 쌓여서 길이 된 것이리라. 외부와의 소통을 위한 끊임없는 발걸음들이 산에게 등 한 쪽을 허락하도록 감동시켰으리라. 대구 주민들의 피땀 어린 발자국이 산에 올라 고갯길이 되고 땅으로 나아가 삶의 불씨가 되었던 것이다. 이제 나도 그 고모령 고갯길을 휘파람 불며 넘고 있다.

거의 도착할 무렵 팔공산 갓바위가 자연스럽게 내 생각에 깊숙이 내려앉았다. 불상 머리에 쓴 대학 학사모와 비슷한 갓은 입시철이면 전국적으로 몰려든 어머니들을 고개 숙이게 한다. 소원을 들어준다고 알려진 갓바위의 얼굴은 사뭇 근엄해 보인다. 삶의 문제에 있어서는 서로 진지해야 한다는 의미일까. 아니면 너무 일회용 커피 같은 소원들이 많아 실망해서일까. 나를 돌아보면 허점투성이의 삶이었고 가파른 비탈길에 몰려서야 생각나는 소원과 기도 응답이 간절했었다.

행사장 입구로 들어설 즈음에 어디선가 "오늘 내게 소원 하나 말해 보라"는 음성이 들리는 듯 했다. 나는 이미 소원을 이룬 듯이 시동을 끄고 주차를 했다. 수필의 이름으로 한 몸 이룬 수많은 문인들은 아름다운 대구 그 자체였다. 각자의 고유한 색깔 하나하나가 모자이크처럼 모여 대구의 형상으로, 더 나아가 자연의 일부로 얼비쳤다.

돌아오는 길에 금호강을 지날 무렵 하늘에 떠 있는 달을 보노라니, 소동파가 "그대는 저 물과 달을 아는가?"라고 질문하는 듯했다. 이젠 덜 당황스러웠다. 어렴풋하나마 그 해답을 알 듯했기 때문이다. 강물은 흐르지만 그대로 있고, 달은 점점 만월이 되거나 기울어지기를 반복하지만 역시 본체는 그대로 있지 않은가. 만물은 수시로 변하지만 그 이치는 변하지 않는다. 계절은 변해도 그 운행의 질서는 변하지 않는다. 그러므로 불변의 관점에서 바라본다면 천지만물은 오직 하나의 근원이므로 죽음이 따로 없다. 즉, 만물과 내가 영원한 것이라는 뜻이다.

"우리가 죽으면 강을 건너 어떤 낯선 곳으로 가는게 아니라, 우리가 강이 되는 것이다"라는 글을 읽은 적이 있다. 다시 창문을 열고 강바람이 부는 대로 마음을 맡겼다. 달빛이 내 이마에 손을 얹고 오래 머물러 있었다.

김영곤
『월간문학』 등단. 한국문인협회, 대표에세이 회원. 수상: 배재문학상, 국제문학상.
e-mail: prin789@hanmail.net

수필의 날 참가기

김영숙

　　꽃들이 만화방창한 사월에 문학기행이 두 번 잡혀있다. 문인협회에서 주관하는 완도기행과 한국수필에서 개최하는 대구 수필의 날 행사다. 문인협회는 시, 소설, 수필 등 여러 장르 사람들이 섞여 있고 한국수필의 행사에는 수필인들 만이 있어 어쩐지 식구 같은 정감이 가고 푸근함을 느끼게 한다. 나는 서슴없이 대구행을 택했다.

　　대구에는 한국수필 고문이신 선배와 역시 문학을 하는 후배, 고향문인들이 참여하는 남강문학회 회원 선후배가 있어 해후를 할 수 있고 여러 번 얼굴을 익힌 한국수필 문우들과 함께한다는 즐거움이 있어서이다. 글을 잘 쓰지도, 많이 쓰지도 않으면서 우리 수필교실에서 여러 사람이 참여하게 되어 선뜻 따라 나선 것이다. 염불에는 별로 뜻이 없고 잿밥에만 관심이 있어서 집 밖으로 나가는 것만 좋아 기꺼이 나섰다고 할까. 이렇게 집 떠나는 것이 즐거운데 내 짝은 시쳇말로 방콕 스타일이어서 내가 나가는 것을 엄청 싫어한다.

　　길 떠나는 것이 나의 취미라고 가슴 속에 쟁여놓고 있지만 숙식해결을 싫어하는 짝 때문에 맘대로 나서지 못하는 현실에 언제나 불만이다. 밤에는 하늘 올려다보며 달, 별 보기를 좋아하고 낮에는 꽃을 찾아 눈을 희번덕거리며 다니는 버릇을 지닌 나는 좀처럼 그냥 무심히 길을 가지는 않는다. 그러다 더러 돌부리 등에 걸려 넘어지기도 한다. 어쩌면 아직도 철이 덜든, 조금은 객기가 있는 덜된 사람인지도 모른다. 길을 나서기만 하면 즐거우니 이런 속내를 난들 어쩌랴. 나도 못 말린다.

대구에는 미혼 때 한번 가 본 기억밖에 없다. 내 고향과 그리 멀지 않은 곳이지만 그때만 해도 여행이 보편화되지 않아서 부산, 경주, 대구, 광주 외엔 별로 가 보질 못했다. 내게 가장 가까운 아재가 대구에 있을 때 애인을 만들어 놓고 나를 유인했다. 내게 매파 역할을 부여해 식구들을 설득하라는 임무를 맡긴 것이다. 임무는 완수했지만 그때 낯선 대구에서의 느낌은 동서남북을 분간할 수 없는 이상한 도시라고 생각했던 기억만 남아 있다.

근 60년 만에 가보는 대구인데 일정이 빠듯해 짜여진 코스만 다니다 보니 여전히 대구는 일부만 보게 되었다. 기억에 오롯이 남아 있는, 특이한 '김광석 거리'를 만들어 놓은 것이 신선했다. 짧게 살다 갔어도 이름을 남긴 거리가 있다는 것이 얼마나 가치 있는 삶을 살고 갔나 하는 마음에 그는 행복한 사람으로 여겨진다.

300여 미터 조금 넘는 거리에 그의 삶과 노래를 주제로 다양한 벽화와 작품들이 있어 그를 보듯 생생한 느낌으로 다가왔다. 젊은 나이에 아깝게 가버린 사람이지만 그의 부모형제들은 보고 싶으면 하시라도 들려 동판의 얼굴도 어루만져 보고 기억에서 불러낼 수 있으니 그들 곁에 언제나 함께 있음을 느끼지 않을까.

저녁 행사는 대구예술문화회관에서 열렸다. 다양한 프로그램으로 잘 짜여 주최 측의 노고에 찬사를 보내고 싶었다. 특히 3부의 '문학과 음악이 흐르고'가 인상적이었다.

올해의 수필인 상은 반숙자, 고동주 선생님이 받으셨는데 고동주 선생님의 동백의 씨를 읽으며 눈물을 펑펑 쏟았던 적이 있어 선생님께 다가가서 서러움을 함께 나누어 보고 싶기도 했다. 선생님의 모습만 바라보아도 가슴이 꽉 막혀오도록 애잔한 마음이었다. 하지만 그런 내 흉중胸中을 접어두고 가까이 다가가지는 못했다.

팔공산자락의 유스호스텔에 유숙하고 이튿날에는 버스 5대로 함께 출발했지만 버스 별로 탐방코스가 달라 헤어지게 되었다. 작별인사도 제대로 못한 채 헤어져 아쉬움이 컸다. 여러 번 행사를 같이하다 보니 인연이 질겨진 것일까? 또 다음의 행사를 기다리며 아쉬움을 달래본다.

김영숙

2009년 계간『수필춘추』등단. 저서: 공저『천년 숲 서정에 홀리다』『비밀의 문』등.
e-mail: bibongsa@hanmail.net

대구 기행 -육신사, 낙동강

김영월

팔공산 기슭의 숙소에서 새벽녘에 일어나 산책길에 나섰다. 이곳은 남녘이지만 산 속이라 그런지 벚꽃이 아직 그대로 활짝 피어 있어 화사한 여인네를 만난 것 같다. 연초록 숲에서 하얀 구름 같은 꽃송이가 더욱 돋보여 봄날의 아름다움과 정감을 풍겨 준다. 정상에 있는 갓바위는 유명한 불교의 기도처라는데 시간이 없어 못 오르고 중턱에 있는 관음사 절터에서 아쉬운 발길을 돌린다. 대학 입시철이 되면 대구지역뿐만 아니라 전국 각지에서 어찌나 많은 신도들이 몰리는지 그에 관한 우스갯소리도 있다고 한다. 부처님을 마주하고 소원을 빌어야 하지만 절을 할 때 그냥 앞사람의 엉덩이에 절하게 된다는 것이다. 우리 민족은 기복성이 강해 유난히도 소원을 빌고 절하는 문화가 심한 게 아닐까.

제17회 수필의 날 대구 행사에 5호차 탑승 회원들은 관광코스로 육신사六臣祠와 강정고령보를 둘러보았다. 달성군 묘골이란 곳에 있는 육신사에 도착하여 사당 쪽으로 발길을 옮길 때의 분위기는 아늑한 고향집에 온 듯 감싸 안아 주는 포근함을 느끼게 한다. 하수관 철망 사이로 고개를 내민 민들레 한

송이가 햇살을 만끽하며 환영인사를 하는 것처럼 보인다. 전통기와집들의 맞은 편 골목에 '바람이 머문 家'라는 팻말이 나의 시선을 이끈다. '바람이 머무는 집'이라는 시적인 표현이 무엇보다 호감을 가져다 준다, 폐가의 골목길엔 잡초만 우거지고 고즈넉함이 쌓여 있을 뿐 바람은 어디로 나들이 간 것일까. 사방이 야트막한 산으로 둘러싸이고 양지바른 마을 풍경이 안온한 정경을 드러낸다. 도시문명과는 거리를 둔 이런 한적한 무릉도원 같은 곳에서 느림의 삶을 살아갈 수 있다면 얼마나 좋으랴. 열흘, 아니면 한 달이나 일 년쯤.

육신사는 사육신의 한 분인 취금헌 박팽년의 후손들이 모여 사는 순천 박씨의 집성촌이었다. 구한말까지 300여 호의 집이 있었지만 지금은 30여 호만 남아 거의 비어 있는 집들이다. 어떤 할머니 한 분을 골목길에서 마주쳤는데 실제로 그분은 이곳에서 거주하고 있다고 얘기하신다. 박팽년 이외 다른 다섯 분의 위패를 봉안한 사연에 대해 관광해설사의 설명에 고개를 끄덕이게 된다. 사육신의 영혼들이 후손의 꿈에 나타나서 서성대는 걸 보고 불편한 심정에 박팽년과 함께 모실 수밖에 없었다. 세조(조선조 7대왕)가 단종복위 운동에 가담한 사육신(성삼문, 하위지, 이개, 박팽년, 유성원, 유응부)을 비참하게 죽이고 온 가문이 멸족의 화를 당하는 가운데 박팽년의 가문에 기적이 일어났다. 그의 둘째 며느리가 임신하여 아들을 낳게 되고 몸종인 여인네가 같은 때 출산하여 딸을 낳았다. 당시의 법령으로 역적의 자손 중 아들은 죽이고 딸은 관노로 끌려가게 되었지만 기지를 발휘하여 주인 집 아들과 종의 딸을 바꿔치기하여 기르게 됐다. 그 손자(박일산)가 구사일생으로 살아남아

성종(조선조 제9대 왕)의 배려로 관직을 얻어 이곳 마을에 정착하여 천행으로 가문을 이어갈 수 있었다.

하늘은 불사이군不事二君의 충신 집안을 내버려두지 아니하고 박원종 장수와 박준규 국회의장, 박두을 여사를 배출한 명문으로 복을 베풀지 않았으랴. 그들은 폭군 연산군을 물리친 중종반정의 공신인 박원종 장수였고 9선의원에 국회의장까지 지낸 박준규 전 국회의장이었고 삼성 재벌 창업자인 이병철의 안방 마님이 된 박두을 여사였다. 가정이지만 사육신의 비극이 없었다면 그들의 자손들이 얼마나 나라를 위해 훌륭한 업적을 쌓는 큰 인물로 성장했을지 참으로 안타까운 일이 아니랴.

이명박 전 대통령의 4대강 개발사업으로 낙동강 지역에 강정고령보는 시민들의 아늑한 휴식처로 하늘을 나는 듯한 우주비행체 모양의 거대한 전망대가 우뚝 자리하고 있다. 금호강과 낙동강이 합류하여 남해로 빠져나가고 있는 봄날의 강물은 한없이 평화로워 보인다. 강둑에 피어오른 연둣빛 수양버들은 바람에 한들거리고 백로의 날갯짓도 그리움을 불러일으킨다. 6·25전쟁으로 하마터면 대한민국이 공산화될 뻔한 위급한 상황에 낙동강전선이 마지막 보루가 돼 준 것으로 역사는 평가한다. 여기까지 힘없이 무너졌더라면 대한민국의 운명이 어찌됐을지 모를 그날의 기억을 가슴에 담고 고마운 낙동강은 변함없이 국토방위의 젖줄 역할을 하고 있다.

북한은 그날의 참혹한 전쟁 이후 긴 세월이 흘렀지만 조금도 변하지 않고 핵과 미사일 개발로 세계의 근심거리가 되고 있다. 지구촌의 작은 나라인 한반도는 2017년 5월 9일의 대통령 선거를 앞두고 다른 어느 해보다 긴장이 고조되고 있다. 북한당국을 향해 전쟁도 불사한다는 미국의 단호한 자세에 한반도가 숨을 죽이고 있는 상황이 아닐 수 없다. 낙동강변에 와서 다시금 조국의 평화가 깨어지지 않기만을 기도하며 서둘러 귀경길에 오른다. 창밖에 휘날리는 낙화, 눈부신 벚꽃 세례 속에 사월의 한 날이 수필처럼 저물어 가고 있다.

'국토의 남녘/ 어머니의 손길로 어루만지며// 강물은 다시 생명을 잉태 한다/ 물가의 수양버들/ 바람결에 댕기머리 흔들고/ 백로의 날개짓 따라/ 물비늘이 더욱 반짝이는 보석이 된다// 그날의 치열한 전쟁/ 나라의 운명을 구한 이 곳/ 낙동강을 잊지 말라고/ 속삭이는 물결 앞/ 옷깃을 여민다.'

-김영월 시 「낙동강」 전문

김영월
한국수필가협회 감사. 별빛문학회 지도강사. 저서: 수필집 『삶의 향기』 외 다수, 시집 『홀가분한 미소』 외 다수

해마다 예기되는 행사가 있다. 바로 수필인들이 한자리에 모이는 '수필의 날'이다. 올해로 열일곱 번째, 여수 행사부터 참여를 했으니 대여섯 번은 되지 싶다. 처음이나 지금이나 마찬가지로 참여하는데 의미를 둘뿐이다. 그래도 몇 해 함께하다 보니 은근히 기다려진다.

'수필의 역사를 짓다'라는 주제를 앞세워 연락이 왔다. 해마다 열리던 더운 여름이 아니고 지천이 봄꽃인 사월의 한 복판이라니 이 얼마나 좋은가. 아름다운 계절에 좋은 사람들을 만난다는 것만으로도 설렌다. 거기에 대구에서 열린다니 세미나뿐만이 아니고 가야 할 또 하나의 이유가 생겼다.

대구로의 여행은 꿈을 꾸어 본 적이 없다. 아직 누군가가 대구로 여행을 가자는 사람도 없다. 이곳저곳으로 떠나기 위해 여행가방을 종종 싸는 편이지만 어딘가로 향하며 스치듯 지나치는 곳쯤으로 여겼다. 그런 그곳에 삼십여 년 전의 추억이 있다. 기껏해야 기차를 타고 역에서 내려 택시로 목적지까지 가는 것이 다였다. 그래도 오랜 시간 잊히지 않는 것은 그곳에 부모님이 계셨기 때문이다. 미군부대에 근무하시던 아버지가 몇 년 대구에 머무셨다. 부모님을 뵈러 서너 번 다녀오기는 했지만 대구에 대해서는 아무것도 모른다. 이참에 대구에 대해서 좀 더 알고 싶다는 까닭이 생긴 것이다.

늘 놀라곤 한다. 함께하고자 속속 모여드는 사람들의 수數에 말이다. 그건 열정이 있다는 말이기도 하다. 한껏 상기된 얼굴로 인사를 나누다 보면 모르는 사람도 바로 어제 만났던 사람처럼 여겨진다. 하물며 잘 아는 사람으로 착각을 하기도 한다. 아는 얼굴이 늘었다는 증거다. 작품을 통해 알고 있던 이름이 얼굴과 매치가 될 때는 '사람과 사람을 잇는 만남의 장'이란 말이 실감된다.

막이 오르고 펼쳐지는 프로그램에 집중하다가 또 한 번 놀랐다. 지난해의 무대가 아니기 때문이다. 매회 같은 듯 다른 위원장님의 개회 인사말씀은 물론이고, 매년 낭독되는 수필의 날 선언문조차도 새롭게 와 닿았다. 올해의 수필인 상 수상소감을 들으며 '나도 저 나이쯤이면…' 하다 멋쩍게 슬그머니 입꼬리를 올리기도 했다. 무대연출에 출연자들의 연기까지 색다른 묘미를 주며 수필의 또 다른 맛을 느끼게 했다. 해가 거듭되면서 계속 향상되고 있다. 직접 눈으로 보지 않아도 준비한 사람들의 노고가 엿보인다.

1박 2일의 여정에서 기다려지는 시간이 어찌 무대뿐일까. 먹을거리도 한몫을 한다. 많은 사람들이 함께하다 보니 어수선한 면도 있다. 좀 산만한들 대수겠는가. 어떤 음식인들 맛없을 리 없고 마냥 즐겁다. 먹는 데서 정난다고 끼리끼리의 우정은 더 돈독해지는 듯하다.

저녁식사 후 숙소로 향하기 전 '김광석 거리'로의 야간 투어는 어쩌면 모든 이들의 바람이었지 싶다. 한 때 그의 노래에 취하지 않은 사람이 있었을까. 가수라는 말보다 '음유시인'이라는 말이 더 잘 어울리는 사람. 낯선 농장에서 울려 퍼지던 그의 노래 〈서른 즈음에〉를 처음 듣던 날, 아마도 내 나이가 그 무렵이었을 게다. 단박에 매료되어 흥얼거리던 곡을 곱절의 생을 살고 있는 지금도 흥얼거린다.

그가 나고 자랐다는 거리에 들어섰다. 마치 살아 있는 사람인 듯 곳곳의 벽화에서 함박웃음을 짓고 있었다. 살아생전보다 더 다양한 모습으로 다가와 길손들을 위로하며 배웅했다. 시간이 허락한다면 좀 더 여유롭게 걷고 싶었다. 내가 모르는 그의 다른 면면을 느끼고 싶다는 아쉬움을 품은 채 거리를 빠져 나왔다.

기도에 효험이 있다는 갓바위로 유명한 팔공산 중턱에 위치한 '맥섬석 유스호스텔'에서의 밤은 여느 해와 마찬가지로 일정 중 또 하나의 꽃이 되었다. 동료들과 또는 낯선 이들과 보내는 하룻밤은 떠날 때부터 설렘을 주는 부분이기도 하다. 딱히 즐길만한 게 없어도, 박장대소하게 재미있는 일이 없어도, 도란도란 이야기를 주고받는 것만으로도, 지금 여기에 내가 있다는 것만으로도 충분히 감사의 기도가 읊조려지는 시간이었다.

다음 날 내가 탄 4호차는 비슬산琵瑟山 기슭을 향해 출발했다. 봄에는 참꽃, 여름에는 시원한 계곡, 가을에는 단풍과 억새 군락, 겨울에는 얼음동산과 설경이 아름답다는 비슬산. 수목에 덮여 있는 산이라 포산苞山이라는 이름도 있다.

비슬산의 유래에는 3가지 설說이 있는데 그중 하나는 우리나라에 온 인도의 스님이 이를 '비슬'이라 발음하면서 굳어졌다는 설이다. 두 번째 설은 세상이 물바다가 되었을 때 잠기지 않은 비슬산의 몇 봉우리에 배를 매었다는 '배 바위 전설'을 토대로, 바위의 모습이 비둘기 같다 해서 '비들산'이라 부르다가 '비슬산'으로 되었다는 설. 세 번째 설은 「유가사 사적」이라는 기록에서 거문고를 닮아 '비슬산'이라 불렀다는 설이다. 평계 없는 무덤이 없고, 들풀조차도 이름 없는 꽃이 없다. 이름 지어진 곳들의 지명을 살펴보면 설이 없는 곳이 없을 만큼 재미를 주는 곳이 많다.

가장 먼저 들른 '인흥서원'은 추계 추씨의 중시조이며 고려 충렬왕 때의 문신인 노당 추적을 봉안한 서원이다. 노당이 편저한 명심보감 판본이 보관되어 있다는 것이 관심을 기울이게 했다. 마침 안마당에서 추씨들의 종친회가 열리고 있었다. 잔칫상이 펼쳐져 있어 세세히 둘러볼 수 없었지만 이런 곳을 알게 되었다는 것만으로도 족했다.

두 번째로 들른 곳은 개울을 사이에 두고 '인흥서원'과 마주보고 있는 '남평문씨본리세거지'라는 곳이다. 여름이면 담장에 흐드러진 능소화 꽃송이가 툭툭 떨어져 붉은 꽃길을 만든다. 한옥과 어우러진 풍경 때문에 사진작가들이 많이 찾는 곳이기도 하다. 드라마 〈달의 연인-보보경심 려〉의 촬영지로 알려져 유명세를 탄다. 그래서 그런지 왠지 낯이 익다 했다. 거기에 세월이 주는 이야기를 담다 보니 시간가는 줄을 몰랐다.

세 번째 코스는 '남평문씨본리세거지'에서 조금 더 비슬산 기슭으로 들어간 '마비정벽화마을'이었다. 날아서 가파른 고개를 넘었다는 말의 슬픈 전설을 간직한 마비정馬飛亭마을은 시간이 멎은 듯했다. 마을의 벽담과 토담에는 우리의 정서가 고스란히 배어 있다. 대부분의 벽화마을은 그곳의 특징을 살린 통일성을 찾아보기 힘든데, 이곳의 벽화는 60~70년대의 정겨운 농촌 풍경과 그 시대의 장난꾸러기 말썽꾸러기들의 놀이가 슬라이드처럼 펼쳐져 있다. 잊고 지내던 그리운 얼굴들을 떠올리게 했다. 따사로운 햇살을 받으며 옮기는 발걸음은 한 없이 느려지고 맥없이 빠져들기에 좋았다. 예술과 일상은 하나라고 일깨우는 골목은 이처럼 소소한 즐거움으로 가득하다.

마지막으로 점심식사를 펑계로 간 곳은 낙동강 상류와 하류를 연결하는 교통의 요지 '사문진 나루터'였다. 낙동강 하류로부터 유입되는 물산을 공급하고 이 지역으로부터 다른 지역으로의 물산운송에 중심역할을 했다고 한다. 주말이라 그런지 넓은 공원에는 이미 많은 상춘객들로 붐볐다. 적당한 자리를 잡고 앉아 도시락을 나눠 먹으며 1박 2일의 일정을 마무리했다.

이만하면 세미나를 제외한 대구에 와야 했던 또 하나의 이유를 채우기에 부족함이 없었다. 삭막한 내륙 도시로만 알고 있던 대구가 다시 보이기 시작했다. 갈 곳, 볼 것이 있겠나 했던 마음은 우려였다. 첫날 둘러본 향촌문학관을 겸한 대구문학관 관람 또한 기대 이상의 흥미로움을 주었다. 재현해 놓은 향촌동 일원은 1950년대 피란시절 문화예술인들의 정신적 고향이기도 하다. 우리가 어린 시절에 보았던 낯익은 거리의 풍경을 떠올리며 문화사적 의미를 공감할 만했다. 일정을 함께한 길라잡이에 의하면 유적지와 자연환경을 정비해 관광자원으로 개발하기 시작한 것이 얼마 되지 않았다고 한다. 그 말을 듣고야 왜 대구로 여행을 간다는 사람도, 가자는 사람도 없는지 알 것 같았다. 첫날 시간이 부족해 계획해 놓고도 그냥 지나친 근대문화골목이나 청라언덕, 김원일 마당 깊은 집, 이상화고택 등이 아쉬움을 주었지만 그건 또 다른 떠남을 약속하게 했다.

대구, 무궁무진한 이야기를 품고 있는 여정을 선물해 준 '수필의 날'. 수필의 역사를 짓는 현장에서 같은 길을 걷는 이들과의 만남은 단지 친교의 장을 넘어 자긍심을 갖게 했다. 함께한 모든 이들의 열정에 박수를 보내며 자극을 받다 보면 내 안에 문학을 향한 키가 한 뼘은 자라 있음을 발견한다. 이제 어떤 도시에서 어떤 이야기를 만나게 될지 열여덟 번째가 기다려진다.

김영채
『수필춘추』 등단. 한국문인협회 회원.

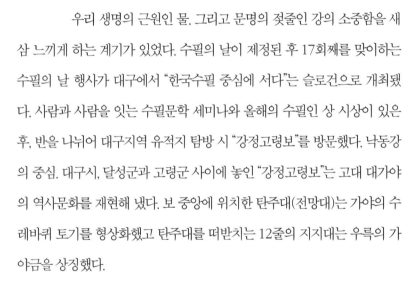

물이 보약이다

김명중 ●

　　우리 생명의 근원인 물. 그리고 문명의 젖줄인 강의 소중함을 새삼 느끼게 하는 계기가 있었다. 수필의 날이 제정된 후 17회째를 맞이하는 수필의 날 행사가 대구에서 "한국수필 중심에 서다"는 슬로건으로 개최됐다. 사람과 사람을 잇는 수필문학 세미나와 올해의 수필인 상 시상이 있은 후, 반을 나뉘어 대구지역 유적지 탐방 시 "강정고령보"를 방문했다. 낙동강의 중심. 대구시, 달성군과 고령군 사이에 놓인 "강정고령보"는 고대 대가야의 역사문화를 재현해 냈다. 보 중앙에 위치한 탄주대(전망대)는 가야의 수레바퀴 토기를 형상화했고 탄주대를 떠받치는 12줄의 지지대는 우륵의 가야금을 상징했다.

　　강정고령보가 있는 낙동강변은 빼어난 경관을 자랑하고 있었다. 밝은 태양, 푸른 하늘, 흰 구름, 물소리, 바람소리, 새소리, 아름다운 산과 숲, 꽃과 나무들, 이런 자연 속에 있을 때 나는 행복을 느낀다. 이 세상의 부자가 돈으로 얻는 어떤 즐거움보다 더 큰 행복을 이 자연으로부터 얻고 있다고 생각한다. 그리고 자연은 언제나 어디에나 있고 값을 치르지 않고도 쉽게 만날 수 있으니 더욱 좋다. 이 자연과의 관계는 사람뿐만이 아니라 모든 살아있는 것들은 자연과 공생관계이며 그 일부인 것이다.

70%가 수분인 우리 몸은 물 없이 단 3일도 버티기 어렵다. 아프리카 주민들의 식수부족 뉴스를 접할 때마다 식수와 생활용수가 없거나 부족할 때를 생각하면 또 전쟁이 나면 수도 전기 가스 교통 등이 마비되고 더욱이 세균전이 있다면 물이 없는 세상, 정말 끔찍하다. 이렇게 생명의 원천인 물. 잘 관리해야 함은 물론, 물을 잘, 많이 마시는 습관이 건강의 열쇠라고 한다.

화학자이자 건강관리 전문가로 이름 높은 이계호 충남대학 교수는 '일상생활에 물이 가장 중요하며 물만 잘 마셔도 웬만한 병은 예방되고 건강이 유지된다'고 말한다. 그의 하루는 물로 시작해 물로 끝난다. 이 교수가 아침에 눈을 떠 가장 먼저 찾는 것은 물이다. 일어나자마자 물을 마시면 밤새 축적된 노폐물이 몸 밖으로 배출되고 신진대사가 촉진되기 때문이다.

이 교수는 식사 전후, 잠자리에 들기 전, 목욕 전 공복일 때뿐만 아니라 틈만 나면 수시로 물을 마신다고 한다. 그는 식사 전후 마시는 물은 비만과 소화불량을 방지하고, 자기 전에 마시는 물은 숙면을 취하게 해주고, 심근경색과 뇌경색을 예방하며, 취침 중 다리경련을 방지하고, 동안 피부를 유지하게 하며, 눈 등의 피로를 회복시키고, 변비를 해소시키는 등 건강유지에 큰 역할을 한다고 한다. 또한, 콩팥이 독소를 해독할 때 몸이 수평일 때 더 잘 되는데, 이때 물이 필요하다는 것이다. 그래서 우리 인간에게 가장 필요한 영양소는 물이라고 강조한다. 이 교수는 잔병치레가 없고 나이보다 젊어 보이는 외모를 유지하고 있는데 이는 모두 물 덕분이라고 말한다.

물은 씻어주는 역할을 한다. 하천의 풍부한 물이 오염물질과 쓰레기를 쓸어버리는 것과 같은 원리다. 물을 마시면 혈액순환을 도와준다. 물이 고갈되면 혈액이 걸쭉해지고, 물을 많이 마시면 피가 맑아져 동맥경화를 줄이고, 나쁜 콜레스테롤과 같은 지방이 혈관에 끼는 것도 예방한다. 또한 땀을 통해 체온을 조절한다. 땀은 피부를 건강하게 하고, 배변을 촉진하며, 침을 만들고, 세포를 싱싱하게 보전하여 젊어지게 만든다. 우리는 목이 마르다고 느낄 때 물을 마신다. 문제는 나이가 들수록 갈증을 느끼지 못한다는 것이다.

뇌간 시상하부에 있는 센서가 혈액의 농축도를 감지해 급수를 요구하는데 이때 물을 마시지 않으면 혈액이 농축돼 혈액순환이 느려져서 몸 세포에 산소와 영양소가 충분히 공급되지 못해서 세포기능은 떨어지고 생명이 위험해진다. 이것이 탈수상태다. 땅에서 자라던 식물을 화분에 옮겼다고 생각해 보자. 화분에 갇힌 식물은 정기적으로 물을 주지 않으면 시든다. 중년 이후의 인체는 마치 화분에 심은 식물과 같다. 센서가 노화 됐으니 의식적으로 물을 마셔주지 않으면 만성적인 수분부족 현상이 나타난다. 소변이 노란색이거나 소변량이 적다는 것은 물 마시라는 신호인 것이다.

노화는 건조해가는 과정일까, 주름 접힌 바싹 마른 할머니 손과 오동통한 손자의 손은 마치 고목과 새순같다. 실제 아기는 체중의 80%가 물이고, 노인이 되면 50% 이하로 떨어진다. 하루에 몸에서 빠져 나가는 수분은 소·대변, 땀, 호흡, 눈물, 체액, 침 등으로 3.1L정도라고 한다. 우리는 식사를 통해

1.5L정도 흡수하고 체내에서 0.2L를 재흡수 하므로 최소한 1.4L를 의식적으로 마셔줘야지 그렇지 않으면 어느 약한 부위에서 질병이 발생한다고 한다.

이시형 박사는 '물을 잘 많이 마시는 습관을 가지되, 따뜻한 물을 마시면 몸이 몰라보게 건강해진다'고 한다. 나는 이 교수의 말을 실천하기 위해 집에서 나갈 때 아예 작은 생수병을 들고 나간다. 식당이나 고속도로 휴게소, 편의점에서 물을 찾으면 거의 냉장고에 냉수밖에 없고, 냉수를 마시면 체온이 떨어지고 체온이 1도 떨어지면 면역력은 30%, 기초 대사력은 12%가 떨어진다고 한다. 내 몸을 보호하고 치료하는 힘은 면역력인데, 냉수는 체내 산화를 촉진시켜 노화를 빨라지게 하고, 암세포도 활성화 시킨다는 것이다.

돼지고기의 지방은 사람의 체온에서도 녹지만 소고기는 40도가 넘어야 녹는다. 초식동물의 체온이 사람보다 높은 이유다. 때문에 냉수는 기름기를 응고시켜 소화를 느리게 할뿐 아니라 녹지 않은 지방이 혈관을 떠다니다가 모세혈관을 막으면 심근경색 등 혈관질환이 오고, 장벽에 눌러 붙으면 대장암 등 장 질환이 와서 비만이 되고 주근깨도 되며 성인병이 된다는 것이다. 그래서 소고기를 먹지 않는 인도 사람에게선 중풍환자를 보기 어렵다고 한다. 몸이 따뜻해지면 더 이상 지방비축이 필요 없다고 인체가 판단해 음식을 과다 섭취 하지 않도록 하는 기능도 있다는 것으로 일단 가정에서부터 식수를 냉장고 밖으로 끌어내고, 식당이나 편의점도 따뜻한 물을 함께 제공해야 할 것이다.

극심한 환경공해를 먹고 마시며 사는 우리 인간에게 물은 절대 절명으로 필요하고 물이 없으면 한시도 생존할 수 없는 시대에 살고 있는 것이다. 이 물 관리를 수익자인 우리 인간이 효과적으로 잘 관리해야 할 의무와 책무가 있음은 당연하다. 20세기의 성자 슈바이쳐 박사의 문화철학의 기반인 생명 경외사상과 기독교의 본질을 이루고 있는 사랑의 윤리사상은 모든 만물은 좋은 관계를 맺어 생명을 살리는 삶을 사는 것이라고 했다.

삶이란 관계의 산물이므로 살아간다는 것은 관계 맺기의 과정이고 연속이다. 그래서 주변과 좋은 관계를 맺으며 성장하고 삶을 지탱한다고 생각한다. 햇볕과 공기와 물 관리도 이에 해당한다. 조물주가 우리 인간에게 준 가장 귀한 선물인 물. 이를 소중하게 잘 관리해야 함은 물론 이를 잘 활용하는 지혜가 절실하다.

김명중
『한국수필』 등단. 저서: 공저 『나의 꿈 나의 인생』 『한국수필 대표선집』.
e-mail: mjkim1004@gmail.com

청라언덕에서

김외남

　　전국 수필가협회 제17회 행사가 우리 대구문화예술회관에서 있었다. 2008년에 대구 프린스 호텔에서 8회 수필의 날 행사가 있었고, 9년 만에 대구에서 열었다. 몇 년 전 강릉에서 열리는 행사와 경주에서 열리는 행사에 대구의 작가 선생님들과 어울려서 참여한 적이 있었는데 이번에 대구에서 열리는 행사라 마음이 쓰인다. 강릉에서의 행사 후에는 대관령 휴양림에서 숙박을 했고 다음 날 강릉투어를 했다. 경주행사는 경주 ○○대학교 강당에서 행사 후 운문산 휴양림에서 숙박을 하며 부산에서 대절해 온 버스에 동승하여 청도 읍성도 관람하며 부산의 문우들과 정을 나누었다.

　이번 대구행사의 2호차 일행은 팔공산자락 갓바위 가는 길목 맥섬석 유스호스텔에서 숙박하기로 되어 있다. 그곳에서 지난해에 단체 행사를 두 번 한 적이 있어 익숙하다. 편안한 휴식공간이고 주위에 산책할 수 있는 공원도 잘 조성되어 있으며 이른 아침 갓바위까지 갔다 올 수 있어서다. 행사당일 시간 맞추어서 멀리서 온 분들을 위해 안내를 할 요량으로 대구문학관으로 가서 일행을 기다렸다. 문학관 맞은편에 최근에 근대화 골목투어를 위한 대형 버스 주차장 있어 얼마나 다행인지.

이곳으로 오는 일행들을 맞아 1, 2층 향토자료실을 관람하고 3, 4층 대구문학관 참관을 끝내면 바로 행사장인 대구문화예술회관으로 가게 되어있다. 앞쪽에는 해설사가 있지만 뒤처지는 분들을 위해 맨 끝에서 뒤따랐다. 다른 코스의 참가자들은 벌써 와서 대형화환 앞에서 사진들을 찍고 있고 대구회원들은 안내와 접수 절차를 열심히 하고들 있다. 멀리서 온 구면과 초면인 회원 그리고 우리대구 회원들 모두 정답다.

식전행사가 끝난 후 대구문협 회장 장호병님의 환영사와 지연희 협회장의 인사 말씀으로 이어지고 윤재천 선생님께서 낭독한 '수필의 날 선언문'도 가슴속에 새겼다.

수필은 진정으로 살아있는 음성이다. 진지한 삶의 돌아봄이다. 우리는 수필을 통해 다시 태어날 수 있고 가슴에 불꽃을 피울 수 있으며, 강과 바다를 찬란히 여울지게 할 수 있다. 인류의 화해와 자연과 신과의 만남도 이를 통해 이룰 수 있다. 지혜와 포용이 그 안에 있다. 또한 무한한 가능성이 수필과 함께함을 확신한다. 수필은 지나간 시간의 기록이 아니라 우리를 향해 다가오고 있는 미래를 향해 펼치는 사랑의 향연이고, 언어의 축제여야 한다. 모든 고뇌와 기쁨이 정제되어 수필의 품에 뿌리를 내릴 때 우리의 삶도 빛날 수 있다. 먼 훗날에도 많은 이들의 기억 속에 이 날이 온전한 향기로 살아있고, 그때마다 보다 더 큰 빛이 사람들의 가슴을 안온히 휩쌀 수 있기를 소망하며 이에 수필의 날을 제정한다.

작품상을 받은 고동주 선생님 글과 반숙자 선생님의 작품은 가슴을 뭉클하게 했다. 시상식도 끝나고 세미나 시간으로 이어졌는데 손숙희 대구 수필가 협회장님이 6·25전시를 배경으로 대구문학이 한국문학의 중심에 섰던 이야기를 펼쳐 나갔다. 당시 대구로 피난 온 문인들이 활동했던 향촌동 일대를 무대로 작가들이 담론하던 장소들이며 생활상 등 오래된 사실 이야기를 조목조목 원고도 없이 풀어 나가는 박식함에 놀랐다.

석식을 문화예술회관 달구벌홀에서 해결한 후 어두워진 시가지를 관통하여 김광석 거리를 찾았는데 모두들 열심히 보고 듣고 사진들을 찍었다. 너무 짧은 시간이라 모두들 아쉬워했다. 대형버스가 시내 중심가 갓길에 세워 둘 수 없어 멀리 떨어진 방천 둑에다 세웠다. 밤이 꽤 오래되어 맥섬석 유스호스텔에 도착했고 방 배정을 받았다.

이튿날은 대구의 이곳저곳을 답사하는데 다섯 코스가 만들어졌다. 비슬산 쪽, 팔공산 쪽, 동구, 북구, 시내투어 등인데 나는 집 가까운 동구의 옷골과 신숭겸장군기념관과 불로 고분군, 시내 청라언덕 쪽의 코스를 잡았다. 200여 기의 고분이 늘어선 불로동 고분군은 볼만한데 시간이 모자라 생략하고 신숭겸 장군 기념관에 갔다. 신숭겸 장군은 후백제와의 전투에서 왕건이 위기에 처하자 옷을 바꿔 입고 왕건으로 변장하여 위기에서 구한 뒤 맞서 싸우다가 전사한다. 신숭겸 장군은 평산신씨 시조로 모셔지고 있으며 유적지에 들어서면 신숭겸 장군의 피 묻은 전투복과 흙을 모아서 단을 만든 표충단이 있다. 위에는 400년 수령의 배롱나무와 팽나무가 있는데 신숭겸나무라고 부른다.

다음은 대구 동구 둔산동에 위치한 경주최씨 종가가 있는 옻골 마을로 갔다. 두 그루의 회화나무가 마을입구를 지키고 있고, 갓 피어난 연초록의 부드러움과 연분홍 향기를 품어내고 있는 복숭아 밭에는 벌들이 윙윙대며 일행을 반겼다. 이곳에서 조선중기의 토지개혁론과 사회개혁론을 저술한 유형원의 반계수록을 최초 교정한 장소이기도 하단다.

선비나무라는 회화나무가 연두색 잎을 피우는 새봄이 더욱 발걸음을 가볍게 했다. 옻골 마을은 수령 350년이 넘는 거대한 회화나무 두 그루가 버티고 서 있는 어귀부터 시작된다. 도심에서 가까워 일부 가옥은 현대식으로 개량되었지만, 아직도 조선시대 양반주택과 생활상을 엿볼 수 있는 대구에서 가장 오래된 고택으로 양반가의 흔적들이 남아 있다.

대구 시가지를 관통하여 청라언덕으로 갔다. 연전에 선교사 주택 박물관 근처의 주택 몇 채를 사서 대구시에서 만든 대형버스 주차장이 참 고마웠다. 이곳이 바로 청라언덕이라는 말에 눈들이 쫑긋해졌다. 점심도시락이 도착했다. 커다란 스티로폼의 도시락이었다. 모두들 맛나게 먹는데 이 도시락통과 남은 음식을 어떻게 치운단 말인가. 도무지 버릴 만한 데가 없다. 서울 분들은 흥에 겨워 합창을 한다.

봄의 교향악이 울려 퍼지는 청라언덕 위에 백합필적에
나는 흰 나리꽃 향내 맡으며 너를 위해 노래, 노래 부른다.
청라언덕과 같은 내 맘에 백합 같은 내 친구야

청라언덕에서

네가 내게서 피어날 적에 모든 슬픔이 사라진다.

여기저기 나무 그늘 밑에 앉아 먹고 난 빈 도시락들이 무더기로 쌓인다. 가까이 있는 제일교회 근처를 가 봐도 선교사 기념박물관 주위에도 공중 화장실에도 버릴 만한 곳이 없다. 근처에는 구멍가게도 없다. 수거 봉지를 사기 위해 반월당 근처로 가게로 땀 뻘뻘 흘리며 뛰어가서 100L짜리 세 개를 구입했다. 검은 비닐봉지도 두어 개 얻어서 부리나케 일행이 있는 곳까지 뛰어오느라 숨이 턱에 찼다. 검은 봉지에는 국물 있는 것을 부어 화장실 변기에다 버리고 건더기는 따로 담고 밥은 밥대로 담았다. 스티로폼 도시락 그릇들은 차곡차곡 포개서 꾹꾹 누르고 끈으로 조여 묶어서 세 봉지에 나누어 담아 그것들을 들고 청라언덕을 내려오니 대기 중인 버스가 보인다. 안내소의 직원에게 사정해가며 주민자치센터에 허락을 받고 안내소 건물 뒤쪽에 가까스로 버릴 수 있었다.

바로 큰 도로를 가로질러 가까이 있는 오래된 천주교 계산 성당을 둘러보고 마당에 있는 이인성감나무도 본 뒤 골목투어 길을 따라 이상화 고택으로 왔다. 아담한 기와집인 고택 내부와 생활상을 보고 마지막 단체사진을 찍었다. 자세히 보니 우리 차에는 서울서 오신 문학단체의 높은 분들이 많이 탑승했다. 펜클럽 회장님이신 손해일 씨, 문효치 한국문협회장, 또 이 행사의 수장이신 지연희 선생님 등등 쟁쟁한 분들과 같이 한나절을 보낸 셈이니 영광이다.

대기 중인 서울 행 대형버스에 오른 분들을 배웅하고 나니 무사히 행사를

김외남

69

치른 마음 홀가분했다. 음식물 쓰레기는 끙끙대며 집까지 가져와서 개도 주고 씻어서 퇴비로 활용했다. 행사 때마다 제일 큰 걱정은 무엇보다 끼니문제다. 야외에서는 간편함이 제일이다. 가격도 싸고 맛있고 뒤처리도 용이한 걸로 메뉴를 짜야한다, 예를 들어 도시락은 찹쌀로 지은 주먹밥 한 덩이에 장아찌나 멸치 볶음 조금, 이런 식으로 개선함이 좋을듯하다. 내년에는 또 어디서 열릴까?

김외남

『문학미디어』 등단. 한국문협, 대구문협, 대구수필가협회, 달구벌수필 회원, 화요수필 회장. 저서: 수필집 『회상의 메아리』 『엄마놀이』

4월 14일 오후 4시 제17회 수필의 날 대구집회를 위하여 대구문화예술회관을 향하여 달빛고속도로를 달렸다. 달빛고속도로는 광주대구간 고속도로이다. 한낮에 달빛고속도로를 달리니 태양이 눈부시다. 뜬금없이 무슨 달빛인가.

대구와 광주 인사들이 달구벌 대구의 달과 빛고을 광주의 첫 글자를 따서 달빛고속도로라고 명명해달라고 국토부에 요청했는데 한글로 한 전례가 없다고 퇴짜 놓았단다. 달빛이라 순우리말이기도 하지만 운치 있는 이름이 아닌가. 왜 안 된다는 것인가. 일제만 식민지인가, 한자어나 영어를 애용하거나 고수하는 것도 다 식민지 잔재이다.

대구문화예술회관에 도착하였다. 참 크다. 수필의 날 행사는 팔공홀에서 열린다. 회관 정면은 달구벌 홀과 전시관이 하나의 큰 건물이고 왼쪽에 팔공홀이 별관으로 있다. 팔공홀 옆 비슬홀에서 예술문화대학이 열리고 뒤쪽에 예련관 1관, 2관이 있다. 회관 본관 뒤쪽에 야외음악당이 있다.

개회식이 열리고 수필의 날 창설자 윤재천 회장이 수필의 날 선언문을 낭독하였다. 수필의 날을 제정한 것은 2001년 12월 1일이었다. 선언문은 12월 1일인데 정작 수필의 날은 4월에 열리니 누군가 의아해 하였다. 지연희 수필의 날 운영위원장이 전에 열리던 7월은 너무 더워서 고령의 회원들이 참석하기에 무리인 것 같아 4월에 연다고 해명하였다.

이전 수필의 날 운영위원장은 정목일 수필가인데 정 위원장은 연암 박지원이 『열하일기』에 일신수필을 기록한 일자인 7월 15일을 수필의 날로 정해 이날을 전후하여 수필의 날 행사를 거행하였다. 한여름이라서 무더위에 고생이 많긴 많았다.

한국삼대기행 수필은 신라 혜초스님의 『왕오천축국전』, 연암 박지원의 『열하일기』, 유길준의 『서유견문』이다. 이왕 수필의 날 원년을 기념하려면, 혜초의 『왕오천축국전』에서 찾아야 하지 않을까. 불행히도 현존 『왕오천축국전』은 원전이 온전하지 않아 왕복날짜라든지 기록한 날짜라든지 명확한 게 없어 이를 근거로 무엇을 정하기가 곤란하다.

예수 그리스도의 탄생일은 아무도 모른다. 기록이 없다. 크리스마스 성탄절은 12월 25일로 그냥 정한 것이다. 정하여 기념하면 기념일이 되는 것이다. 혜초의 『왕오천축국전』도 그냥 4월 어느날로 정해 기념일로 삼고 기념하면 되지 않을까. 4월 28일을 혜초의 『왕오천축국전』 각필일로 추정하고 기념일로 제정하고 수필의 날로 삼아 수필의 날 행사를 거행하면 되지 않을까? 생각해본다.

수필의 날 행사는 대구문예회관 팔공홀에서 열렸고 숙박은 팔공산 맥섬석 유스호스텔에서 이뤄졌다. 팔공홀은 대구시의 북쪽에 있는 팔공산(1,192m)이고 비슬홀은 남쪽에 있는 비슬산(1,083m)이다. 대구시는 남북에 큰 산이 두 개나 있다. 광주광역시는 무등산(1,187m)이 있고 부산에는 금정산, 대전에는 계룡산, 서울에는 삼각산과 관악산이 남북에 있다. 대도시에 명산이 있으니 시민들은 기껍다.

팔공산은 본디 공산公山이었는데 고려태조 왕건을 위하여 대신 순절한 김락金樂과 신숭겸申崇謙을 위시하여 8명의 장군이 전사하니 그 팔공八公을 기리어 팔공산이라고 하였다는 전설이 있다. 김락과 신숭겸은 고려 예종이 추모시로 지은 마지막 향가 「도이장가悼二將歌」의 주인공들이다.

전라북도 장수군과 진안군 사이에도 팔공산(1,148m)이 있다. 똑같은 이름이다. 여기의 팔공은 성불한 8명의 스님들이다. 본디 이름은 성적산聖迹山이었다. 여기 산자락에 팔성사가 있다. 옛날의 운점사이다.

『신증동국여지승람』에 "운점사: 신라 진평왕眞平王이 중수하였으니 승僧 원효元曉의 도량이었다. 남북쪽에 만향점萬香岾이 있는데 원효와 의상義湘이 이곳에서 강법講法하였다. 이상한 향기가 풍겨 붙인 이름이다."라고 하였다. 또 "의상義湘이 중건한 팔공암八功庵이 성적산聖迹山에 있다."고 하였다.

팔공암八功庵의 팔공은 다른 뜻도 있겠지만 약수를 팔공덕수라고 하니 약수가 나는 암자가 아닌가 한다. 팔공덕수八功德水란 구사론俱舍論에는 달고, 차고, 부드럽고, 가볍고, 깨끗하고, 냄새가 없고, 마실 때 목이 상하는 일이 없고, 마시고 나서 배탈 나는 일이 없다고 하였다. 이 팔공암에서 팔공산의 이름이 유래하지 않았을까 짐작해본다.

팔성사 중건비를 보면 신라 원효의 척판구중撊板救衆 설화가 등장한다. 양산 천성산 설화와 같다. 원효가 참선에 들어 보니 중국 한 절의 뒷산이 곧 무너질 기세였는데 많은 스님들이 그 절에 기거하고 있었다. 원효가 급한 마음에 널빤지에 해동원효海東元曉 척판구중撊板救衆 8자를 새겨 던지니 그 절에 날아가서 공중에 빙빙 돌자 1천 명 스님들이 구경하느라 몰려나왔고 그때 뒷산이 무너져 살아나게 되고 원효를 찾아와 수도하여 1천 명의 성인이 되었다는 설화이다.

남한의 많은 절이 원효가 척판구중한 참선 절이 자기네 절이라고 주장한다. 그러나 팔성사는 그중에 8명이 팔공산에 와서 수도하여 성인이 되어 팔성사라고 하였다는 것이다. 이도 대구 팔공산의 설화와 같은 면도 있다. 원효의 여덟 제자가 천성산에서 공산으로 들어와 세 분의 스님은 삼성암(대구 동구 신무동)에서, 다섯 분의 스님은 오도암(경북 군위군 부계면)에서 득도를 했기 때문이라는 전설이 있다. 대구나 장수나 팔공이 팔성이라는 것이다.

대구 팔공산은 왕건을 구하다 전사한 8장군을 가리키는 것이라고 봄이 타당할 듯싶다. 장수 팔공산은 성적산이란 원효, 의상 양대성인의 자취를 간직한 산에서 8명의 성인 제자를 가리키는 이름으로 개칭된 것이라고 봄이 타당할 듯싶다. 장수 팔공산은 팔공산보다는 오히려 팔성산이 더 알맞은 이름이겠다.

대구의 팔장군이든 장수의 팔성인이든 팔공의 공덕을 생각하면서 대구 수필의 날 공덕을 쌓은 팔공은 누가 될까 생각해본다. 대구 팔공산, 장수 팔공산에 이어 수필 팔공산이 한국 수필계에 용출하여 우뚝하지 않을까. 그 팔공에 내 이름이 끼어들 일은 없겠지만 수필계에 어떤 공덕을 쌓아야만 팔공산과 함께 만고유방萬古流芳할까 합장한다.

김윤숭
한국문학관협회 감사, 한국사립문학관협회 이사, 지리산문학관 관장, 사단법인 한국수필가협회 부이사장

팔공산에 핀 꽃

瑞峯 김정호 ●

　　긴 여름날의 해가 서쪽으로 기우는 무료한 시간이다. 나른한 여름날의 게으름에서 벗어나고자 팔공산 송림사 전탑 앞에 두 손을 합장하고 섰다. 삼배의 예를 표하고 천천히 탑돌이를 시작한다. 나 속의 나를 찾기 위한 참배의 시간이다. 모든 것을 내려놓는 무아삼매에 들어보지만, 그도 잠시뿐이다. 지난 4월 봄꽃이 아름다운 날 서울 문인협회에서 왔다는 낯선 어느 여류 수필가의 모습이 잠시 머릿속에서 맴돈다. 참으로 곱고 티 없이 순진한 모습이었다. 첫눈에 반했다는 말이 이런 것일까. 아직은 노망할 나이는 아닌데 내가 왜 이러는지 모르겠다.

　　지난 4월 15일 한국수필의 날 행사가 대구문화예술회관에서 성대하게 거행되었다. 문단에 이름을 올린 지도 10여 년이 지났으나 한국수필가의 날 행사는 처음 참가해보는 행운을 얻었다. 그동안 무엇을 했는지 모르겠다. 나에게 수필의 날 행사는 대구 달성공원에서 시작된다. 멀리 경남 충무에 사는 존경하는 양미경 수필가 선생님으로부터 연락이 왔다. 원로수필가 고동진 선생님이 한국수필가 문학상을 받으시게 되었단다. 해서 대구를 안내해 달라는 부탁이다. 점심 후 두 시간 정도의 여유가 있다고 한다. 그 짧은 시간에 대구를 어떻게 알려드릴까 고민 끝에 유서 깊은 달성공원을 선택하였다. 토성을 따라 한 바퀴 돌아보는 달성공원은 때맞춰 피어난 봄꽃의 향연이 우리의 혼을 사로잡는다. 이쯤이면 성공적인 것 같다.

주간 행사를 마쳤다. 나는 이번 행사에서 나는 대구 인근 명승지 투어 2호 차 안내를 맡았다. 저녁 시간 김광석 거리 투어를 마치고 팔공산맥섬석유스 호스텔을 향해 출발한다. 2호 차 안내를 맡은 나는 잠시 행복한 고민에 잠긴다. 전국에서 모인 수필가 선생님들에게 대구를 어떻게 하면 좀 더 좋은 인상으로 각인시켜줄까 하는 생각에 잠시 객기를 부려 마이크를 잡는다.

"안녕하십니까? 대구 투어 2호 차 안내를 맡은 대구의 수필가 서봉 김정호입니다."라는 인사로 쑥스러움을 대신하고 재담이 시작된다.

"옛날 어느 승시僧市가 문경 땅 새재 초입에서 성대하게 열렸더랍니다. 때맞추어 전라도 땅 선암사 스님과 경상도 땅 해인사 스님, 충청도 땅 법주사 스님 세 분이 주막집에 모여서 수인사를 나누게 되었지요. 그리고 서로 자기 절 자랑을 하더랍니다.

먼저 선암사 스님이 자기 절 자랑을 시작하는데 우리 절 뒷간은 얼마나 깊고 큰지 아침에 볼일을 보고 나오면 저녁녘이나 되어서야 풍덩 하는 소리가 들린다고 너스레를 떨며 자랑을 하였답니다.

가만히 듣고 있던 해인사 스님께서 질세라 있지도 않은 수염을 쓱 닦으면서 한마디 하시는데, 우리 절은 얼마나 크고 사부대중이 많이 드나드는지 전

각마다 문고리가 닳아 떨어지는 쇳가루가 하루에도 서 말하고도 닷 되나 된다고 자랑을 하였답니다.

이때 법주사 스님도 질 수 없다 싶어 앉은 자리에서 벌떡 일어나 자기 절 자랑을 시작합니다. 우리 절에는 예로부터 장철, 즉 무쇠로 만든 아주 큰 가마솥이 있는데 얼마나 크던지 거기에 물을 가득 채워놓고 한 바퀴 돌라치면 스님 세 분이 배를 타고 사흘 밤낮을 쉬지 않고 노를 저어 돌아야 한다고 자랑을 늘어놓습니다.

이때 지나가던 객승 한 분 이 말을 듣고 있다가 예끼, 이보시오. 스님들, 내 일찍이 다 가보지 않아서 잘은 모르겠소만, 세 분 스님 허풍도 어지간하시구려. 소승으로 말할 것 같으면 황산벌 관촉사 스님이온데 우리 절 이야기 한번 들어보소. 우리 절에는 아주 큰 미륵부처님이 계시온데 흔히들 은진미륵이라 이르지요. 그 미륵부처님 머리 위에 펑퍼짐하게 생긴 돌로 만들어진 갓이 있소이다. 어느 해 주지 스님께서 그 갓 위에 대추나무를 가득 심어놓았는데 어느 가을날 미륵부처님께서 감기가 드시어 재채기를 한번 하니 우수수 대추가 떨어지는데 3백 석이나 됩디다. 하고 자랑을 늘어놓았습니다. 갈수록 태산이요 첩첩산중이라고 이 스님 허풍도 두 번째 가라면 서러워할 듯합니다." 이쯤에서 2호 차에 승차한 수필가님들은 한바탕 뒤집어지며 박수가 쏟아진다. 첫인사부터 성공을 거두었다.

다음 날은 명승지투어가 아침 일찍이 시작된다. 전국에서 모인 200명이 넘는 수필가님들은 6대의 관광버스에 나누어 타고 각기 다른 6개 코스를 답사에 나선다. 우리 2팀은 팔공산 투어를 하기로 하였다. 팔공산은 명산답게 가볼 만한 명승지가 아주 많다. 그래도 처음 목적지는 팔공산 동화사를 참배하기로 하였다.

동화사는 대한불교조계종 25개 본사 중의 하나로 대구를 대표하는 사찰이다. 대웅전을 참배하고 통일대불 쪽으로 향한다. 동화사 경내에 있는 통일전과 통일대불은 노태우 전 대통령이 천만 불자의 염원과 무한한 부처님의 가피력으로 반세기의 분단 조국을 통일하겠다는 다짐으로 건립한 대작 불사의 결실이다. 통일대불 앞에서 지극한 마음으로 삼배를 드리는 불자 선생님들의 뒷모습이 숙연해진다.

다음은 천주교 한티성지 순례의 시간이다. 이곳은 천주교 신유박해(1810년) 때 박해를 피하여 모여든 신도들의 은신처였다. 이곳 팔공산 골짜기로 피신하여 살다가 발각되어 처형을 당하였다는 천주교 신자들에게 매우 뜻깊은 성지다. 그때 순교한 신도들의 무덤 37기가 이를 증명하고 있고, 그들이 살았다는 초가집들이 초라한 모습으로 보존되어 있다.

마지막으로 송림사 5층 전탑 앞이다. 이 탑은 벽돌을 구워서 쌓아 올린 전탑으로 보물 189호로 지정되었다. 이곳에서 대한불교 조계종 포교사의 실력은 여기에서 어김없이 발휘된다. 경상도 지방 몇 군데만 있다는 귀한 전탑이다. 탑의 모양과 탑의 건립에 관한 유래 및 탑의 구조 등을 차근차근히 설명하니 이 자리에 모인 선생님들의 감탄사가 이어진다. 이렇게 1박 2일의 팔공산에 핀 꽃들의 만찬은 끝을 맺는다.

김정호

그때가 언제인데 서울에서 오셨다는 이름마저 잊어버린 어느 여류수필가의 고운 모습이 갑자기 생각난다. 어쩌면 저리도 곱게 나이를 먹어갈 수 있을까 싶다. 혹시라도 선생님에게 조그마한 오해라도 있을까 싶어 연락처마저 물어보지 않고 헤어진 수필가의 모습이 오늘 갑자기 아련한 모습으로 떠오른다. 마음이 고우면 외모도 아름답게 빛난다 했던가. 선생님의 안부가 궁금해진다. 잠시 스쳐 지나간 인연으로 만났다 헤어진 대구 변방의 수필가를 기억이나 하시겠느냐마는 아름다운 외모만큼 잘 살고 아름다운 명문의 글을 쓰고 계시겠지. 때가 되고 인연이 닿으면 심성 고우신 선생님 글 한 편으로 안부를 물어보리라. 밤이 시작되려는 한 식경 동안 나의 탑돌이는 계속된다.

김정호

2006년 수필가비평사 신인상 수상 등단. 수상: 2016년 대구수필가협회 문학상. 대구문인협회, 대구수필가협회, 영남수필문학회, 대구수필문예회 회원. (전)대구수필문예회 회장, 대구수필가비평작가회의 회장, (현) 대구문인협회 이사, 대구수필가협회 이사. 저서: 『이룬 꿈 못다 이룬 꿈』『목화꽃 향기 되어』『홀씨 하나 떨어져』

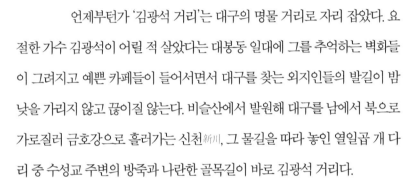

　　언제부턴가 '김광석 거리'는 대구의 명물 거리로 자리 잡았다. 요절한 가수 김광석이 어릴 적 살았다는 대봉동 일대에 그를 추억하는 벽화들이 그려지고 예쁜 카페들이 들어서면서 대구를 찾는 외지인들의 발길이 밤낮을 가리지 않고 끊이질 않는다. 비슬산에서 발원해 대구를 남에서 북으로 가로질러 금호강으로 흘러가는 신천新川, 그 물길을 따라 놓인 열일곱 개 다리 중 수성교 주변의 방죽과 나란한 골목길이 바로 김광석 거리다.

　　원래 이곳은 방천시장이라 불리는 재래시장이 크게 형성되어 있었다. 1945년 해방과 함께 일본과 만주 등지에서 돌아온 사람들이 이곳에서 하나둘 장사를 시작했고, 6·25전쟁을 거치며 피란민들이 이곳을 생활의 터전으로 삼으면서 규모가 더욱 커졌다. 지금도 시장 표지판이 높다랗게 세워져 있기는 하지만 재래시장으로서의 역할보다는 김광석 거리 주위 상권으로서 명맥을 유지하고 있다는 느낌이다.

　　이곳은 여고시절 내가 매일 지나다녔던 추억의 장소이기도 하다. 신천을 사이에 두고 방천시장과 마주보는 곳에 우리 학교가 자리하고 있다. 당시 주변에는 신천을 따라 남학교 두 곳도 나란히 있었는데, 그러다 보니 등하굣길 버스는 늘 학생들로 발 디딜 틈이 없었다. 특히 아침 출근시간의 버스는 콩나물시루 그 자체였다. 아침 버스에서 옆 학교 남학생이 책가방을 받아주었다는 둥, 복잡한 버스에서 도시락이 가방에서 빠져나오는 바람에 여학생의 얼굴이 홍당무가 되었다는 둥, 주말 말끔하게 세탁한 하얀 운동화를 버스 안에서 누가 밟아 속상하다는 둥 만원버스는 늘 화젯거리를 몰고 다녔다.

겨울에 신천에서 불어오는 바람은 유난히 매서웠다. 방한복이 부실했던 시절, 교복 스커트에 검정 모직 외투 하나 걸치고 겨울을 나야 했던 우리들에게 강가로 난 길을 따라 교문으로 이어지던 길은 얼마나 길었던지, 털장갑과 털목도리로 아무리 감싸고 둘러도 비집고 들어오는 송곳 같은 바람을 막을 수는 없었다.

여름에는 또 어땠고. 분지盆地 지형으로 아스팔트가 녹을 정도로 찜통더위를 자랑하는 대구이기에 한 반에 60명을 훌쩍 넘어 70명에 가까운 학생들이 옹기종기 모여 있는 교실은 그야말로 가마솥 안이었다. 가만히 앉아 있는 우리도 더웠지만 한 시간 동안 서서 수업해야 하는 선생님들이 흘린 땀은 오죽했을까.

그 시절 방천시장은 우리들이 주전부리를 하러 들리는 곳이었다. 그곳에는 학교 앞 분식집에서는 먹을 수 없는 부추전 등 다양하고 푸짐한 먹을거리가 있어서 야간자습시간 선생님의 눈을 피해 빠져나와 찾는 학생들이 많았다.

특히 기억에 남는 것은 교내합창대회를 준비하면서 피아노가 있는 장소를 찾던 중 방천시장 주변에 있던 교회를 이용한 일이다. 연습을 마친 후 친구들과 방천시장으로 우르르 몰려가 먹었던 떡볶이와 납작만두 맛은 지금도 잊을 수가 없다. 게다가 우리 반이 합창대회에서 1등까지 했으니 반장을 맡고 있던 나로서는 더욱 즐거운 기억으로 남아 있다.

학교 축제인 수선제 때는 신천 주변의 학교뿐만 아니라 대구 시내에 있는 학교의 학생들도 구경을 왔다. 교화인 수선화에서 이름을 따 수선제라 불렀는데, 이 기간 동안에는 남학생들도 학교 출입이 허용되어 여학교를 구경 온 남학생들로 북적였다. 당시에는 입시를 앞둔 3학년을 제외하고는 거의 모든 전교생이 문집을 만들어 전시했다. 문집에는 자작시나 애송시 그리고 자기소개도 적어 넣고 친구들과 찍은 사진, 말린 꽃이나 잎으로 꾸미곤 했다. 또 문학 동아리에서는 축제 기간 중 시화전을 열었는데, 내가 문학의 길로 접어든 것도 이때의 영향이 크지 않았나 싶다. 동아리를 이끌어주셨던 선생님께서 먼 거리를 마다 않고 지금도 격려해 주시니 감사할 따름이다.

여고시절은 늘 아련하고 풋풋한 기억으로 가슴에 남아 있다. 하지만 세월은 흘러 여학교였던 우리 학교가 십여 년 전 남녀공학이 되었다는 사실이 낯설다. 주위의 남학교 두 곳은 이사를 나가고 그 자리에 아파트가 들어서 있어 아쉬움을 더한다.

문학행사 차 들른 김광석 거리에 서니 〈서른 즈음에〉라는 그의 노래가 거리를 따라 울려 퍼진다. 이제 마흔도 쉰도 넘은 나이, 단발머리 여고시절 친

김종미

구들과 깔깔거리며 이 거리를 지나던 소녀의 모습은 찾을 길이 없지만 삼십여 년 전의 나를 회상하는 즐겁고 의미 있는 시간이었다.

김종미

대구 출생. 경북대학교 졸업. 『문학시대』 등단. 한국문인협회 모국어가꾸기위원회 사무국장. 국제펜클럽 한국본부 회원

되찾은 봄을 즐기려고

김태식 ●

  마음은 이미 대구 하늘을 날고 있다. 설레는 가슴에 그곳 일정이 빼곡히 들어와 박혀서인지 이른 시간에 눈이 떠진다. 제17회 수필의 날 행사가 대구에서 열린다고 했다. 지역에 연고가 없어 평소 가기 힘든 곳을 가볼 수 있다는 것도 자그마한 축복이다. 그동안 사업차 간간히 공단지역만을 스쳐 지나던 곳이다. 그래서였는지 수필가들의 생일날, 같은 길을 함께 가는 사람들과의 동행은 더욱 행복을 가져다준다.

  수필의 날 기념식에 앞서 대구 서부도서관에 있는 향토문학관을 찾았다. 문학관에 대한 관심이 남다른 내게는 그것이 더없는 기쁨이자 즐거운 여정이다. 문학작품이 작가 개인의 창작물이긴 하지만 독자들과 더불어 사회와도 구별해 생각할 수 없는 만큼 그것들과 관련한 자료들을 수집하고 정리하여 전시해 놓는 일은 뜻깊은 일이라 하겠다. 특히 그것이 개인을 위한 것이어도 좋겠지만, 그 지역에서 창작활동을 한 지역문인들 모두의 관한 것이라면 나름대로 보람 있는 일이다. 전시물을 돌아보는데 구상 시인의 시집 『초토의 시』가 특히 눈에 들어온다. 학창시절 청계천의 헌책방에서 손에 잡힐

듯하다가 구하지 못했던 책이다. 그래도 수십 년이 지난 지금 이렇게 다시 대하니 눈이 즐겁고 마음은 이미 부자가 되어간다.

다양한 분야에서 많은 문화예술인들을 배출한 도시답게 토착 문인들과 한국전쟁 당시 피난 와 이곳을 터전삼아 활동했던 여러 문인들의 소개를 들으니 이곳이 왜 그렇게 문학 활동이 활발했었는지 이해가 된다. 관람을 마치고 밖으로 나오니 갑자기 빗줄기가 굵어간다. 비를 맞으며 차량으로 이동하는 우리의 모습이 안타까웠는지 도서관에서 안내를 해주던 직원이 꽤 많은 우산을 건네준다. 비를 피하라고 넘겨준 우산이 이곳 대구의 정을 듬뿍 담아 전해주는 느낌이다.

행사가 열릴 대구문화예술회관에 예정시간보다 조금 일찍 도착했다. 주변을 돌아보며 즐기자니 지역문인들의 핸드 프린팅 모습이 눈에 들어온다. 내 손을 그 손 위에 펼쳐 보며 그분들과 인사를 나눴다. 이미 행사장에는 많은 수필가들이 도착해 있었다. 작년에 만났던 수필가들과 오랜만에 만남을 기뻐했다. 또한 그간 지면을 통해서 알게 된 수필가들과의 만남을 기대하며 인사하기 바쁘다.

'수필의 역사를 짓다'라는 주제를 가지고 행사가 시작되었다. 개회인사에 이어 내빈소개를 시작으로 두 분이 올해의 수필인 상을 받는다. 오랜 세월을 얼마나 열심히 했으면 상을 받을까 하고 잠시 부러운 눈길로 바라본다. 계속해서 이어진 수필문학 세미나에서는 발표자의 '대구 전시문단 형성과 대구의 문학'이라는 주제로 손숙희 대구수필가협회장의 발표가 있었다. 먼저 대구라는 도시를 근거지로 지역문단에서 활동하며 문학의 씨앗을 뿌린 개척자들을 나열해 가며 그들이 전쟁으로 인해서 새로 유입된 중앙문단의 여러 작가들과의 교류를 가지며 근 현대문학의 모태가 되었다고 한다. 향토문학관에서 전시된 것을 보고 들었던 내용을 자세하게 복습하는 시간과 같았다. 이곳에서 전시문학에 대한 새로운 시각을 갖게 된 것은 또 하나의 수확이다. 이어서 수필 낭송과 수필 퍼포먼스를 보며 참신한 기획에 박수를 보냈다.

주최 측에서 정성스럽게 마련해준 저녁식사 후에 '김광석 다시 그리기 길'을 돌아보며 그 가수가 잠시 머물렀다던 자그마한 인연과 작은 공간도 어떻게 이용하고 홍보하느냐에 따라서 충분한 가치를 창조해 낼 수 있다는 것을 깨달았다.

오늘 일정도 기대가 컸었다. 아침부터 신숭겸장군유적지를 시작으로 경주최씨 종가 고택이 있는 옻골 마을을 방문한 후, 요사이 인기 있다는 대구 골목길 투어에 나섰다. 그 투어의 시작이라는 청라언덕으로 향했다. 노산 이은상이 작사를 하고 이 지역에서 학교를 다닌 박태준이 작곡한 가곡인 〈동무생각〉으로 우리에게 잘 알려진 곳이다. 노래를 흥얼거리며 청라언덕이 궁금하기는 했었다. 자그마한 언덕에 마치 가사처럼 봄의 교향악이 울려 퍼지기라도 하는 듯 이곳저곳 꽃 소식이 한창이다. 비록 백합화는 보지 못했지만 동무생각 노래비 뒤편에 활짝 핀 등꽃을 시작으로 영산홍이며 튤립 등이 봄을 알리기 바쁘다.

언덕을 노래를 부르며 넘어가는 길에 지역 문인으로부터 청라가 푸른靑 담쟁이羅를 뜻한다는 사실을 알게 되었다. 구한말에 선교를 위해 들어온 선교사들의 집이 이 언덕에 많았는데 그 주택들을 푸른 담쟁이덩굴이 뒤덮은 데서 청라언덕으로 불리게 되었다고 한다. 그곳을 거닐다 보니 대구제일교회 뾰족한 십자가 쌍 탑을 배경으로 늘어선 중세풍의 건물들이 마치 동유럽 어느 고풍스러운 마을에 서 있는 듯한 착각에 빠져들게 한다. 대구에서 3.1만세운동의 시발점이 되었다는 계단 길을 내려오며 그 시절 선조들의 고난에 감사를 하며 잠시 숙연해졌다.

이번 대구 여행길에 김원일 작가의 '마당 깊은 집'을 꼭 가보고 싶었다. 그렇지만 많은 문인들이 움직이다 보니 조별로 정해진 곳을 둘러보는 계획 때문에 방문을 하지 못했다. 그중에서 평소 가보고 싶어 하던 곳, 이상화 고택을 가게 되어 나름의 위안을 삼는다. '지금은 남의 땅-빼앗긴 들에도 봄은 오는가 (…) 그러나 지금은 들을 빼앗겨 봄조차 빼앗기겠네'

새로 복원한 집이어선지 옛 멋은 많이 사라진 것 같았다. 그래도 시인이 작고하기 전까지 살았던 그 모습 그대로를 간직한 집이라고 하니 뜻깊은 곳이다. 검소하고 정갈한 모습이 시인의 성품을 잘 나타내 주는 것 같았다. 마당 한구석에 서있는 표석에 시인의 대표작인 「빼앗긴 들에도 봄은 오는가」가 새겨져 있어 다시 한 번 감상할 수 있는 기회를 가졌다. 읽으면 읽을수록 시인의 민족혼 속으로 깊게 빠져들게 만든다. 그것을 보면서 시인이 얼마나 위대하게 우리에게 다가서는지 느껴진다. 고택의 역사만큼이나 앞으로도 시인이 외쳤던 저항정신은 사라지지 않고 계속될 것이란 생각이 든다.

그곳을 떠나 발이 머문 곳은 일제 강점기 국채보상운동을 주도했던 서상돈 선생 고택이다. 단연회를 조직해 전 국민이 모두 단결해 금연을 하여 아낀 돈으로 일본에서 꿔온 돈을 갚아 우리의 주권을 회복하자 했던 운동이다. 비록 결실을 맺진 못했을지라도 그 시절 그들에게 항거했던 대표적인 민족운동이다. 그런 것이 민족자결로 이어져 훗날 3.1운동까지 이어지지 않았을까.

　1박 2일간 이어진 특별한 대구로의 외출도 아쉬움을 남기고 멀어져 간다. 내년에는 어느 곳에서 수필가들의 생일을 맞을지 벌써부터 기대가 된다. 이상화시인은 그 시절 봄조차 빼앗기겠다고 절규했지만 나는 지금 이 시간에도 그런 선조 덕분에 시인이 찾아준 봄을 여유롭게 마음껏 즐기고 있다. 서울로 오는 동안에도 다시 찾은 봄의 꽃들이 나를 따라온다. 대구에서 보고 듣고 느끼며 새롭게 나의 빈곳을 채워준 모든 지식들이 점점 커가는 수필사랑으로 이어져 앞으로 작품을 풀어놓을 밑거름이 되길 기대한다.

김태식
월간 『한국수필』 등단. e-mail: qualitychem@hanmail.net

길

김태실

세상에 태어남과 동시에 길 하나가 주어진다. 어떤 길인지 모르는 미래는 열리고 하루하루 지나며 정점을 향해 발짝을 내딛는다. 목표를 향해 가기도 하지만 전혀 예상치 못한 길로 접어들 수도 있다. 눈곱만큼의 오차가 생기는 순간 시간이 지날수록 다른 방향으로 내달리는 기차처럼 낯선 곳에서 서성이게 되기도 한다. 생의 목표점에 정확히 다다르기란 쉽지 않은 일이다. 삶의 길에서 정열을 태울 수 있는 일이 있다면 곧 자신에게 주어진 길이 아닐까 생각한다. 문인들이 오늘을 충실히 살아야 할 이유다.

제17회 수필의 날이 대구에서 열렸다. 대구 문화예술회관에서의 축제는 문학으로의 발자국을 크게 내딛는 계기가 되었다. 애초 글 쓰는 사람으로 태어난 사람도 있겠지만 어쩌다 들어선 문학에 마음 끌려 걷게 된 사람에게 축제는 큰 선물을 안겨 주었다. '수필의 역사를 짓다'라는 표제처럼 삶의 길에 한 계단 탑을 쌓은 기회가 되어주었다. 선배 문인의 발자취를 따라 걷고 싶은 마음에 불을 댕긴 시간이었다. 해마다 낭독되는 수필의 날 선언문이 절실하게 와 닿는다. '우리를 향해 다가오고 있는 미래의 향연이고, 언어의 축제'

이며 '모든 고뇌와 기쁨이 정제되어 수필의 품에 뿌리를 내릴 때, 우리의 삶도 빛날 수 있다.'는 말은 수필의 길을 다시금 깨닫게 한다.

문학의 산실인 대구는 예술의 도시이며 근대 문학의 도시이다. 일제시대와 한국전쟁을 겪으면서 당당히 문학인으로 살아온 선구자들의 흔적을 시립서부도서관에서 둘러볼 수 있었다. 육필원고와 작품집, 문인들의 시대별 특징을 살펴보면서 어떠한 상황이 다가와도 쓰는 일을 그만두지 않은 선배 문인들에게 고개가 숙여졌다. 무엇이 그들의 마음을 변치 않게 했을까. 목숨이 끝나는 순간까지 펜을 잡고 써야했던 숙명 같은 글쓰기는 어디서 흘러나온 힘일까. 그들이 남긴 발자취는 우리의 보물이 아닐 수 없다. 뒤를 이어 활발하게 작품을 발표하고 있는 대구출신 현대 문인들의 얼굴사진과 약력을 보았다. '치열하게'라는 말이 가슴을 파고든다.

대구에는 한티가 있다. '큰 재'라는 뜻의 한티성지에는 30여 명의 순교자 무덤이 있다. 1866년, 흥선 대원군이 천주교를 탄압하며 일으킨 병인박해로 목숨을 잃은 신자들이다. 21세기인 지금은 종교의 자유가 있지만 당시에는 천주교를 서양의 학문인 서학이라 부르며 곱게 보지 않았다. 그들이 선택한 길은 목숨을 건 삶이었다. 믿음을 지키는 일이 자신에게 주어진 길이라며 받아들인 그들은 두렵다고 떠나지 않았고 힘들다고 버리지 않았다. 어떠한 상황에서도 문인들이 문학을 지켜온 애씀과 다르지 않다. 목숨을 잃을 위기에서도 풍요롭게 가슴을 채우는 그 무엇이 있기에 어려움을 이겨냈을 것이다. 깊고 깊은 산중에 모여 살며 의연히 시대의 뿌리가 되어준 그들을 기억한다.

그때도 눈부신 햇살은 동네를 감싸 안았겠다. 따사로운 햇살 속 초가집 마당과 골목을 거닐며 150년 전의 그들을 생각한다.

삶은 열정을 사르며 한 생을 살아내는 것이다. 살다보니 문학의 길로 들어섰고 수필가로 살게 되었다. 복된 운명이다. '인류의 화해와, 자연과 신과의 만남도 이를 통해 이룰 수 있다'는 수필의 날 선언문은 삶을 수필로 꽃피우라는 메시지가 아닐 수 없다. 수필가로 사는 귀한 선물을 받았으니 마음을 추슬러 푯대 하나를 세운다. 선배 문인들을 따라 항구하고 뜨겁게 살고 싶은 다짐과, 이 길을 걷게 될 후배들에게 부끄럽지 않은 모습이 되어야 한다는 책임감이다. 대구에서 열린 수필의 날 잔칫날에 받은 선물을 가슴 깊이 안아본다. 문학의 길에 작은 실핏줄이 되고자 하는 열망 하나가 타오르고 있다.

김태실

『한국문인』 수필 부문 당선 등단. 『문파문학』 시 부문 당선 등단. 한국문인협회 이사. 국제PEN클럽 한국본부, 한국수필가협회, 카톨릭문인회 회원, 문파문인협회 상임운영이사, 동남문학회 회장 역임. 수상: 제3회 동남문학상, 제8회 한국문인상, 2013년 한국수필 올해의 작가상, 제7회 문파문학상, 제34회 한국수필문학상. 저서 : 시집 『그가 거기에』, 수필집 『이 남자』 『그가 말 하네』

제17회 수필의 날(4월14일) 대구에 있는 한국수필문학관을 탐방했다. 한 수필운동가 열정의 금자탑으로 보인다. 그 건립과정이 감동스럽다. 문학관 건립의 동기가 경이롭다. 지난 2004년 계간『수필세계』창간식에서 수필문학관의 필요성에 대한 논의가 있었다. 이때 말씨가 되었다. 수필 시대를 맞이하여 수필인구가 늘어남에 따라 10년 뒤에는 이런 수필행사를 수필문학관에서 하자는데 뜻을 같이 했다. 문학관을 서울에 건립하는것이 좋겠는데 별 소식이 없었다. 차선책으로 대구에 건립해도 좋을까? 무반응이었다. 부득히 수필운동가인 홍억선 선생이 말씨를 살리겠다는 사명감에서 일어섰다.

만 10년째인 2014년 여름에 문학관 부지(558평방미터)를 매입했다. 위치는 대구시 동구 봉산동 근대 골목길인 대구향교 정문 앞이다. 2년 동안 준비 끝에 2015년 4월 18일 건립되었다. 총 건축비는 11억9천여만 원인데 홍억선 선생이 11억원을 부담하고 9천여 만원은 99명의 후원자들이 후원했다.

문학관 시설 상황을 보면 3층 세미나실은 53평 규모로 수용 인원 100명

내외이다. 용도는 전시 공연 출판 세미나 등 행사를 치를 수 있으며 영상 방송 시설을 가추고 일반 행사를 위해 원탁테이블(100인용)을 구비했다.

2층 수필자료실은 20평 규모로 40여 개의 책장에 2만여 권의 장서를 보유 할수 있도록 마련되었다. 개관 당시 전국 수필문학회 작품전을 열고 수필 창간호 등 귀중한 자료를 전시하여 훗날 귀중한 문화재가 될 것으로 기대된다. 문학관 별관에 고서와 귀중본의 자료를 보관할 수 있도록 별도의 자료실이 마련되어 있다.

2층 강의실은 20평으로 일반 교실 한칸 규모이다. 40여 명 내외의 인원을 수용할 수 있으며 문학 강좌 및 일반 문화 예술 프로그램 강좌를 운영할 수 있다.

1층 북카페는 13평 규모로 문학관의 효율적 운영을 위해 업종을 북카페로 한정하여 임대 또는 직영운영을 계획하고 있다. 별관 다원茶園은 휴식공간이다. 문학관을 이용하는 15명 내외의 동아리, 친교활동 강사의 휴식 공간으로 활용되며 다양한 차와 음료를 자치적으로 준비하여 활용할 수 있다,

2004년 창간한『수필세계』의 창간 정신을 본다. 첫째, 수필교과서가 되어야 한다. 기존 수필가와 예비문인들을 위한 이론적 토양이 되어야 한다. 둘째, 책을 만드는 사람보다 수필가가 귀한 대접을 받는 문예지가 되어야 한다. 셋째, 소수 정예의 신인을 배출한다. 1년에 한두 명의 신인을 엄정하게 선발한다. 정말 일당 백의 수필전사를 수필 문단에 출격시킨다. 그러기 위해 반드시 5편 이상 응모작을 받고 5편 이상작을 신기로 했다. 또한 문단에 첫

발을 딛는 이들에게 평생동안 자부심을 갖도록 원고료를 주기로 했다. 지난 13년 동안 『수필세계』 50호를 통해 등단한 신인은 38명에 불과하다. 그 당시 선도적 발상을 실천한 본보기가 아닌가!

홍억선 수필가는 대구수필가협회 회장을 역임했으며 현재 대구문인협회 부회장. 한국문인협회, 수필운우회 회원이다. 대구수필창작대학을 운영하고 있다. 한국수필문학관 관장으로 수필 발전에 혼신을 다하고 있다.

평생을 행복하려면 수필을 쓰라고 한다. 수필은 정직한 문학이기 때문이다! 홍억선 수필운동가가 말씨 하나를 실천하고자 거금 11억 원을 선뜻 내놓고 한국수필문학관을 건립한 결단이 존경스럽다. 한국수필문학관이 수필문학 융성에 크게 기여하리 기대해 본다. 수필문단 숙원사업인 한국수필문학관이 건립되었음은 수필인 모두의 경사이며 자랑이다. 개관 초창기이니 수필가족 모두 국내외 수필문학회에서 발간한 동인지 및 행사 자료. 수필가 개인 작품집 수필관련 고서자료, 미디어 자료 등을 기증하면 충실한 수필 발전소가 되리라 믿는다. 훗날 소중한 수필문학자산이 되리라 기대해 본다.

김학윤
전남 신안군 하의도 출생. 전남대 농대 졸업. 농협중앙회 정년퇴임. 『창작수필』 등단. (사)창작수필문인회, (사)한국문인협회 회원. 『하의도농민운동사』 발간. (사)하의3도 농지탈환운동기념사업회 회장 역임.
e-mail:Kimhy4938@naver.com

불씨를 키우며

김혜숙 ●

우리는 수필을 통해 다시 태어날 수 있고 가슴에 불꽃을 피울 수 있으며- 17회 수필의 날을 맞아 선언문을 낭독하고 있다. 이곳은 대구문화예술회관. 일 년에 한 차례 전국의 수필가들이 모여 이틀 동안 잔치를 치른다. 수필과 인연 맺은 이들과의 반가운 만남, 좋은 글쓰기를 위한 세미나, 수필 낭송 등 종합 예술발표, 역사와 문화탐방 등 행사가 다채롭다. 프로그램이 진행되는 동안 좋은 수필을 위해 불씨를 키우려는 마음이 솟구치며 내 삶의 중심에 수필이 비중 있게 자리 잡고 있음에 감사한다. 수필 인생 반의 반 세기 동안 글쓰기는 내게 창이 되어 새 세상을 보여주고 오감을 활짝 열어주었다. 집중해서 글쓰기 하는 동안 온전한 기쁨의 순간을 경험한 적도 있다.

프로그램 마지막, 문학과 음악의 선율이 어우러진다. 작가가 직접 「햇싸라기」, 「물꽃 피다」 등을 차례로 낭송한다. 원고 없이 수필의 맛을 제대로 살려낸다. 뒷배경에는 작품에 어울리는 영상이 나타난다. 아름다운 봄꽃과 숲 속 풍경 등 자연의 아름다움이 이어진다. 화면에 이끌려 산책 나온 기분을 누린다. 맨발 출연자, 우아한 의상, 성우 못잖은 낭송가들의 실력. 박하향처럼 산뜻하다. 수필 「알피니즘을 태운 영혼」 퍼포먼스는 영화 〈히말라야〉를 떠올리게 한다. "히말라야의 저 순백 만년설에서 살아 숨 쉬는 푸른 영혼들이여! …설움에 겨워 그대의 이름을 부르노라"며 태극기를 감싸고 온몸을 바쳐 연기하는 그녀가 알피니스트로 느껴진다.

빙벽에서 극한의 추위, 쏟아지는 졸음과 사투를 벌였던 휴먼 원정대의 모습과 겹쳐진다. 얼굴에 눈과 고드름이 맺혀있는 엄홍길 대장 아니 황정민 배우의 모습이 아직도 생생하고 오금이 저려온다. 이 수필가의 달란트가 널리 쓰여지길 바란다. 비시스 클라칸토룸 중창단이 〈챔피언〉을 소리 높여 부를 때는 객석도 흥겨워진다. 내 몸의 행복 스위치에도 불이 켜진다. 수필의 날에 찾아온 기쁨이다.

'수필의 날' 행사 프로그램도 유익하지만 그에 못지않게 문화, 유적지를 찾아가는 문화기행도 참으로 의미 있는 일이다. 일상에서 벗어나 새로운 곳을 구경하고 향토 음식을 맛보며 마음 맞는 문우들과 문화예술을 얘기하는 일은 얼마나 멋지고 신나는 일인가. 앞만 보고 숨가쁘게 살다가 사람 사는 재미를 흥건하게 느끼는 날이다. 포만감이 머리에서 가슴으로, 복부로 신경줄을 타고 내려온다. 까르페디엠. 여행만한 일이 또 있을까.

우리는 향촌문화관, 김광석 거리, 현풍곽씨 12정려각, 도동서원, 사문진 나루터를 탐방한다. 내 기호에 딱 맞는 일정이다. 그중에서 사문진 나루터와 김광석 거리가 흥미를 끈다. 달성군 화원과 고령군 다산을 잇는 사문진 나루터는 15세기 말까지 대일무역의 중심지였다. 화원 유원지이기도 한 이곳엔 관광버스가 빽빽하게 들어차 있다. 사람들이 많이 찾는 관광명소인 듯하다. 옛

주모, 나룻배, 뱃사공은 찾을 길 없어도 고운 풍광과 어우러진 조형물, 손님을 맞는 초가집 주막촌들과 파전 등 군침 나는 음식냄새, 꽃밭 너머로 보이는 유람선, 강 위에 걸려 있는 사문진 다리 모습이 오래 머물고 싶도록 정겹다.

이채로운 조형물이 눈에 띈다. 1901년, 이 나루터로 피아노가 우리나라에 최초로 들어온 곳이라는 안내문이다. 30명의 도움을 받아 소달구지에 실었고 사람들은 그 피아노를 '귀신 소리통'이라 불렀다니 격세지감을 느낀다. 그 피아노의 주인은 동산병원의 안주인 파커라고 하는데 동산 병원의 긴 역사도 함께 배운다. 지금은 이곳 현장에서 그 때를 기념하며 시월 첫째 주 주말에 100대의 피아노 콘서트가 열린다고 한다. 괴짜 피아니스트 혹은 천재 피아니스트 임동창과 함께 진행하는 연주가 범상치 않을 듯하다. 그를 텔레비전에서 본 적이 있다. 피아노 페달과 건반을 타악기처럼 다루고 전통 음악에서 타악기 연주까지 신명나게 연주하는데 풍류가 몸에 배인 예술가였다. 관중을 압도하는 그의 엄청난 규모의 음악을 보고 싶다.

일행은 방천시장으로 발을 옮긴다. 이곳에는 김광석 거리가 있다. 노래가 하루 종일 흐른다. 서른 둘 나이에 먼 곳으로 떠났지만 그의 목소리가 노래로 남아 영원히 살아 있는 곳이다. 〈이등병의 편지〉, 〈서른 즈음에〉, 〈일어나〉, 〈나의 노래〉, 〈두 바퀴로 가는 자동차〉, 〈사랑했지만〉, 〈바람이 불어오는 곳〉, 〈너무 아픈 사랑은 사랑이 아니었음을〉, 〈어느 육십대 노부부의 이야기〉…. 청아하고 구슬픈 목소리로 심연의 상처를 건드리는 그의 노래가 좋았다. 김현식, 유재하, 김광석…. 병마로, 사고로, 자살로 젊은 나이에 세상과 이별한 그들의 노래를 애창곡으로 곁에 두었다. 서글프고 허전하고 상실감이 컸다. 너무나 순수하고 섬세한 가수들이었다. 김광석과 관련된 벽화와 조형물 70여 점이 우릴 맞는다. 그와 사진 찍고 노래한다. 그가 살아있는 공간이다. 나이 드신 어른들도 〈서른 즈음에〉를 부르고 젊은이도 〈이등병의 편지〉를 노래한다. 어린 김광석과 인연이 있었던 장소다.

재래시장인 방천시장이 점포수, 유동인구가 형편없이 줄어들자 김광석을 앞세워 예술의 옷을 입혔다. 지역 예술가, 시장 상인, 관청이 모두 힘을 합쳐서. 김광석 거리가 방천시장 상인을 구해냈다. 그곳에는 하루 종일 김광석을 찾는 사람들이 우리들처럼 멀리서도 찾아온다. 김광석 노래가 메아리친다. 방천시장 상인에게 은인이 되어준 김광석. 이 모두가 문화의 힘이다.

나는 오감을 자극하며 생기가 느껴지는 공간, 더 큰 뜻을 새기거나 사람 냄새 물씬 풍기는 장소가 좋다. 대구에서는 사문진 나루터와 김광석 거리, 국채보상운동 기념관과 청라언덕이 마음에 머문다. 평범한 일상을 활력으로 바꾸고, 잠자는 감각을 깨우고, 삶을 풍요롭게 채워 준 수필의 날 행사였다. 모든 일정을 잘 이끌어 준 운영진의 노고와 대구 문협 회원들의 정성과 배려는 좋은 수필을 쓰기 위한 불씨가 되어 줄 것이다. 사람들 가슴을 안온히 감싸기를 소망하는 수필의 날 선언문 내용을 떠올리며 행복감을 되새김한다.

김혜숙
『한국수필』 등단. 한국수필가협회 부이사장. 수상: 한국수필상. 저서: 수필집 『밥 잘 사주는 남자』 『젊어지는 샘물』 『인연의 굴레 사랑의 고리』 『지금도 나는 초록빛으로 산다』 『나는 늘 여행을 꿈꾼다』

도동서원에서 그를 생각하다

노정숙

　　제17회 수필의 날 행사는 대구문화예술회관에서 열렸다. 성대히 행사를 마치고 다음 날 3호차가 마지막으로 들른 곳은 도동서원이다. 낙동강이 내려다보이는 언덕에 자리 잡은 서원 입구에서 수령 4백 년의 은행나무를 만난다. 거대한 은행나무는 가지를 옆으로 뻗고 아래로 늘어뜨려 커다란 분재를 보는 듯하다. 쇠하고 처진 몸에 수형을 잡는 철사대신 군데군데 시멘트 기둥이 떠받치고 있다. 받침기둥의 시기를 놓쳤는지 뻗은 가지 하나가 땅에 박혔다 일어선 것이 보인다. '김굉필 나무'라 이름 붙은 이 나무는 그야말로 굉장하다. 이제 올라오는 여린 잎에서도 거친 숨결이 들리는 듯하다. 은행나무는 천심이 내려지는 신목神木이라지만 세월을 이겨내는 건 벅찬가 보다. 상처투성이 질긴 생명력에 숙연해지며 5백 년 전 사람, 김굉필을 생각한다.

　　그는 단종대왕 때 서울에서 태어나서 대구 현풍에서 성장하였다. 호를 스스로 한훤당寒暄堂으로 지어 불렀다. 차고 따뜻한 집이라니 감성과 이성의 결합체란 뜻일까, 차고 따뜻한 일의 순환이 삶이라는 뜻이었을까. 활달했던 그는『소학』에 빠져 스스로 '소학동자'라 칭했다. 글을 읽어도 아직 천기를 알지 못했는데 소학 속에서 지난날의 잘못을 깨달았다는 그를 떠올리니, 위로 자라지 않고 옆으로 퍼지는 은행나무의 겸양이 소학동자의 성정답다. 소학을 통해 일상생활의 범절과 수양을 익힌 그는 나이 서른에 이르러서야 육경을 섭렵하였다.

도동은 성리학의 '도道가 처음으로 동東으로 건너오다'라는 뜻으로 그의 업적과 덕행을 기리기 위해 지은 서원이다. 우리나라의 도학은 학문보다는 인격 수양을 지식보다는 실천을 강조하는 독창적인 학문이다. 정몽주, 길재, 김숙자, 김종직으로 이어지는 도학을 김굉필이 널리 퍼트렸다.

조카의 왕위를 찬탈한 세조를 비판하는 조의제문을 쓴 김종직의 문하라는 이유로 무오사화 때 귀양을 갔다. 그의 형을 감해 달라는 상소문을 올리려는 후배를 만류하고 유배지에서도 좌절하지 않고 학문연구와 인재양성에 힘써 영남 사림의 도학을 경기도, 전라도, 평안도 등 전국으로 확대했다. 남명 조식과 퇴계 이황에게 도학의 최고 스승으로 존경받았다.

1504년 갑자사화가 일어나자 그는 51세의 나이로 극형에 처해졌다. 형장에서 수염을 간추려 입에 머금고, '몸과 터럭과 살은 부모에게 받았으니 이 수염은 칼날에 다치게 않게 하시오'라는 말을 남기고 돌아가셨다.

노방송路傍松

老蒼髥任路塵　한 늙은이 푸른 수염 날리며 길 먼지에 몸 맡기고
勞勞迎送往來賓　수고하며 오고가는 길손 보내고 맞는다.
歲寒與爾同心事　한겨울에 그대와 마음 같이하는 이
經過人中見幾人　지나는 사람 중에 몇몇이나 보았는가.

노정숙

김굉필이 밀양의 길가에 있는 늙은 소나무를 보면서 읊은 시다. 세상풍파를 겪으며 끝까지 자신과 뜻을 함께 할 사람이 몇이나 될까, 변치 않을 마음을 가진 이를 헤아리고 있다. 자신의 말년을 예견한 듯 비장하다. 스승 때문에 유배를 가고 결국 참형을 당했지만, 개혁 정치가 추진되면서 잘 키워낸 제자들 덕분에 그의 업적이 재평가되어 사후에 영의정의 품계를 받고 자손은 관직에 등용되었다. 정여창, 조광조, 이언적, 이황과 함께 조선의 성리학을 이끈 다섯 명의 대가 – 조선 오현의 으뜸이다.

현자는 모두 어디로 갔을까. 우리는 어디서부터 잘못되었을까. 역사는 어리석음과 깨우침이 격랑을 타며 커다란 주기로 반복한다. 역사를 통해 나아갈 길을 배운다. 극악이 무엇인지 보여주는 사건 사고들이 넘치는 요즘이다. 인간의 기본 도리가 바르지 않으면 그 위에 품격은 자리할 수가 없다. 그가 무장했던 소학 정신은 맥을 잇지 못하고 무례와 반목이 난무한다. 먹을 것 입을 것 넉넉해진 세상에서 우리의 예절은 더욱 가난해졌다. 넘치는 정보와 빛나는 기술 앞에 사람은 더욱 작아졌다. 인간에게만 주어진 깨끗하고 조촐한 인품과 부끄러움을 아는 마음은 모두 어디로 갔는가. 신목 앞에서 심란한 마음을 풀썩인다. 그의 소학 정진을 새기며, 나를 깨우고 흔드는 수필을 생각한다.

노정숙

2000년 『현대수필』 등단. 저서: 에세이집 『사막에서는 바람이 보인다』 『바람, 바람』 외. 수상: 제5회 한국산문문학상, 제9회 구름카페문학상. 『현대수필』 편집장

수필 순례

노정희

제17회 수필의 날 행사가 대구에서 열렸다. '수필의 역사를 짓다', 대구에서 수필의 역사를 지은 것이다. 전국에서 내로라하는 수필가들이 모였다. 이름과 사진으로 보아왔던 선배 수필가들을 멀찍이서 바라보았다. 사실 타지에서 열린 수필의 날 행사에 한 번도 참석한 적이 없었다. 늘 바쁘다는 핑계로 불참에 대한 이유를 붙였다. 이번에는 대구에서 행사를 하는지라 행사장 입구에서 손님을 맞이할 수 있었다. 각 지방에서 오신 분들이 서로 손잡고 반가워하는 모습에서 소통의 아름다움을 보았다. 일 년 삼백육십오 일 중에 이틀, 한 해의 작은 토막 같은 날이었으나 그 만남의 날을 위해 긴 날을 기다렸을 것이다. 낱낱의 미소와 풍경을 다 입력하지는 못 했지만 봄꽃 같이 화르륵 피어나는 웃음소리, 달뜬 목소리만으로도 행사장은 꽃밭이었다.

삼 년 전 대구수필낭독 행사에 참석해 준 지연희 수필분과 회장님, 전화로 인사를 나누었던 권남희 선생님, 행사초청강의를 들었던 박양근 교수님, 잠시 말문을 트고 눈도장을 찍었다. '올해의 수필인 상'을 수상한 반숙자 수필가의 맑은 웃음, 고동주 수필가의 산신령 같은 백발을 보면서 연륜을 느끼는 것이 비단 나만의 생각은 아니었으리라.

문학 쪽에 쭈뼛거리며 발을 담근 지가 어언 20년이 되어간다. 문학 강의를 듣고, 시를 끄적거리고, 국문학을 배우고, 문학단체에 가입하여 쫓아다녔다. 혈기왕성하게 활동하는 문인들에 비할 바는 못 되나, 내 나름대로는 처신에 신경 쓰며 잰걸음을 했다. 기실 문학, 음악, 미술, 무용 등의 모든 예술은 '삶'을 풍요롭게 하는 영역의 일부분이 아니던가. 예술을 자연이니, 희망이니 일컬어도 결국은 '사람'이 주제가 되는 것이다. 메뚜기도 한철이라고, 이제는 이도저도 다 시들해져 수필하고만 손잡고 있다. 수필 속에는 사람 냄새, 살아가는 이야기, 사람의 도리 등이 녹아있다. 수필은 그만큼 막역한 친구이다.

2015년~2016년 사이, 근 일 년 동안 대구문학관에서 도슨트 활동을 하였다. 유니폼에 명찰을 달고 문학인이다, 가슴을 내밀었는지도 모른다. 그러나 거기까지가 나의 한계였다. 나의 알량한 문학에 관한 지식이 덧없음을 느꼈다. 관람객의 보통 질문에는 답을 하였으나 문학에 종사하는 분이나 문학의 깊이를 알고자 하는 분을 마주하면 말문이 열리지 않았다. 되레 내가 그들에게 질문을 하는 역현상을 보였던 것이다.

대구문학관에 전시된 문학작품과 작고하신 문인들에 대해, 나름 귀동냥으로 일화를 들었다. 책자에서만 읽고, 강의실에서만 듣던 문학작품 속의 문학인이 아니라, 이웃으로 선후배로 함께 했던 생활 속의 문학인을 만난 것이다. 그중에서도 고향이 청도 지방이라는 분은 이호우, 이영도 시인 남매에 대해서 아련한 추억담을 들려주었다. 대구 근대문학을 꽃피운 신동집 시인의 따님과 외손자를 만나서 작가의 일상을 듣는 일도 즐거웠다. 콩나물시루에 물을 부으면 물은 빠져나가지만 콩나물은 자란다. 계약제 도슨트는 마쳤지만 그 기간 동안 배운 공부가 대구 근대문학을 알아가는 디딤돌이 되었음을 부인할 수 없다.

대구 문인들은 일제강점기에 항일민족정신을 바탕으로 근대문학의 밭을 일구었다. 항일문학은 그 텃밭에 핀 저항의 꽃이었다. 그뿐만이 아니라 한국전쟁의 소용돌이 속에서도 대구문단은 문학적 성과가 풍성했다. 피란문단과 지역문단이 뒤섞이면서 대구는 사실상 한국문단의 중심 역할을 한 것이다. 이 시기의 문학작품은 전쟁의 상황에서도 불꽃처럼 피어났다. 대구의 문학은 역사의 중심에 있고, 대구의 문인들은 이렇게 문학의 역사를 걸머지고 있는 것이다. 선배 문인들을 우러러 보고, 그 정신을 이어가는 게 대구 문인들의 자부심이고 '깡'인 것이다.

수필의 날, 수필의 역사를 짓는 장소는 대구였다. 손님맞이도 분주할 것이라고 미리 각오를 하였다. 그러나 지휘는 중앙 단체에서 이루어졌다. 서울에서 내려온 간사들이 행사장에 포진하였고 대구수필가협회 간사들은 잔심부름이나 하는 정도였다. 문학단체에서도 중앙집권이구나, 순간 멍석만 깔아주는 격의 지방분권에 대해 소외감과 서운한 마음이 들었던 것도 사실이다. 하지만 이내 마음을 가다듬었다. 중앙 단체에서 지휘할 때는 그만한 이유가 있으리라. 지방 단체에 일손이 딸린다거나, 일머리를 몰라 허둥댈 수도 있으니 혹여 진행에서 오는 불상사를 미리 예방하는 차원일 수도 있겠다.

노정희

수필의 날 행사는 막을 내렸다. 손님맞이하느라 밤잠 설쳤을 대구문인협회 장호병 회장님, 세미나 자료 준비에 고심했을 대구수필가협회 손숙희 회장님, 버스 투어에 안내를 맡아준 대구 수필가들, 그리고 한마음으로 대구로 순례해 준 전국의 수필가들께 고마움을 전한다. 그리고 내년을 기약하는 눈빛이 참으로 간절하여 시간과 공간의 벽을 쌓을 수 없었다. 아마 목적지가 같은 방향으로 향하는 분들이어서 그렇지 않았을까.

다음에는 나도, 전국 수필가들과 함께하는 '동행의 기차'에 합류하고 싶다. 출발지도 중요하지만 '어디로' 향하는 그 여정, 그 도착 지점을 찾아가는 수필 순례를 기다려본다.

노정희
2007년 계간 『문장』 등단. 대구수필가협회 부회장, 계간 『문장』 편집장, 수필교실 강사. 저서: 수필집 『빨간수필』 『어글이』

비슬산 기슭 들판이 꽃냄새로 가득한 봄날 도동서원을 찾았다. 강물이 달성군 도동 들판에 비스듬히 누워 구름을 벗 삼아 유유히 흐르고 있다, 건너편 물가에 나룻배 한척이 바람에 출렁거린다. 누가 저 배를 타고 건너갔을까. 노와 함께 가지런히 매어 있는 것을 보니 누군가 잠시 전에 타고 건너간 듯하다. 인기척은 없는데 배만 출렁거린다. 하늘이 정한 연한을 채우지 못하고 졸부들의 모사에 죽어간 한 선비의 영명한 영혼이 나룻배 되어 강가에 매어져 있는 건 아닐까. 무명인 되어 살았더라면 한 평생 유유자적 선비의 길을 걷기도 하였으련만 세상 이치가 그런 걸 누구를 나무랄까. 조선의 사림파 유학자 김굉필! 그의 삶의 흔적을 돌아보고자 문인들과 함께 도동서원을 찾은 건 햇살 밝은 4월의 오후였다.

1454년 한양 정릉동에서 태어나 부모를 따라 이주하여 달성군 현풍에서 성장한 그는 나이 40이 되어 뒤늦은 벼슬길에 올라 조정의 주부, 사헌부 감찰, 형조 좌랑을 지냈다. 조정의 정당 싸움에 휘말려 유배 생활 중에도 학문에 몰두하고 후학을 양성했으나 붕당을 지었다 해서 다시 모함에 휩싸였다. 소나무처럼 강직한 성품으로 바른 삶 살다가 결국 사약을 받고 쓰러진 올곧은 선비 김굉필! '겉은 젖을망정 속까지 젖지는 않겠다.'는 단호한 뜻을 남긴 강직함과 고결한 인품은 조선시대의 자존심이자 선비 정신의 사표였다. 존경하던 스승 김종직이 관직에 올라 어지러운 세태에 대한 상소 한번 올리지 않는 우유부단함에 실망했던 그는 현실 타협적인 선비들에게서 등을 돌렸다.

선악이 공존하는 세상이니 어찌 탓하랴. 적당히 웃음 짓고 두 손 비벼대고 두리뭉실 잔머리 굴려 처세하면 그럭저럭 살았으련만…. 청청하고 올곧은 나무들은 웃자란 잡목들의 구설에 말리다가 결국 스러지게 되는 게 세상 이치다. 바른 이들은 화를 당하기 딱 좋다. '귀가 있는 자들은 들으라.' 고 하늘이 말하고 있는 것 같다. 청산에 묻혀 '소학동자' 로만 살았더라면 그 지경의 참변은 없었으련만….

낙동강 건너 나룻배를 우두커니 건너다보다가 몸을 돌이키니, 넓은 비슬산 기슭 고즈넉한 곳에 수백 년 수령의 은행나무가 있다. 뒤편으로는 1,000여 미터의 비슬산을 든든한 아비 삼고 앞으로는 낙동강이 어미 되어 영원한 젖줄이 되어 있다. 도동 서원은 세계문화 유산으로는 아직 등재되지 않았지만 추진 중이라는 해설사의 말이다. 주인의 사약 사발 소식에 분함을 못 견디었나, 사지가 뒤틀리고 몸부림을 친 죄인의 머리채처럼 뒤엉긴 모습이 참혹하기까지 하다. 아래 둥치까지 쪼개진 듯 가지란 가지는 방향조차 잃고 곤두박질쳐서 쓰러지고 넘어져서 들여다보기조차 애가 탄다.

이 나라 어느 곳에서도 본 적 없는 형상의 은행나무다. 몸 둘레가 성인들 여섯 명이 두 팔을 벌려야만 닿을 수 있는 노령임에도 불구하고 대장부의 위용이 살아 있는 것 같다. 쓰러질 듯 살아 오르는 가지는 주인의 기개를 닮아 있다. 어린 묘목 시절부터 둥치 아래서부터 갈라지고 찢겨져서 자란 건 아니 련만 온몸이 상처투성이다. 번개에 부러지고 총 칼에 꺾인 모습에 골수까지 저려온다. 어쩌다 저 지경으로 400년 풍상을 견디었을까. 가득 낀 묵은 이끼 사이로 서원의 역사가 숨어서 주인의 한을 말 하고 있는 것 같다. 빛 한 점 없 는 나무둥치 틈은 침묵마저 잠들었나, 어둡고 스산한 바람이 얼굴을 스친다. 유배지에서 이미 자신의 마지막을 예견했다는 그분은 가고 없지만 도동서 원 중정 당 대청마루에서 들려오는 올곧은 선비의 가르침은 살아 숨 쉬고 있 다. "벼슬생활 고작 10년 탁류에 휩쓸리려고 낙동강 '소학동자' 버리셨나요?" 내 입에서 터져 나온 애원의 한숨 소리다.

좌로나 우로나 치우치지 않는 주인의 뜻을 기린 듯, 건물마다 돌계단을 경 계삼아 좌우 대칭의 의미마저 깊다. 환주 문 돌계단 올라서서 담장 저편 바 라보니 멀리 나룻 터가 가물가물 보인다. 수문장이 된 400년 수령 은행나무 는 여전히 도동서원의 등불이 되어 있고, 낙동강은 말없이 나룻배 뱃전에서 출렁거린다. 나무 둥지의 연두 빛 어린 은행잎도 봄빛에 반짝인다. 환주문 지 나 중정 당 뒷마당 호젓한 오르막길을 돌아서니, 모란이 새 잎을 뽀얗게 피 워내고 있다. 가신 이는 말이 없어도 한훤당 김굉필님의 학문은 자줏빛 모란 꽃이 되어 이 봄도 청청하게 피어 나려나 보다.

노태숙

한국문인협회, 한국수필가협회, 한국수필작가회, 주부클럽 연합회 시문회 회원. 실버넷 뉴스 기자. 성 악인, 색소폰 연주자

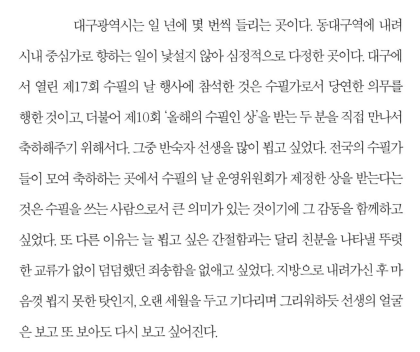

수필 사랑나무

류인혜

대구광역시는 일 년에 몇 번씩 들리는 곳이다. 동대구역에 내려 시내 중심가로 향하는 일이 낯설지 않아 심정적으로 다정한 곳이다. 대구에서 열린 제17회 수필의 날 행사에 참석한 것은 수필가로서 당연한 의무를 행한 것이고, 더불어 제10회 '올해의 수필인 상'을 받는 두 분을 직접 만나서 축하해주기 위해서다. 그중 반숙자 선생을 많이 뵙고 싶었다. 전국의 수필가들이 모여 축하하는 곳에서 수필의 날 운영위원회가 제정한 상을 받는다는 것은 수필을 쓰는 사람으로서 큰 의미가 있는 것이기에 그 감동을 함께하고 싶었다. 또 다른 이유는 늘 뵙고 싶은 간절함과는 달리 친분을 나타낼 뚜렷한 교류가 없이 덤덤했던 죄송함을 없애고 싶었다. 지방으로 내려가신 후 마음껏 뵙지 못한 탓인지, 오랜 세월을 두고 기다리며 그리워하듯 선생의 얼굴은 보고 또 보아도 다시 보고 싶어진다.

1985년, 등단 후 두 번째로 참석했던 한국수필가협회 국내세미나가 경주에서 열렸다. 그때 반숙자 선생과 같은 방에서 일박을 지냈다. 새벽 일찍 일어나서 불국사 경내를 선생과 둘이 산책하며 많은 이야기를 나누었다. 말이 잘 전달되도록 얼굴을 가까이 대하여 대화를 나누며, 선생께서는 차근차근 등단 때의 사연과 관련된 사람들의 이야기를 해주신 것을 기억한다. 세월이 흐르면서 선생을 개인적으로 만난 그때의 일이 큰 복이었기에 생각해볼수록 즐겁다.

대구의 행사장 로비에서 반 선생님을 찾아 얼굴을 대하자마자 얼싸안고 속삭인다. "보고 싶었어." 이보다 더 진솔한 마음의 표현이 있을까…. 그리고 더 깊은 속내를 숨기지 않고 만천하에 내보이셨다.

수필은 사랑이더이다. 마음과 마음을 이어주고 사람과 사람을 이어주는 끈이더이다. 많이 사랑할수록 글이 깊어지고 사랑할수록 생명이 푸르러지는, 세상 복판에 선 사랑나무이더이다.

이 명문의 수상소감을 길이 기억할 것이다.

수필가들의 모임에는 가족 같은 끈끈한 유대감이 있다. 수필에서 작가의 지난날과 현재를 내 마음처럼 읽으며 친근함이 먼저 형성된 까닭이다. 사람과 글이 동일화되어 누구의 인생도 별 차이가 없다는 확신으로 정서의 동질감이 크다.

지난 날 한국수필가협회의 국내세미나를 요즘의 수필의 날 행사에 비교해도 될는지, 전국의 수필가는 물론이고 문단 각 장르 주요문인들까지 모였다. 조경희 회장께서 문학인들의 중심이 되어 세미나를 이끌어가셨는데, 행사가 진행되는 지역의 수장이 성대한 만찬을 베풀어 참석한 문인들의 기를 한껏 살려주었다. 어찌 과거의 영화에만 잠길 것인가, 다행히 이즘에도 수필 창작의 새로운 시도로 다양한 변화를 이끌면서 위축되는 수필가들의 어깨를 한껏 세워주는 분이 계신다. 원로 수필가 윤재천『현대수필』발행인께서는 해마다 수필의 날에 참석하여 수필의 날 선언문을 읽으셨다. 올해도 그 모습이 존경스럽고 든든했다.

우리 한국수필작가회와 현대문학수필작가회가 탑승한 3호차는 대구에 도착한 후 행사장으로 가기 전에 대구문학관에 들렀다. 안내하는 대구문협 회원께서 대구문학관으로 간다기에 저절로 속내를 감춘 웃음이 나왔다. 그곳에서 내가 회원으로 참여하는 죽순문학회의 창립70주년(2016년) 기념세미나가 있었고, 올 초에는『죽순』50호 출판기념회가 열렸다. 또 죽순에 관련된 전시회나 다른 행사도 있어 발걸음이 잦은 곳이다.

대구문학관 건너편에서 지하철 중앙로역으로 향해 가다가 왼편 길로 접어들면 오래된 빵집이 있다. 시간이 날 때 부근을 둘러보다가 우연히 찾아낸 가게인데, 빵 값이 서울보다 저렴하고, 입맛에 맞는 곳이다. 옳다구나! 슬그머니 일행에서 떨어져 찾아갔다. 눈에 익은 주인장이 반긴다. 팥빵, 소보로, 크림빵, 흰앙꼬빵 등 손에 잡히는 대로 바구니에 담았다. 아이처럼 흥이 나서 빵 봉지를 덜렁거리며 일행을 찾아 문학관 쪽으로 갔다. 그런데 건물 입구의 돌 의자에 윤재천 선생께서 홀로 앉아계셨다. 이런 좋은 기회라니!

언제나 선생을 뵈면 공식적으로 정중히 인사만 드렸다. 지금까지 한 번도 따로 사적인 이야기를 나누지 못했다. 옆에 덜썩 앉아서 자주 뵙지 못했던 근황을 이야기하다가 빵 하나를 드렸다. 만약 시장하여 드신다고 했으면 나도 덩달아 먹고 싶은 참인데 그냥 손에 잡고 계셨다. 빵 봉지 하나 덜렁 손에 잡은 모습을 보니 그제야 민망해진다. 아이고! "선생님, 죄송합니다."라는 말에 환하게 웃으신다. "괜찮아요."라는 부드러운 대답에 윤오영 선생께서 방망이 깎는 노인에게 탁주를 대접하고 싶은 심정이 이랬을까… 마음으로 가득 꽃다발이 안긴다. 무심히 앉은 자리가 오랫동안 꿈꾸어 오던 꽃자리다.

만나지 못해도 서로의 작품을 읽으며 심정적인 거리를 좁혀오던 수필가들의 수필에 대한 책임과 사랑이 수필을 알차게 한다. 대구의 거리에는 마침 비가 내린다. 2017년 대구 수필의 날 내용에는 나만의 수필이 자라나고 있다.

류인혜

1984년 『한국수필』 추천완료. 저서: 수필집 『풀처럼 이슬처럼』 『움직이는 미술관』 『순환』 『나무이야기』, 수필선집 『마당을 기억하며』, 인문서 류인혜의 책읽기 『아름다운 책』, 시집: 『은총』. 수상: 한국수필문학상, 펜문학상, 한국문협작가상. e-mail: innhea@hanmail.net

수필의 날 행사로 대구에 왔다. 프로그램 답사 코스에 '청라언덕'이 들어 있어 반가웠다. 소풍을 가듯 도시락을 들고 언덕을 오른다. 막연히 푸른 언덕이라 생각했는데 동화 속처럼 예쁜 서양식 건물이 있고 담쟁이넝굴이 아직은 작은 손으로 그 벽을 오르고 있다. 푸른 담쟁이가 건물을 덮고 있어 청라언덕이라 했다고 한다. 내 옆을 걷는 대구에 사신다는 수필가는 가을이 되면 홍라 언덕이라 부른다고 한다.

최초의 개신교 교회라는 대구제일교회의 높은 첨탑 위로 흰 구름이 흐른다. 계단위에는 연푸른 잎새의 나무와 붉은 꽃무더기가 화창한 봄 햇살에 눈이 부시다. 그 속에 붉은 옷을 입은 나마저도 꽃무더기 같다. 우리는 그 언덕에서 〈동무생각〉을 소리 내어 불렀다. 지금 내 옆의 동무를 생각하며 '네가 내게서 피어날 적에 모든 슬픔이 사라진다.'라고.

청라언덕이 궁금했다. 학창 시절 봄이 오면 으레 불렀던 노래 〈동무생각〉에 나오는 그 언덕을 궁금한 채로 이제껏 지냈나 보다. 그 여학생의 손녀가 열두 살이 되도록. 돌 위에 새겨진 노래비를 보면서 대구가 낳은 한국근대음악의 선구자인 박태준이 자신의 연애사를 이은상 시인이 듣고 쓴 시에 다시 곡을 붙였다는 가곡의 작사자도 작곡자도 선교사도 모두 떠나간 지 오래지만 사랑과 그리움은 사람들의 가슴으로 흐른다는 것을 느꼈다.

내려오는 길 구십 계단마다 태극기가 나부낀다. 3.1 운동의 거센 물결이 흐른 곳이다. 그 끝에서 계산성당과 민족시인 이상화 시인의 고택을 본다. 두 개의 뾰족탑의 계산성당에서는 박정희 전 대통령과 육영수 여사가 결혼식을 올렸다. 주례사에서 '육영수 군과 박정희 양'으로 불려 웃음바다가 되었다고 한다. 이상화 시인도 이 성당에서 시적영감을 얻었다고 한다.

사랑과 애국심과 나라 잃은 설움, 한 청년의 고뇌를 들여다본다. 아내를 일찍 잃은 슬픔까지도. 학창시절「빼앗긴 들에도 봄은 오는가」라는 시를 무슨 뜻인지 알기보다는 그저 글이 좋아서 무턱대고 외웠다. 보리밭이 물결치는 오월의 들길을 걸을 때면 그분이 있어 이 들녘에 봄이 왔다고 하며 그의 시를 읊조렸다.

"나는 온몸에 햇살을 받고 가르마 같은 논길을 따라 꿈속을 가듯 걸어만 간다. (중략) 고맙게 잘 자란 보리밭아. 간 밤 자정이 넘어 내린 고운비로 너는 삼단 같은 머리를 감았구나. 내 머리조차 가뿐하다.(하략)"

시인의 대표작을 말할 때「마돈나 나의 침실로」는 가르치는 선생님도 우리들의 질문에 얼굴을 붉혔던 것 같다. "수밀도 네 가슴" "나의 침실로" "나의 아씨여 너를 부른다." 는 곧잘 연애편지에 인용되기도 했다. 그 시절 이상화

시인이 너무도 훌륭해 보였고 어느 시인보다도 마음에 들었다. 43세의 짧은 생을 살면서 조국의 참담한 현실과 변절한 수많은 사람들에 대한 슬픔을 절규했다. 그 울분과 통곡으로 시를 썼다.

"그 버들은 지금도 있지만 기억의 많은 부분 뜯겨져 나가거나 재정비 되었고 잦을 듯 멀리 남은 〈동무생각〉노래에 옛 대구의 사랑이야기 까불어 놓지만 옛 기억 적시던 냇물은 이제 없다"고한 이하석 시인의 시를 읽으며 아쉬운 발길을 돌린다.

오늘 수상하신 반숙자 수필가님의 '과수원에서 소독약을 저으며, 하늘을 보고 산을 보고 잠자리의 춤을 보며 한 눈 판 이야기'는 감동이었다. 고동주 수필가 님의 「동백의 씨」를 읽으며 목이 메었다. 실컷 울고 싶었다. 눈물이 흐르게 두었다. 비누는 몸을 씻고 눈물은 마음을 씻는다고 했듯이 마음이 한결 더 맑아지도록.

새벽 세시게 눈을 떴다. 방이 더워 안쪽 창문은 아예 열고 바깥 창문도 엇갈리게 열어놓았다. 문득 달님이 찾아왔다. 삼월 열아흐레 달빛이 은빛구름을 데리고 내 방 앞에 왔다. 달님을 보라고 두 문우를 깨우지만 대답을 하는 듯 마는 듯 반응이 시원찮다. 아침에 옆방 선배님께도 물어보니 커텐을 치고 잤다고 한다. 왜 나에게만 찾아왔나 반갑고 고마우시다. 한참 후 돌아갔다. 나도 다시 잠이 들었다.

서울 연신내에서 오신 선배님이 만난 기념이라며 시집『새벽달』을 주셨다. 감사하다. 읽다가 궁금한 대목을 물으니 독자 몫이라고 한다. 종이를 말아 쥐고 귓속말로 〈세월이 가면〉을 불러준다. "옛날은 나일 먹어도 늙질 않는다. 귀엔 듯 스며드는 나지막한 휘파람 소리/ 빗금 긋는 별똥별 한 잎 차웁다." 그의 시 「그때 그 사람」의 한 구절이다.

오늘 주제가 "사람과 사람을 잇는 수필"이다. 자연과 사람 사람과 사람 의 만남에서 이야기가 생기고 추억이 만들어진다.

우리 만남이 기억에 오래남아 두고두고 즐거운 추억이 되리란 것을 믿는다. 천지에 봄이 피었다.

류외순

2016년 『계간수필』 등단. 〈수수회〉 동인. 저서: 공저 『여유있는 삶』 『눈길 그 아랫길』.
e-mail: willowson@hanmail.net

서른 즈음에 –수필의 날, 대구 방천시장 김광석 그리기 길에서   문육자

머물러 있는 /청춘인 줄 알았는데 비어가는 내 가슴 속엔/ 더 아무 것도
찾을 수 없네

- 김광석 노래 〈서른 즈음에〉 중에서

봄이 무르익고 있었다. 수필의 날 행사를 마친 우리들은 서늘하게 깃을 펴
는 흐린 어둠 속으로 들어갔다. 안내된 곳이 대구 방천시장에 길게 벽화로
된 바로 '김광석 다시 그리기 길'이었다. 김광석이라는 이름을 처음 접한 것
은 1988년 내가 또다시 앓기 시작한 때였다. 그는 '동물원'이라는 그룹의 보
컬 담당이었고 밝은 듯하나 우수에 젖은 음성으로 CD가 아닌 테이프로 내
책상머리에서 밤을 지키곤 했다. 그러다 그가 다시 혼자 노래를 부르고 2집
을 내었을 때 듣게 된 〈서른 즈음에〉는 오늘까지도 내 노트북에서 흘러내리
는 눈물 같은 노래로 내 곁에 있다.

서른이라는 나이 때문이었다. 스물아홉과 서른. 그 경계에서 난 죽음을 생
각하기도 했다. 그 나이쯤이면 뭔가는 이루어져 있어야 하며 그 뒤에는 어

떤 신선한 일도 일어나지 않을 것 같았다. 스물아홉은 윤이 자르르 흐르는 옥토 위에 벙그러질 준비로 설레고 있지 않으면 다시 맞는 서른에는 무엇을 할 수 있을까. 생각할 수 있는 게 도무지 없었다. 아름답던 스물아홉. 자신의 미래에 대한 불안과 방황 속에서 아무것도 할 수 없었던 내가 기껏 할 수 있었던 일은 남들을 흉내 내듯 결혼을 한 것이었다. 과육이 뚝뚝 떨어지듯 찬란해야 할 나이가 왜 스물아홉이라고 단정 지었는지 알 수가 없다. 그리고는 무망의 세월 앞에 새롭게 서른을 맞았을 때 고향을 등졌다. 고향에 더 머무를 수 있는 상황이었지만 빈손으로 나서는 사람처럼 모두를 버리고 서울로 둥지를 옮겼다. 문학도 버렸다. 사랑하던 사람들과 고향 산천도 눈에서 머리에서 지웠다. 사는 게 덤 같았다. 그래 그런지 서른이라는 나이는 가장 가슴 아픈 나이이기도 했다. 참 묘하게 살고 있는, 살아지는 세월이라는 생각을 떨쳐낼 수가 없었다.

그러다 만나게 된 잉게보르크 바하만의 소설 「삼십 세」는 나를 새롭게 눈 뜨게 했다. 오스트리아의 시인이며 철학자인 잉게보르크 바하만의 첫 산문집으로 29세 생일로부터 30세에 이르는 일 년 동안 삶에 대한 갈등과 방황을 그린 작품이었다. 이 작품집에는 「삼십 세」와 그 외 여섯 편의 단편으로 그려져 있지만 주인공들의 이야기는 모두 삼십 세와 관련이 있었다. 대시인이었던 그녀도 작품 속의 주인공들처럼 삼십 세에 들어서서는 미래에 대한 불확실성과 갈등으로 그의 시는 침체되고 침묵기로 접어들었다. 그러나 진통을 겪은 그의 언어는 산문집에서 빛을 발하여 많은 사람들을 공감하게 했으며 같이 앓고 있다는 동병상련의 감정까지 끌어내었다. 그리고 이 산문의 끝은 눈부신 태양 속으로 주인공이 걸어 나오며 생기에 넘쳐 닥쳐올 것과 손을 잡는 것으로 마무리되었다. 그 암울했던 일 년의 틀을 깨고 일어선 것이다. 주인공은 말하고 있었다. -나는 진정 살아 있지 않은가 -

세상의 이치와 논리를 외면하고 살고 있는 사람도 어느덧 서른 살의 문턱으로 넘어서는 것을 깨닫는 순간 후회든 추억이든 무턱대고 올라오는 언어의 분출을 막을 수 없을 것이다. 그래, 절망과 안타까운 모색 뒤에 맞게 된 한 줄기 눈부신 불빛. 서른은 홍역이었다. 훌쩍 자라게 한 아픔이었다. -일어서서 걸어라, 그대의 뼈는 결코 부러지지 않았으니- 용기에 대한 제안이 아니고 무엇이랴. 한 번 더 날아보기를 시도하라는 긍정에의 눈뜸이다. 가슴에서 용솟음치는 생명의 소리를 듣는다.

삼십 세는 그런 나이였다. 생각에 잠기며 김광석의 탯줄 같은 방천시장 길을 걸었다. 그의 어설픈 웃음이, 수줍은 웃음이 꽃처럼 피어난 곳에 서른 즈음이기를 바라는 사람들이 카메라 앵글 속으로 들어가기 위해 줄을 잇고 있었다. 내가 인생의 끝이라고 생각했던 서른 즈음은 개화기를 맞기 위한 첫걸음이라는 것을 새삼 깨달았다. 다른 사람이 불렀다면 저리 갈망하는 마음을 드러낼 수 있었을까. 서른두 살에 생을 접은 그의 음성이 통키타에 실려 밤하늘에 새롭게 길을 내고 있었다. 노래는 지금 그 나이를 맞은 사람들에겐 공감이고 지나온 사람들에겐 회억이며 돌아가고 싶은 고향이거나 삶의 자리가 아닐까싶었다. 또한 어깨가 처진 사람들에겐 위로며 일어서기를 바라는 추임새로 너울너울 춤을 추게 하고 있었다.

아무것도 없는 것이 아니었다. 누군가의 가슴에 한 자락 단비의 구실이고자 가슴을 통째로 열어 보이며 글을 다듬는 내게, 아니 우리들에게 그 길은 서른 즈음으로 돌아가서 다시 일어서게 하는 눈부신 새 길이었다. 밤빛이 고운 4월이었다.

문육자

『한국수필』 등단. 저서: 작품집 『바다, 기억의 저편』 외 5권. e-mail: theresia42@hanmail.net

대구에서 느낀 새바람

문장옥

어느 봄날, 대구에서 개최되는 수필 행사장을 향한 버스에 몸을 실었다. 그리고 대구에 도착하여 '향촌 문화관'을 만나면서부터 그 동안 내가 알고 있던 대구의 모든 것, 대구가 품고 있는 오랜 역사와 문화, 아름다운 자연이 전부가 아니었음을 알게 되었다.

서울 못지않은 규모의 도시로 성장한 대구는, 일제 암흑기에는 이상화, 현진건, 이장희, 이응창 등의 유수한 작가들이 우리나라 독립을 향한 저항정신을 문학으로 승화하였던 곳이다. 또 6·25전쟁 발발 후엔 중앙문단작가들이 대거 유입되어 대구문단이 근 현대 우리 문학의 모태가 되다시피 했다. 이런 사실을 '향촌 문화관' 탐방과 행사 세미나에서 손숙희 님 발표를 통해 확실히 알게 되었다.

이렇듯 오래전 우리 문학의 선구자들이 대거 활동했던 대구에서 수필문학인의 모임을 갖고 더 나은 수필인이 되기 위한 행사를 갖게 되니, 색다른 감회가 들었다. 그 날, 40여 년간 오직 수필만 쓰고, 남다른 필력으로 '수필인상'을 받은 반숙자님과 고동주님의 겸손하면서도 글사랑이 그득한 수상소감을 들으니 찬사의 박수가 절로 터져 나왔다. 그분들의 대표작품인 「이슬의 집」, 「동백의 씨」를 찬찬히 읽어보니 그 어떤 껄끄러움도 없이 촉촉한 감동이 마음 속 깊이 흘렀다. 그리고 나도 그런 글을 쓰고 싶다는 마음이 들었다.

뿐만 아니라, 아름다운 멀티미디어 영상을 배경으로 한 「햇싸라기」, 「좋은 인연」, 「풀꽃 피다」, 「알피니즘을 태운 영혼」, 「봄」의 수필낭송은 그 느낌이 너무나 강렬하여 대구문화 예술관에 모인 수필인의 가슴을 뜨겁게 달군 멋진 퍼포먼스였다. 신선하고도 감각적 언어로 잘 쓰여 진 글을 낭송을 통해 들으며, 문학이 주는 카타르시스를 실컷 맛 볼 수 있었다. 이야말로 언어가 주는 아름다움의 극치요, 문학이 주는 향기가 아닐 수 없다는 생각이 절로 들었다.

가로등이 켜질 무렵, 고故 김광석 가수가 태어나고 뛰어놀던, 대봉동 방천시장에 있는 '김광석 거리'를 걸어 보았다. 그가 남긴 〈서른 즈음에〉 노랫말 중 '내가 떠나보낸 것도 아닌데/ 내가 떠나온 것도 아닌데/ 조금씩 잊혀져 간다/ 머물러 있는 사랑인 줄 알았는데/ 또 하루 멀어져 간다/ 매일 이별하며 살고 있구나/ 매일 이별하며 살고 있구나'라는 애상적인 가사를 읊조리다 보니 '그의 요절과도 관련이 있지 않을까?'란 생각이 들었다. 통기타를 치며 목청껏 노래 부르던 그를 추모하며 휘황찬란한 밤거리 낭만체험으로 잠시 나이를 잊었다.

팔공산에 위치한 유스호스텔에서 문우들과 밤을 보내고 대구에서 새 아침을 맞았다. 따사로운 봄 햇살과 연초록빛 숲이 마음을 잡았지만, 다음 일정을 위해 일찌감치 차에 올랐다. 대구문인협회 회원인 서정길 수필가의 안내로 달성군 인흥마을, 남평문씨 본리 세거지, 마비정 벽화마을, 사문진 나루터 관광이 예정되어 있었다. 본관이 남평 문씨인 나는 전남 나주시 남평읍에 문씨 집성촌이 있다고 알고 있었는데, 대구 인흥마을에 문씨 집성촌을 보니 반가움이 솟구쳤다. 더구나 현재 문씨 세거지를 지키고 있다는 문태갑 어르신을 직접 뵈니 더욱 그랬다.

문씨 세거지 한옥은 문익점 18대손인 문경호가 1840년부터 이곳에 자리를 잡으면서 문씨 집성촌을 이뤘다고 했다. 세거지는 현재 오래된 한옥 보존지역이며, 300년 된 보호수 회화나무가 있고, 3만 여권의 고서가 있는 곳으로 대구시가 관리한다고 한다. 이곳에 상주하고 있는 해설사의 말에 의하면 이곳 문씨는 오랜 동안 대구 갑부였지만 사치를 금했고, 일제강점기에는 자녀들 교육에 힘쓰고자 백방에서 우리나라 고서적을 구입을 했으며, 책 구입을 빙자하여 만주에 독립자금을 보낸 애국지사의 집안이라고 했다.

남평 문씨세거지를 관람하면서 고귀한 뜻과 선견지명이 있는 조상의 앞선 걸음이 그 후손에게 얼마나 큰 영향을 미치는 가를 실감하였고, 조상이 같은 나로선 새로운 자부심과 긍지를 가질 수 있어서 좋았다.

다음으로 찾은 곳은 '마비정馬飛亭'이다. 산기슭에 자리 잡은 이 마을에는 천리마 비무(수말)와 백희(암말)의 러브 스토리가 전해진다. 백희를 비무로 착각한 '마고담' 장수가 건너편 산에 화살을 쏘면서 백희에게 화살보다 늦게 가면 살아남지 못한다고 했다. 사랑하는 남편 비무를 대신하여 천리마 비무인 척하면서 아내 백희는 열심히 달렸으나 화살을 따라 잡지 못해 '마고담'에게 죽고 만다. 이를 본 마을사람들이 암말 백희의 죽음을 안타깝게 생각해 '마비정馬飛亭'이란 정자를 세워 주었다는 설화가 지금까지 전해지고 있다. 이로 인해 마을 이름이 '馬飛亭'으로 불리게 되었다고 한다.

설화를 상징하는 흑마와 백마의 모형이 마을 입구에 세워진 것도 특색이 있지만 이 마을을 찾게 만드는 또 다른 이유는 '이재도' 화백의 독특한 벽화 때문이라 생각된다. 이 화백은 우리나라 60~70년대의 정겨운 농촌 풍경과 삶의 모습을 코믹하게 그려 놓아 마을을 찾는 이들에게 웃음과 흥미를 주고 있다. 이 마을에 내려오는 슬픈 이야기와 달리 이화백의 해학적인 벽화는 이곳 사람들의 삶뿐만 아니라 인증 샷을 찍는 내게도 새로운 활력을 주었다.

사문진 나루터는 대구 관광의 마지막 예정지였다. 이곳은 한때 전국의 물자들이 뱃길을 통해 대구로 몰려오던 상업지역이었다. 그러나 철도가 발달하면서 교역의 기능은 사라지고 유원지로 탈바꿈 했다. 그래도 나루터라는 말에서 풍기는 한적함과 낭만을 나름 크게 기대했는데, 막상 사문진 나루터에 도착하니 유원지로 개발되어 그런지 봄 야유회를 즐기는 이들로 붐비고 떠들썩하였다. 우리는 뜻밖에 범을 만나 놀란 토끼처럼 준비된 도시락으로 허기만 지우고 사문진과 작별을 고하는 것으로 대구행사를 마무리했다.

돌아오는 차창으로 대구행사의 이틀이 클로즈업된다. 이상화 시인의 고향에서 열린 뜻깊은 수필행사에서 받은 감동과 대구의 역사, 문화가 담긴 유적지 관광은 함께한 모든 수필인의 마음에 새바람을 불어 넣어준 시간이 되지 않았을까? 마치 봄 햇살과 바람에 생기를 찾는 나무처럼.

문장옥

『한국수필』등단. 수상: 무역협회주최 공모 우수상, 후정문학상. 저서: 작품집『행복정원에 들다』

그곳이 어디든 떠난다는 것은 늘 설렘을 준다. 익숙해진 삶에서 벗어나 낯선 풍경 속으로 들어가는 일은 가슴을 뛰게 한다. 시간이 흐르고 나서 들여다보면 그 풍경들은 모두 별처럼 빛난다. 대구를 찾아가는 날도 내게 그런 두근거림을 갖게 했다. 미지의 어떤 세계에 발을 들여 놓는 것처럼 들뜬 마음이었다. 한 번도 가보지 않았던 탓도 있겠지만 그 특유의 경상도 사투리도 내게는 신선하고 정감이 갔다. 그래서인지 무언가 색다른 매력이 느껴지는 '대구'라는 이름의 도시가 마음을 끌어당겼다. 그렇게 들뜬 마음으로 1박 2일 '수필의 날' 행사를 치르기 위해 대구에 발을 들여 놓았다. 사월의 봄꽃들이 가로수변에 서서 사방거리는 웃음으로 손을 흔들었다.

대구에서의 첫날 행사가 축사와 격려사와 함께 이어졌다. 수필가로서 부끄럽지 않은 글을 쓰기 위한 새로운 다짐을 하는 시간이다. 좀 더 자신을 성찰하고 사물을 깊이 있게 천착해가며 수필을 써야겠다는 생각을 하게 된다. 매년 행사를 하게 되는 이유도 여기에 있는지 모른다. 구태의연한 글쓰기에 매여 있는 일상을 돌아보게 하고 나태의 늪에서 허우적대는 나를 다시 한 번

붙잡아 일으키는 힘을 준다.

그날 행사의 압권은 수필 낭송이었다. 그동안 해왔던 암송이나 낭독의 수준을 넘어 선 무대였다. 마치 오페라 무대처럼 꾸며진 무대도 인상적이었지만 아름다운 영상과 음악은 관중의 시선을 집중시켰다. 무대 뒤에서 음악과 함께 걸어 나오는 한 사람 한 사람의 낭송가들 모습은 어여쁘고 화려했다. 이어진 수필 퍼포먼스 또한 신선한 충격이었다. 한 편의 뮤지컬을 보는 듯 그 속에 푹 빠져 있었다. 준비를 철저히 한 대구 수필가들에게 아낌없는 박수를 보냈다. 다음엔 나도 그런 무대에서 수필 낭송의 시간을 갖고 싶다는 생각을 할 만큼 멋진 무대였다.

대구 시민들의 자랑인 팔공산의 유래에는 유명한 역사 이야기가 있다. 후삼국시대에 고려 태조 왕건이 후백제군을 정벌하러 나섰다가 공산 동수에서 견훤을 만나 포위를 당하자 신숭겸이 태조로 가장해 수레를 타고 적진에 뛰어들어 전사함으로써 왕건의 목숨을 구하였다고 한다. 당시 신숭겸과 김락 등 8명의 장수가 모두 전사하자 후에 고려가 창건된 후 공신들이 목숨을 바친 그 산을 팔공산이라 부르게 되었다는 것이다. 오래전에 역사 드라마에서 실감나게 보았던 기억이 난다. 팔공산에 폭 안겨 있는 대구는 분지지역으로 비구름의 통과가 어려워 비가 적고 건조하여 여름엔 전국에서 가정 무덥고 겨울엔 가장 추운 기온 분포를 보인다. 우리가 상상할 수 없을 만큼의 기온차가 심한 곳에서 사는 대구 사람들이 참으로 존경스럽다.

팔공산 자락에 들어앉은 천주교 성지인 한티성지로 향했다. 조선 후기 천주교 박해를 피해 수십 명의 신자들이 신자촌을 이루고 살다가 무더기로 처형된 비극의 현장이다. 당시 신자들이 살았던 억새 초가마을을 그대로 재현해 놓은 모습도 이채로웠다. 현존하는 억새 초가마을로 국내 유일하다고 하니 문화적 가치가 크다고 하겠다. 나도 억새 초가집을 본 것은 처음이다. 천주교 신자로서 30여 기의 무명 순교자 무덤을 찾아 걷는 순례의 길을 걸어볼 수 없어 아쉬웠지만 언젠가는 순례객이 되어 다시 찾을 것이라 여긴다.

대구를 가면 꼭 가보고 싶었던 김광석 거리를 걸었다. 고 김광석이 나고 자란 골목에 김광석이 불렀던 노래 가사들이 시가 되어 벽화로 만들어지고 곳곳에 그의 동상이 실제 크기로 서서 노래 부르는 모습은 정겨웠다. 좁은 골목이지만 곳곳에 공연을 할 수 있는 무대가 준비되어 있고 김광석 특유의 눈웃음이 가득 담긴 얼굴 그림은 마치 그가 살아있는 듯한 착각이 들었다. 그의 죽음을 누구보다 안타까워했던 나는 그의 애절한 목소리를 추억 하며 걸을 수 있는 골목길에 서서 〈서른 즈음에〉를 가만히 읊조렸다.

설레는 마음으로 대구를 방문했지만 여건상 가보지 못했던 곳이 청라언덕이다. 작곡가 박태준이 쓰고 이은상 시인이 가사를 쓴 그 유명한 〈동무생각〉의 노래가 숨 쉬고 있는 곳이다. 박태준이 계성학교 학창시절 청라언덕 인근 신명여자학교의 한 학생을 좋아해서 그 여학생에 대한 그리움을 담아 지은 곡이 '봄의 교향악이 울려 퍼지는 청라언덕 위에 백합 필적에.'라는 가사로 시작하는 〈동무생각〉이다. 박태준의 풋풋한 청춘이 그려진다.

1910년경에 근대기 이국땅에서 무수한 생명을 구했던 의료선교사들의 헌신이 묻어 있는 선교사 주택 세 채, 이국적이고 단정한 느낌이 난다는 그곳 주택 정원엔 그때 그 선교사와 가족들이 묻혀있다고 한다. 푸른 담쟁이가 많아 청라언덕이라 불렀다는 백합이 활짝 핀 그곳에 가고 싶다. 봄날에 가면 잘 어울릴 것 같은 대구, 천천히 아주 천천히 더 많은 곳을 돌아보고 싶어 이 봄날 달구벌에 그리움을 담아 띄워 보낸다. 햇살 따뜻한 봄날에 꼭 다시 찾아가겠다는 담쟁이 빛깔 같은 마음을 실어.

박경옥

전북 군산 출생.『문파문학』수필 부문 신인상 당선 등단. 독서논술 교사, 한국문인협회 회원, 문파문학회 운영이사, 경기시인협회 회원, 동남문학회 회장 역임. 수상: 제9회 동남문학상. 저서: 공저 『하늘 닮은 눈빛 속을 걷다』

수필의 날의 의미를 되살리며
박양근 ●

　　대구는 내가 성장한 곳이다. 청도에서 태어났지만 초중고대학을 대구에서 보냈으니 실질적인 성장지는 대구이다. 지금 나는 30년 넘게 부산에서 살고 있다. 대구 반, 부산 반의 인생이다. 내 수필의 정신적 배경도 대구와 부산으로 나뉘어져 있고 이것이 전화위복으로써 대륙성과 해양성을 합쳤다는 점을 다행스럽게 여긴다.

　　그런 이유인지 대구로 향하는 마음이 더욱 설렌다. 대구문화회관에서 열리는 수필의 날 행사에 참가하는 내 낡아빠진 승용차조차 오늘만큼은 신나는 속도를 더한다. 덕분에 과속티켓을 먹었지만 그것이 대수랴. 개막식 시간에 가까스로 맞춰 도착했다.

　　수필의 날은 단순히 문학 장르의 하나인 수필을 기념하는 게 아니다. 간호사의 날, 경찰의 날, 국군의 날, 과학의 날 등이 있지만 이것들은 직업에 대한 공동체 의식을 기념한다. 수필의 날은 남다른 의미를 갖는다. 갖가지 사고방식과 생활양식과 직업을 가진 사람들이 오직 수필을 쓴다는 의식만으로 전국에서 모여드는 날이다. 문학향기라는 꽃송이를 들고 모이는 날이다.

대구문화회관에서 열린 수필의 날 개막식은 지금까지 보기 어려운 프로그램을 선보였다. 수필낭송이다. 영상이미지와 낭송자의 연기와 우수한 작품성이 겸비된 수필낭송은 문학의 대중화와 예술화를 어떻게 이루어내고 전달하는가를 보여주었다는 점에서 시사한 바가 매우 컸다.

　올해 노벨문학상을 수상한 사람은 대중팝가수인 밥 딜런이다. 그는 쉽게 말하면 현대판 그리스로마시대에 음유시인이다. 밥 딜런은 고대 음유시인이 지닌 문학적 재능을 현대에 팝뮤직으로 부활시킨 점에서 동서양에서 평가를 받는다. 그에게 수상한 것도 문학은 오직 펜으로만 표현되고 숭고미를 추구하여야하는가에 의문을 던진 스웨덴 한림원의 신발상이다. 그 커다란 파문을 맞이하여 우리 작가들은 문학의 진정한 기능은 무엇인가를 곰곰이 생각할 필요가 있다. 대중을 위한 문학, 그것은 대중가수만의 전유물이 아니다. 모든 노래 말에는 예술성이 숨어있다는 것, 문학인의 뛰어난 창의력과 음악 선율의 청각 이미지와 영상미가 갖는 융합이 오늘의 독자들의 마음을 움직인다는 점에서 지금까지 배타적으로 존재해온 대중성에 경종을 울렸음을 보여준다. 이러한 추세에 부응하듯 대구 수필의 날 무대에 오른 수필낭송은 시낭송보다도 더 효과적인 파급력을 보여주었다.

　수필의 날은 단순히 전국에서 수필가들이 모여 한마음 축제를 벌이는 것 이상의 의미를 가져야 한다. 수필의 날은 한해의 작가 개인의 문학적 결실을 논의하고 글을 쓰기 위해 자신만의 시간을 가졌던 시간에서 벗어나 각자의 문학적 특징을 교류하여 개개인의 문학세계를 확대하는 목적을 이룰 필요가 있다. 나아가 진취적이고 미래지향적 수필의 날을 통해 앞으로 한국수필이 어떤 방향을 새롭게 모색하여야 하는가를 진지하게 토론하고 구체적인 방안을 제시하는 상생의 자리가 되어야 한다. 이러한 시도의 하나로서 수필 낭송을 보여주었다는 것이 소득의 하나라고 볼 수 있다.

2017년 수필의 날을 기획하고 주최한 지연희 회장의 끊임없는 열정은 그간 일곱 차례에 걸쳐 수필의 날이 어떻게 진행되어 왔는가에 의해 고스란히 나타난다. 전국 주요도시 곳곳에서 수필가들의 제전을 개최함으로서 한국수필의 전국적 균형을 이루어내었다는 점은 어느 누구도 부정할 수 없다.

문학은 작가의 역량과 환경간의 상호작용으로 이루어진다. 수필은 작가적 체험을 바탕으로 한다는 점에서 교류가 지닌 의의는 항상 중요시된다. 정치 경제의 집중화가 심화되는 현실을 극복하기 위해 수필의 날을 매년 개최하는 점은 그래서 의의가 높다. 이러한 기획을 꾸준히 가시화하는 노력은 더욱 한국수필의 미래를 밝힐 것이다

박양근

부경대 영문과 교수, 수피가, 문학평론가. 영남수필학회장, 국제펜 한국본부 부이사장, 부산문인협회 부회장. 저서: 『현대수필창작론』『한국산문학』『사이버리즘과 수필미학』『좋은 수필 창작론』『손이 작은 남자』 등

　　수필의 날 운영위원회로부터 제10회 올해의 수필인상에 선정되었다는 문자를 받고 어리둥절했다. 문학의 변방에 사는 처지에 황공한 일임에는 틀림없는데 마음은 차분하고 공연히 누군가에게 미안한 생각이 들었다. 그것은 이즘에 와서 문학에 바치는 열정이 식어가는 것에 대한 두려움 때문이지 싶다. 더욱 치열하게 좋은 작품을 써야 할 텐데 나는 하루하루를 무사히 넘기는 일상에 매달려 영일이 없기에 부담감이 컸다. 제17회 수필의 날 행사가 열리는 대구에서 열 번째 올해의 수필인 상 시상식이 있다고 한다.

　　우선 집을 비울 일이 걱정이다. 눈을 뜨면 나부터 찾는 환자를 두고 일박 이일을 보낸다는 것은 상상도 못할 일이다. 만약에 집을 비운 사이에 일을 저질러 사고가 생기면 어찌하나, 밥도 못 챙기는 사람을 맡길 데도 없어 많이 망설였다. 그러나 안 갈 수는 없는 자리 아닌가. 또한 이곳 음성문협에서 행사가 같은 날로 잡혔는데 초대 지부장을 역임한 입장에서 빠질 수 있는 자리가 아니다. 날짜를 조율하다가 부득이 대구에 가야하는 사정을 알리게 되었다. 일이 벌어졌다.

후배들은 약속이라도 한 듯이 음성문협과 예총, 수필교실을 여는 읍사무소 주민센터까지 수상 현수막을 읍내 곳곳에 걸었다. 그만큼 인재가 없다는 이야기인데 만나는 사람마다 큰상을 받는다고 축하인사가 넘쳤다. 작은 시골동네에 글쟁이의 수상을 축하하는 현수막은 최초다. 그동안 운이 좋아서 이런저런 상을 많이 받았지만 조용히 넘어갔다. 이곳 출신의 인재가 중앙정계에 들어갔거나 뉘 댁 자녀가 박사학위를 받았다거나 특별한 경우 사람들은 현수막을 걸어 알리고 자랑을 한다. 문학이나 문화에 관심 있는 사람들은 음성의 경사라고 난리인데 정작 나는 민망하기만 했다.

당일 후배 몇 사람과 길을 떠났다. 어린애처럼 불안해하고 보채는 남편을 바로 돌아온다고 어르고 달래서 떼어놓고 대구로 붕붕 떴다. 얼마만의 외출인가. 길옆 배 과수원과 복숭아 과수원이 펼치는 색의 향연이 피폐해진 내 마음에 단비 같은 서정을 선물한다.

행사장인 대구문화예술회관 팔공홀에는 그리운 얼굴들이 먼저 와 있었다. 어떤 분은 십 년 만의 해후이고 어떤 분은 얼굴도 가물가물한 수십 년 만의 해후다. 서로 얼싸안고 얼굴을 부비는 그 순간 상을 타러온 것을 잊었다. 시골에 사는 탓도 있지만 사람이 부실해서 세미나를 가거나 문인모임에 거의 참석을 못한다. 그럼에도 사람 마음은 한결같아서 글로 만난 분들과 오랜 문정을 간직하고 산다. 이번 모임에서 짧지만 반가운 해후를 해서 몇 년 묵은 그리움의 체증이 가신 것 같다. 마음 같아서는 하룻밤 같이 보내며 수필이야기며, 사는 이야기, 나이 먹어가는 이야기 도란도란 나누고 싶었는데 부득이 발길을 돌려야 해서 많이 아쉬웠다. 이것이 수필인연이다. 수필이 인간학이라고 하고 정의 미학이라는 말이 그냥 생긴 게 아니다. 사람은 오래된 사람이 좋고 옷은 새 옷이 좋다던가.

드디어 시상식이 시작되었다. 공동 수상자인 고동주 선생과 함께 단상에 나란히 서서 상을 받았다. 내가 이 상에 남다른 의미를 부여하는 것은 우리 수필가들의 이름으로 주는 상이라는 데 있다. 수필의 날을 제정하신 윤재천 교수님이 수필 선언문을 낭독하실 때 어떤 사명감 같은 것이 묵직하게 가슴을 두드리는 것 같았다.

대구가 부러웠다. 두 번씩이나 이 큰 행사를 열고 있다. 행사도 품위 있고 내실 있게 참가한 회원들의 욕구를 충족시키고도 남는 저력이 부럽다. 돌아오는 차 속에서 오래 동안 생각한 것은 대구의 행정가들의 문화 마인드다. 일박 이일, 짧은 시간일지라도 작가들 심상에 상이 맺히면 그것은 영원히 남을 작품으로 생산되기 때문에 가치는 값으로 매길 수 없어서다. 눈에 보이는 결과에만 치중하는 작금 지방자치시대 행정가들에 비해 대구의 시장님이나 시의회 의장님이 돋보였던 것은 정신문화에 투자하는 모습이 신선해서였다. 한편으로 그분들 마음을 움직일 수 있던 것은 대구 문인들이 열정이 아니었을까 싶다.

떠나기 전 수필의 날 카탈로그를 여러 번 보았다. 버스 여섯 대가 서울에서 출발하고 지방에서도 대거 참석하는 수필의 날, 몇 백 명이 동시에 움직이는 일이 보통 어려운 것이 아니어서 걱정도 되었다. 이곳 제자들이 버스 한 대를 준비하여 참가하겠다고 했을 때, 일을 더 보태는 것 같아서 극구 말린 것도 그 때문이다. 그런데 일정의 분배며 대구의 요소요소 견학이며가 주도면밀하게 짜여 져서 시간 낭비가 없고 내실이 있어 뒤에서 일하시는 숨은 일꾼들 수고가 실감이 났다. 세상을 움직이는 것은 소수의 사람들이라더니 수필의 날도 마찬가지다. 한국문인협회 수필분과회장과 간사들, 그리고 대구문협 회장님과 임원진이 합심해서 만들어낸 걸작품이다.

우리는 왜 수필의 날에 열광하는가. 만남이 소중해서다. 전국각지에서 먼거리를 마다않고 달려오는 것은 한 방향을 바라보는 수필작가들이 선후배작가들을 만나고 동시대를 호흡하는 담론을 나누고 미래문학의 지평을 열어가는 공감을 확산하기 위해서다. 또한 문단의 여백에서 기죽어 살던 우리가 미래문학의 주역이라는 자존감을 확인하고 그 현주소를 실감하는 것이 아닐까 싶다. 나부터 발군의 노력이 선행돼야 할 것이다.

유감인 것은 대구에 가면 꼭 보고 싶었던 것이 홍억선 선생이 세우신 수필문학관이었다. 그런데 시간이 여의치 않아서 이번에는 불발이었지만 꼭 가볼 곳으로 예정돼있다. 대구를 더 대구답게 하는 것이 바로 이런 큰 뜻이 열매를 맺어 전국의 수필가들을 불러들이는 것이 아닌가 싶다. 이래저래 여름밤의 꿈같은 만남이었지만 오랜 여운을 던져준 행사였다.

시골 동네에 한동안 태극기처럼 휘날렸던 올해의 수필인상 수상 축하 현수막은 보름 만에 내려졌다. 그 현수막은 어느 집 밭골에 덮여서 잡초의 성장을 억제하는 용도로 제 몸을 부숴갈 것이다. 그런데 정작 내가 갖고 싶은 현수막은 따로 있다.

『아름다운 삶, 사랑, 그리고 마무리』를 쓴 헬렌 니어링의 남편 스코트 니어 링이 100년을 살고 스스로 위엄 있는 종말을 맞았을 때 거기 사는 사람들이 저마다 손에 들고 나온 피켓이 있다. "스코트 니어링이 100년 동안 살아서 이 세상이 더 좋은 곳이 되었다."는 것이다. 내가 세상을 떠났을 때 반아무개 가 수필을 써서 우리가 행복해졌다는 현수막이 하나 걸린다면 하는 바람이 다. 그러나 부질없는 욕심 내려놓고 남은 생애 삶이 수필이 되기를 꿈꿔본다.

반숙자

1981년 『한국수필』, 1986년 『현대문학』 수필 등단. 저서: 수필집 『몸으로 우는 사과나무』 『그대 피어나라 하시기에』 『가슴으로 오는 소리』 등 6권, 수필선집 『사과나무』 『이쁘지도 않은 것이』. 수상: 올해의 수필인 상, 현대수필문학상, 한국자유문학상 외 다수

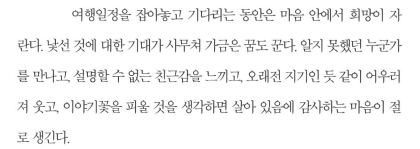

여행일정을 잡아놓고 기다리는 동안은 마음 안에서 희망이 자란다. 낯선 것에 대한 기대가 사무쳐 가끔은 꿈도 꾼다. 알지 못했던 누군가를 만나고, 설명할 수 없는 친근감을 느끼고, 오래전 지기인 듯 같이 어우러져 웃고, 이야기꽃을 피울 것을 생각하면 살아 있음에 감사하는 마음이 절로 생긴다.

열망의 그리움을 품고 설레는 마음으로 집을 나선다. 햇살이 열아홉 살 처녀처럼 상큼하게 고개를 내민 아침이다. 도시는 아랑곳없이 바쁘게 출렁인다. 출근시간과 맞닿은 거리는 차량과 인파로 혼잡을 이룬다. 그 속에 한 무리가 되어 나도 휩쓸린다. 집에서 10분 거리의 출발지가 오늘따라 더디고 느리게 느껴진다. 마음이 급해지니 정신이 보챈다.

차가 고속도로로 들어서기 무섭게 전용차선을 탄다. 막히던 한을 무찌르듯 건물들을 사정없이 밀어내며 초록의 풍경 속으로 달린다. 오로지 진격만을 서두르는 버스처럼 나 역시 생활의 잡다한 시간들을 창밖으로 획획 내던진 채 즐거운 미지의 기대를 채운다. 드넓은 평야에 한낮의 따가운 햇살이 가쁜 숨을 몰아쉬고 있다. 푸른 보리밭으로 쏟아져 내리는 햇살, 바람이 한가롭게 휴식을 취하며 노래를 부르고 있다.

정오쯤 되어서야 드디어 목적지에 도착, 건물들이 아른대기 시작한다. 전생의 기억처럼 어딘가 낯익은 것 같기도 하고 낯선 것 같기도 하다. 그러나 지울 수 없는 그림처럼 추억은 희미하지만 확고하다. 이태 전 보던 풍경이 내 기억 어디쯤에서인가 각인되어 있음을 떠올린다. 도착하여 출발할 때까지, 아니 눈을 떼지 못하고 바라보던 그때의 풍경이 반가움으로 다가선다. 그때도 오늘처럼 고속도로를 타고 달렸던 기억이 난다. 설렘 속에서 신기한 것을 보며 눈으로 보고 가슴으로 느낀 것을 기억해 글을 쓰던 때를 떠올린다.

고속도로를 나와 톨게이트를 지나자 도심의 그림자가 서서히 보이기 시작한다. 웅장하고 깊이 있는 역사의 흔적과 신문명이 사이좋게 공존하는 도시 속으로 깊숙이 빨려 들어간다. 눈을 반짝이며 도시의 거리를 훔친다. 차에서 내려 행사장으로 향한다. 늦여름 같은 더위가 후덥지근하면서도 아직은 봄 냄새가 살짝 난다. 대구문화예술회관이 한눈에 들어온다. 수백 명을 수용할 수 있는 건물의 크기에 압도당한 듯 한동안 넋을 잃고 바라본다. 사람들이 구름처럼 몰리는 이곳, 문화의 답습을 넘어 대구광역시의 힘처럼 보인다. 우리나라의 3대 도시로 꼽히는 대구는 북부와 남부산지가 병풍처럼 둘러싸고 있는 분지 지형의 도시다. 오래전부터 공업을 핵심으로 성장한 도시라 그런지 발전도 매우 안정적인 듯싶다.

아름다운 도시에 전국의 수필가들이 한자리에 모여 수필의 역사를 짓는다. 만나는 기쁨만큼 즐거움을 누린다. 누군가는 수필을 잡문으로 폄하하며 예술성이 결여되었다고 하지만 수필만큼 진실한 글은 없는 것 같다. 적어도 수필 쓰는 사람은 글을 쓰는 동안만큼은 자신만의 구도求道시간을 갖는다.

세상은 정신없이 변해간다. 바쁨에 인이 박힌 사람들은 속도전에 길들어 살 수 밖에 없다. 그런 현대인들에게 긴 글을 읽을 시간은 턱없이 부족하다. 그렇다고 짧은 시를 읽기에는 시인의 난해한 문장을 해석하기도 어렵다. 수필은 사람 사는 세상에서 볼 수 있는 주제들을 담고 있어 쉽게 독자에게 접근 할 수 있는 장점을 가진 장르이기도 하다. 자기만이 가진 독특한 빛깔, 그 모습 그대로를 아름답게 색칠한 그림을 보듯 수필작품을 보면 작가의 모습이 보인다. 그렇지만 저마다 글의 색깔은 다르다. 한 편의 좋은 수필을 읽고 나면 누군가는 닮고 싶은 충동을, 누군가는 삶의 깨달음을, 누군가는 정신적 허기를 채우기도 한다. 한마디로 수필의 매력을 정의한다면 '사실을 바탕으로 진실을 아름답게 색칠하는 문학이다' 라는 말을 해주고 싶다.

역사는 시간을 쫓는다. 낯선 도시에서 오랜 대화를 나누어본 낭만의 시간을 떠올린다. 풋풋함이 되살아난다. 전국의 수필가들이 한 자리에 모여 이런 큰 행사를 치를 수 있는 것도 대구광역시가 베푼 친절이며 고마움의 결실이다. 대구가 선물로 준 행복한 만남을 정리하며 잊지 못할 추억들을 기억의 창고에 저장한다.

박원명화

(사)한국문인협회, 국제펜클럽한국본부, 문학의 집·서울 회원, (사)한국수필가협회 이사, 한국수필작가회 사무국장, (주)유어스테이지 자서전 강사. 수상: 연암기행수필문학상. 저서: 수필집 『남자의 색깔』『시간속의 향기』, 기행 수필집 『개인 날의 낭만여행』『길 없는 길 위에 서다』, 자전에세이 『고목 나무에도 꽃은 핀다』

'여행 갈 때는 머리카락 한 올이라도 줄이라'는 말을 언제 누구에게 들었는지 확실한 기억은 없지만, 여행 가방을 챙길 때마다 실천에 옮기려고 애쓰는 편이다. 2017년 4월 14일에서 15일까지 열리는 '제17회 수필의 날' 행사에 참여하기 위한 여행 준비를 하면서 우산을 넣을까 말까 하다가 대구지역에 비가 내릴 거라는 일기예보에 우산을 넣었다.

서울에서 출발한 버스는 다섯 대였다. 출발하기 직전 나눠 준 따끈한 떡을 다 먹지도 못했는데, 점심은 미리 나눠 준 노란 봉투 속의 지폐로 먹으라고 해서 웬 떡(?)을 두 번째로 받았다. 배가 부른 여행은 그만하면 좋은 여행이다.

대구까지 줄지어 오던 버스가 이번에는 눈을 즐겁게 해주기 위해 몇 군데로 갈라지는 것 같았는데, 내가 탄 1호 차는 대구광역시 서부도서관으로 향했다. 그 안에는 향토문학관도 있었는데, 작고하신 분 중에는 이장희, 현진건, 이상화, 백기만, 이육사, 이호우, 김동리, 박목월, 조지훈, 이응창 작가에 대한 소개가 있었다. 그 외 유안진, 정호승 등 현재 활약하고 있는 작가의 사진과도 만날 수 있었는데, 자기 고장의 작가를 귀하게 여겨주는 모습이 고마우면서도 매우 부러웠다.

　잠깐이었지만 직원들의 눈길도 따뜻했다고 느꼈는데, 그 느낌이 틀리지 않았다는 걸 확인하는 데에는 그리 오래 걸리지 않았다. 관람 후 도서관 밖으로 나오는데 비가 내리기 시작했다. 굵은 빗발은 아니었지만, 버스가 오기로 한 곳까지 걸으려면 머리카락 한 올도 줄이고자 했던 가방에서 우산을 꺼내야 할 정도였다. 대부분 손이나 도서관에서 받은 팸플릿 등으로 머리를 가리고 걸어서 우산 쓰고 가기가 미안해 자꾸 뒤로 물러설 때 누군가 한 아름 우산을 들고 뛰어왔다.

　점심값에 우산까지? 아무런 도움도 주지 않으면서 주최 측의 운영비를 걱정하는 내게 도서관에서 내주었다고 그가 귀띔한다. 이렇게 고마울 수가…. 그제야 내 초록우산을 맘 편하게 쓰고 세미나와 시상식이 열리는 대구문화예술회관 팔공홀로 가는 버스를 기다릴 수 있었다.

　대구문화예술회관으로 향하는 버스 속에서도 장호병 대구 문인협회장은 한국전쟁 당시 대구로 피난 온 작가들의 활동에 대한 설명을 멈추지 않았다. 오상순, 조지훈, 박두진, 구상 등 전쟁 중 총칼로 싸우지 않고 펜으로 나라를 지킨 작가들이 머문 곳이 바로 대구라고 힘주어 말할 때 얼굴 가득 대구 사랑이 담겨 있었다.

　정각 4시가 돼야 공연장으로 들어갈 수 있다고 해서 전국 곳곳에서 온 수필가들은 서로 인사를 나누고 간혹 사진도 찍고 명함도 주고받느라 바빴다.

1년에 한 번씩, 수필의 날 행사에 와야 만날 수 있는 몇몇 지인들과 손잡으며 이런저런 이야기를 나누다 '올해의 수필인 상'을 받는 수상자에게 눈길이 갔다. 내가 등단했을 무렵부터 저분들의 이름을 알았으니 이미 이름난 작가였지만, 나는 그동안 어디로 어떻게 돌아다녔나 하는 생각이 들어 축하객에게 둘러싸여 있는 수상자들을 부러운 눈길로 바라보았다.

국민의례와 지연희 한국문인협회 수필분과회장의 인사말로 시작된 행사는 3부로 나뉘어 저녁 식사 전까지 이어졌다. 때로는 소박하게, 때로는 화려하게, 때로는 품위 있고 따뜻하게 진행되어 두 시간이라는 긴 시간 동안 앉아 있으면서도 지루한 줄 몰랐다.

저녁 식사 후 희망자에 한하여 '김광석 다시 그리기 거리'에 간다고 했으나 버스는 서울에서 온 '아까맨치로' 가득 차 있었다. 김광석 거리는 그의 일생처럼 길지 않았다. 천천히 걷고 여기저기서 사진을 찍어도 30분 안에 끝낼 수 있었지만, 그 거리를 걸은 여운은 숙소인 팔공산 유스호스텔까지 따라왔다.

"노래로 세상을 바꿀 수 있다고 생각하지 않아요. 하지만 노래를 하면서 사람들과 저의 아픔을 어루만져 줄 수는 있을 것 같아요."라는 그의 말에 '노래'라는 단어 대신 '문학'이라고, 그중에서도 '수필'이라고 써놓고 밤늦도록 처음 만난 룸메이트들과 수필에 관한 이야기를 나누며 새벽을 맞았다.

팔공산 새소리를 들으며 아침 식사를 하고 숙소 앞에서 단체 사진을 찍은 후 '어제맨치로' 차에 올랐다. 서로 인사를 나누는데 어제보다 한결 가까워진

서금복
143

듯한 느낌이 든다. 한꺼번에 다니기 어려우니 어제처럼 몇 군데 나눠서 가는데, 우리 차는 신숭겸장군유역지로 향했다.

신숭겸 장군은 왕건과 함께 후백제 견훤을 팔공산에서 맞아 싸웠으나 후백제군에 포위되어 위기를 맞이하게 되었다고 한다. 그때 신숭겸 장군은 자신을 왕건으로 가장해 싸우다 장렬히 전사했다고 하니 충신 중의 충신이라고 할 수 있겠다. 나는 누구를 위해 목숨을 버릴 수 있을까. 신숭겸 장군의 피가 묻은 전투복과 흘린 피가 묻어 있는 흙을 모아서 만들었다는 표충단 옆에 서 있는 400년 된 배롱나무를 가만히 쓰다듬었다.

보여줄 건 많고, 시간은 없어 애를 쓰는 듯 버스는 우리의 발걸음을 재촉해 옻골마을 경주 최씨 고택에 내려놓았다. 버스에서 내리는 순간부터 4월의 연두가 상큼하게 다가왔다. 복사꽃도 화사하게 우리를 맞았다. 연두에서 녹색으로 가고 있는 4월 중순의 청순함이 예뻐서 모처럼 벤치에 앉아 사진 한 장 찍고 길가 울타리에 핀 하얀 탱자꽃과 옻골마을 보호수인 회화나무는 내 휴대폰에 담아 놨다.

길가는 온통 꽃 잔치였다. 그야말로 봄의 교향악이 울려 퍼지고 있었는데, 이번엔 진짜 봄의 교향악을 향해 간다고 한다. '봄의 교향악이 울려 퍼지는 청라언덕 위에 백합 필 적에-' 청라가 뭔가 했더니, 푸른 담쟁이라는 뜻이란다. 노래에 나오는 백합이나 흰 나리 대신 하얀 튤립이 있는 곳에서 주최 측에서 준비해 준 도시락을 삼삼오오 모여 앉아 먹으며 청라언덕에 앉아 꽃구경하는 바로 오늘, 지금이 바로 봄의 교향악이 울려 퍼지는 날이 아닐까 생각했다.

청라언덕을 내려와 영남지방 최초의 계산 성당과 국채보상운동을 한 서상돈 고택, 이상화의 형인 독립운동가 이상경 장군 고택을 거쳐 이상화 고택까지 돌아보고 나니 벤치에 장호병 대구 문인협회장이 약간은 지친 듯 앉아 있었다. "고생 많으셨습니다. 덕분에 좋은 곳 많이 구경했습니다."라고 1박 2일 동안 같은 버스를 타고 다니면서도 처음으로 인사했다. 그것도 아주 짧게. 그러나 짐작은 간다. 400여 명의 인원을 대구로 오라 해놓고 얼마나 많은 날을 잠 못 이뤘을지….

그러고도 아쉬운 마음으로 서울 가는 버스에 손 흔드는 대구 문인협회와 대구 수필가협회 여러분께 고마운 마음을 느끼며, 수필 하길 잘했다는 생각으로 버스에 올랐다. 물론 수필인들 만의 자존감을 위해 큰잔치를 해마다 치러내는 한국문인협회 수필분과 운영위원회에 고마운 마음은 이루 말할 수 없다. 말로도 안 되고, 글도 게을러서 허덕허덕 이제야 쓰니 어떡한다? 가만 생각해보니 올해 연회비도 안 냈다. 내년, '제18회 수필의 날'은 어디서 하는지 몰라도 내년에 참여하려면 연회비는 내야겠다. 물론 연회비 안 냈다고 수필의 날 행사에 참석하지 말라고는 하지 않겠지만….

서금복

1997년 월간 『문학공간』으로 수필, 2001년 계간 『아동문학연구』(현 아동문학세상)으로 동시, 2007년 계간 『시와시학』으로 시 등단. 전국어머니 편지쓰기 모임인 〈편지마을〉 회장, 서울 중랑문인협회 회장, 광진문화예술회관 수필창작반 강사로 활동 중. 저서: 수필집 『옆집 아줌마가 작가래』, 동시집 『할머니가 웃으실 때』 『우리 동네에서는』, 수필집 『지하철 거꾸로 타다 - 6호선』. 수상: 중랑문학대상, 한국글사랑 문학상, 한국아동문학회 〈오늘의 작가상〉. e-mail: urisaijo@hanmail.net

솔바람이 코끝을 스치자 맑고 싱싱한 향기가 폐부를 적신다. 장대한 기골의 적송이 남평문씨 세거지를 지키고 서 있다. 입구에 들어서자 크기를 가늠할 수 없는 70여 채의 전통 기와집들이 높은 담장으로 둘러 쌓여 있다. 대문을 열고 들어서자 정갈한 자태의 한옥이 시야를 가득 메운다. 마치 도동서원의 중정당을 마주한 것처럼 흐트러짐 없는 선비의 기품이 느껴진다.

전국 수필가 대회에 참가한 회원들과 함께 대구지역 투어를 나섰다. 고향을 자랑하고 싶어 안내를 자처했다. 맨 먼저 찾은 남평문씨 세거지는 비슬산 자락인 천수봉 기슭에 자리 잡았다. 풍수지리학적으로도 명당이라 소문이 난 곳으로 일연선사께서 삼국유사의 뼈대를 구상한 옛 인홍사 터다. 한때는 승려가 3천 명이나 되었다는 큰 사찰로 지금의 사문나루는 인홍사로 가는 입구였다. 한자로 표기하면 寺門津이다. 나루에서 곧장 하천을 따라가면 인홍 세거지다. 마을 형태는 도시계획을 해놓은 듯 집의 구조나 토담 하나까지도 정교하다. 세거지는 우리나라에서도 찾아보기 힘든 'ㅁ'로 틀에다 찍어낸 모양으로 가족이 모여 마을을 이루는 독특한 집성촌이다.

　골목도 금방 빗질을 해놓은 듯 정갈하다. 모퉁이를 돌아서니 흙담 위로 고개를 내민 어린 능소화 잎이 햇살을 품고 있다. 햇살이 뜨거워지는 계절이 오면 단아하고 고운 꽃망울을 터트릴 것이다. 기와와 돌담과 능소화 넝쿨이 어우러진 길이 신기한 모양이다. 일행들은 한 장면도 놓치지 않으려는 듯 카메라에 담느라 분주하다. 능소화의 품새가 한복을 잘 차려입은 여인과도 같아 꽃이 만발할 때면 전국에서 사진작가들이 장사진을 이룬다. 몇몇 작가는 그때를 알려달라며 전화번호가 적힌 쪽지를 건넨다.

　본리 세거지는 충선공 문익점 선생의 18세손인 문경호 공이 19세기 중엽 이곳에 터전을 잡았다. 지금은 너무 많은 관광객이 몰려오는 명소가 되었지만, 내가 어릴 때는 빈집이 많아 귀신이 산다는 흉흉한 이야기까지 나돌기까지 했다. 아마도 학업을 위해 타지로 유학하는 시기였던 것 같다. 세거지에서 가장 경치가 빼어난 곳이 광거당廣居堂이다. 사립도서관 격인 광거당의 당호堂號는 맹자의 '거천하지광거居天下之廣居'에서 따왔다고 한다. 일제에 나라를 빼앗긴 후에도 그의 증손자인 수봉 문영박 선생은 사방의 선비들과 교분을 나누면서 학문에 전념하였고 후손들이 학문을 연마할 수 있도록 옛 재실을 헐어 광거당을 세웠다. 재실에는 선현들이 남긴 서책을 한데모아 만권당을 열었다고 전한다. 선생은 인재 양성을 통해 빼앗긴 국권을 회복할 수 있다는 강한 신념으로 학문에 헌신하지 않았을까 싶다.

　수봉선생은 인과 의를 숭상했고 인이 실천되기를 갈망했을 뿐 아니라 몸

서정길

소 실천에 옮기셨던 분이셨다. 학문에만 얽매이지 않고 대한민국 임시정부에서 보낸 요원에게 거금의 독립자금을 전달하고 파리 장서 사건으로 투옥된 유림을 위해 사재를 희사한 애국지사였다. 명당에서 인물이 난다고 했던가. 그 기운이 아직도 미치는 모양이다. 생존하고 있는 후손 중에는 한국 현대사에 큰 획을 긋는 문태갑, 문희갑 등 언론과 정계에 빛나는 인물을 배출하기도 했다. 또한 두 분은 서울을 마다하고 낙향하여 세거지를 지키며 후진 양성을 위해 동분서주 하고 있다.

수봉정사 마당에는 노송 몇 그루가 문지기처럼 지키고 있다. 대문 빗장 둔테에는 암수 거북이 일행을 마중한다. 어서 오라는 듯 꼬리친다. 문 하나에도 음양의 조화를 새겨 의미를 담았다고 한다. 수봉정사는 수봉 선생을 추앙하기 위해 세운 정사로 수백당이라는 현판이 걸려 있다. 현판에 하얀 글씨가 담백하면서도 예스럽다. 혼기를 맞은 규수 같다고나 할까. 수봉정사는 늠름한 사내대장부다. 기둥만 봐도 위엄이 느껴진다. 들보가 가죽나무라니 믿기지 않는다. 대청마루에 걸타 앉으니 선비가 된 기분이다. 전국 각지에서 온 선비들을 그려 본다. 발걸음이 결코 가볍지만은 않을 것이다. 이곳에 모여든 목적이 어찌 강학뿐이랴. 수봉선생을 중심으로 기울어진 국운을 바로 세우기 위해 지혜를 모았으리라. 학문보다는 나라 걱정을 우선했을 것만 같다.

수봉정사를 지나 쪽문으로 들어서면 정면에 인수문고가 있다. 추사 김정희와 창강 김택영이 쓴 편액이 아니라면 어느 여염집 창고라 해도 믿을 것만 같다. 이만여 권이나 되는 서책이 오동나무로 짠 책장에 가지런하게 보관되어 있다. 수봉선생께서 학문에 대한 관심이 얼마나 큰지를 가늠할 수는 곳이다. 6·25 전란을 겪으면서도 불에 타지 않고 남아 것이 얼마나 다행인지 모르겠다. 인수문고 우측에는 중곡서고가 있다. 좌측의 거경서사는 인수문고의 서책을 열람하기 위해 찾는 이들을 위한 사랑채다. 이만여 권의 장서 중에는 희귀본도 많지만 서간과 시문을 소장하고 있다. 진귀본은 중국에서 배편으로 들여와 다시 전라도에서 인흥마을까지는 소달구지로 운반했다고 하니 그 정성 또한 놀랍다. 지금은 인산재의 5대손인 중곡 문태갑 선생이 기거하고 있다. 노구에도 불구하고 찾아오는 손님에게 세거지에 얽힌 사연을 담담하게 들려준다. 열정이 없으면 생각할 수도 없는 일이다. 아직도 광채가 느껴지는 눈빛에다 목소리까지 힘이 서려있다.

인흥마을 세거지는 풍광 못지않게 선비 정신이 살아 숨 쉬는 곳이다. 인수문고와 두 분의 손자가 이를 대변하고 있다. 여든을 넘긴 중곡 선생과 문희갑 전 시장은 이 시대의 선각자다. 아직도 책을 가까이하고 있고 활발한 강연으로 우리들에게 올곧은 정신을 일깨우는데 앞장서고 있다.

책을 읽지 않는 국민에게는 미래가 없다던 그 카랑카랑한 목소리가 가끔 뇌리에서 요동칠 때가 있다. 언제쯤 부끄럽지 않은 마음으로 이곳을 다시 찾으려나.

서정길

2005년 『수필과 비평』 등단. 저서: 수필집 『알아야 면장하제』. 현) 한국문인협회 달성지부 회장. 현) 한국문인협회 컨텐츠분과 위원. 대구수비작가회의 회장 역임. 대구수필문예회 회장 역임

회자정리會者定離라지만

성병조

회자정리會者定離라고 하였던가. 우리는 일생 동안 얼마나 많은 사람을 만나고 또 헤어지는 일을 반복하며 살아가는지 모른다. 아무리 친한 사람도 때가 되면 헤어지는 것이 인생사이다. 만난 사람은 반드시 헤어지게 되는 삶의 이치를 모르는바 아니지만 유독 기억에 남는 아쉬운 작별, 긴 여운이 남는 때가 있었다.

큰집이 있는 부산에서 고등학교를 다녔다. 영도 고갈산 중턱에 자리한 좁은 애옥살림 속에서 여러 식구들이 부대끼며 살았다. 이런 어려운 형편 때문일까. 한 학기가 끝나고 다가오는 방학 기다리는 게 큰 낙이었다. 고향 친구들이 보고 싶었다. 시골에 가면 농사일도 거들지만 친구들과 어울려 노는 일이 더 즐거웠다. 산과 강을 찾아다니며 정신없이 방학을 보내고 다시 부산으로 돌아갈 때면 얼마나 허전하고 발길이 떨어지지 않던지 속으로 눈물을 흘렸다. 그런 후유증은 한 달가량 지속된 걸로 기억된다.

대학생 때는 서클(동아리) 활동하느라 분주히 쏘다녔다. 전국 대학의 연합 단체여서 나라의 방방곡곡을 두루 돌아다녔다. 수백 명의 대학생들이 숙식을 함께 하며 공동생활을 하다가 정작 헤어질 때는 왜 그리도 슬퍼지던지….
전국 각지로 뿔뿔이 헤어지는 친구들 모습이 오래도록 눈에 아롱거렸다. 캠
퍼스에 돌아와서도 그들 생각에 책이 손에 잘 잡히지 않았다. 그런 이별의 아
쉬움이 초로의 나이에 접어든 요즘 다시 찾아올 줄이야.

제17회 수필의 날 기념행사가 대구에서 있다는 소식을 듣고서 맘이 설레
었다. 긴 세월 직장에만 매달려 있다 보니 외부에서 열리는 행사에는 전혀
참석하지 못했다. 오래전 대구에서 개최한 수필의 날 행사에 동참한 기억이
있지만 지금과는 비교가 되지 않는다. 이번 행사에서 대구 시내의 주요 역사
유적지를 돌아보는 톺아보기의 가이드 역할을 맡게 되었다. 미력하나마 진
행에 도움이 된다면 내 작은 힘이라도 보태고 싶었다.

문화예술회관에서 기념식이 끝난 후 저녁에는 김광석 거리를 돌아본다.
이어 팔공산 갓바위 입구 유스호스텔에서 숙박한다. 다음 날인 토요일엔 현
풍곽씨 12정려각, 도동서원, 사문진 나루터를 돌아보기까지 전 과정을 그들
과 함께 행동하게 된다. 책임감이 수반되는 일이지만 한편으로는 고맙기도
하였다. 주로 서울에서 오신 저명한 작가 선생님들에게 대구의 참 모습을 보
여드릴 수 있다는 게 얼마나 다행한 일인가. 내가 담당한 3코스는 낯익은 곳
이어서 자신감을 가지고 안내해 드리리라 맘을 다졌다.

서울서 내려온 관광버스 기사에게는 모두 생소한 지역이다. 내비게이션을
이용한다고 하더라도 충분한 예습을 거친 나보다 못하다는 사실을 나중에
알았다. 도동서원을 둘러본 후 기사는 들어왔던 구지 쪽이 아니라 반대 방향

인 다람재로 차머리를 돌린다. 길이 좁아 버스 통행에 어려움이 있다는 사실을 진작 파악해둔 터이다. 문화해설사를 통해서도 재삼 확인해 두었기에 빠른 수정이 가능하였다. 하마터면 엉뚱한 길에 들어 낭패를 당할 뻔하였다.

버스를 타고 이동하는 동안이나 문화재를 돌아보는 틈틈이 전해드릴 멘트 선택에도 신중을 기한다. 내로라하는 유명 작가들의 눈높이에 맞춰야 한다. 대구의 위상에도 영향을 미치는 일이라 더욱 신경 쓰인다. 차창 밖으로 비치는 모습을 놓치지 않고 스케치 한다. 줄곧 따라다니는 비슬산과 대니산에 얽힌 이야기나 현풍 곽 씨의 충절에 관한 사연도 맛깔나게 버무린다. 시간이 모자라 들리지 못하는 홍의장군 묘소에 얽힌 이야기도 조곤조곤 풀어 드렸다.

마지막으로 들린 사문진 나루터는 가장 사연이 많은 곳이다. 1901년 5월 낙동강 배편으로 이곳을 통해 한국 최초의 피아노가 들어왔고, 나무통 속에서 나오는 음악소리에 놀라 '귀신통'이라고 불렀던 옛 이야기도 들려준다. 그걸 기념하여 달성군은 매년 100대의 피아노 연주를 사문진에서 성황리에 개최하고 있다. 주말이어서 관광객들로 많이 붐빈다. 평상에 둘러앉아 점심 식사를 한다. 삼십 명이 넘는 회원들이 함께 둘러앉아 식사할 수 있다면 좋으련만 사정이 여의치 않아 아쉬움이 일었다.

헤어지는 시간이 가까워질수록 슬픔이 몰려온다. 광주로 가실 네 분과 내가 내리면 버스는 줄곧 서울을 향해 달릴 것이다. 화원 IC로 가는 길목에서 내렸다. 나이 들어서도 이런 이별의 감정이 남아 있다는 게 신기하다. 인생 사란 만나고 헤어짐의 연속인데도 나는 여기서 허우적대고 있는 것일까. 얼마 후 서울에 도착한 선생님으로부터 귀한 메시지가 도착하였다. 너무도 감사하고 감동적인 글이어서 쑥스러움을 무릅쓰고 이곳에 소개함을 이해 바랍니다.

"성○○ 이사님, 감사합니다. 성심성의껏 우리들을 위하여 안내하여 주시고 하나라도 더 알려주시려고 애쓰신 마음 너무나도 고마웠습니다. 저뿐 아니라 모든 분들이 그렇게 생각했을 것입니다. 다음에 다시 만날 수 있기를 바랍니다. 김○○ 드림"

"이제 서울 도착하여 막 귀가하였습니다. 성 이사님의 안내와 도움으로 이번 일정이 유익하고 즐거웠습니다. 여행사 전문 가이드보다 설명과 안내를 더 잘 해주셔서 큰 도움이 되고 대구문협과 대구가 좋아졌습니다. 다시 만날 수 있기를 빕니다. 최○○ 드림"

성병조

경남 창녕 출생. 대구대 대학원 졸업. 1995년 수필집 '촌티 못 벗는 남자' (1995) 출간으로 문단 활동 시작. 2003년 계간 『생각과 느낌』 신인상. 저서: 수필집 『촌티 못 벗는 남자』, 『봉창이 있는 집』, 논문집 「공장 새마을운동의 사회복지적 측면에 관한 연구」. 매일신문 고정칼럼 '매일춘추' 집필 (2009). (현재) 한국문인협회 회원, 대구문인협회 이사, 대구수필가협회 감사

풍등축제

디아크

155

대구, 문학 수도의 깃발을 올려라!

손수여

지금 우리가 해야 할 일은 대구를 문학의 수도로 만드는 일이다. 언젠가 꼭 해야 할 일이라면 지금 당장 하고 누구나 해야 할 일이라면 내가, 우리가 하자. 이런 점에서 본다면 우리 문인협회는 올해의 연중 계획 가운데서 두 가지 큰일을 이미 했다. 4월 중순경에 외부 문인을 초청하여 "문학도시 대구 알리기"를 하고 5월엔 전국 문학관 톺아보기로 문학기행을 겸한 탐방도 이미 실시했다.

광복이전만 하더라도 대구, 서울, 평양과 함께 대한민국 3대 도시였다고 한다. 대구는 일찍부터 교육의 도시이면서 나라와 겨레를 향한 충절의 고장이요, 일제 강점기에는 조국의 광복을 위한 민족시인, 이육사, 이상화 같은 항일시인이 사셨던 자랑스러운 대구이기 때문이다. 35년간의 일제강점기를 거친 조국은 먹고 살기조차 어려웠던 그 시기에, 광복한 그해 10월 "죽순 문학구락부"를 결성하고 이듬해인 1946년 5월 1일 광복 이후 최초의 문예지 『죽순』을 발간했다. 돈이 있고 작가들이 많은 오늘날에도 잡지 한 권 내는 일이 쉽지 않은데 그 이른 시기에 종이는 물론 모든 물자가 부족하던 그때에 월간으로 발간한 그 정성과 열정 앞에 감동적이고 존경심이 절로 생긴다.

현대문학사에 길이 빛날 업적들이 잘 보존되어 다행스럽고 지난해 가을 (11. 8. ~ 27.)에는 대구문학관에서 전시회를 열어 그 시대상을 시민과 함께 하기도 했다. 이를 계기로 해서 문인이 앞장서고 시민과 함께 대구를 문학의 수도로 깃발을 높이 올리고 가꾸어가야 한다. 말로만이 아니라 행동으로 귀감이 되었던 시민들의 "국채보상운동"이나 "2.28 민주화 운동"의 참된 의미를 되새기고 계승하여 이제는 우리가 실천해야 할 때이다. "대구 톺아보기"의 실오라기 하나같은 미미하고 지엽적인 방안이지만 당시 대구문학의 중심에 있던 민족시인, 이상화 시인과 대구의 정신 2.28 민주운동을 되새겨 보는 필자의 시편을 제시한다.

　　나라를 살리고 민족혼을 일깨우는
　　그 불꽃尚火이여 영원하라

　　시인이 외쳤던 그 시절, 그 땅
　　"빼앗긴 들에도 봄은 오는가?"

　　해적 떼가 서른다섯 해를 강점하더니
　　지금은
　　봄이 오고 여름 갈 겨울 온 평화로운 땅

　　"내 손에 호미를 쥐어 다오"

살찐 젖가슴 같은 부드러운 이 흙을 발목이
시리도록 밟아도 보고"** 잡초도 뽑아내고

나라 최초 일흔 해를 지켜 온 글 텃밭
대쪽 선비 정신이 살아있는'죽순竹筍'
수성 들판을 글밭으로 가꿔 가리라.

하여,
달구벌 언덕 위에
문학 수도 깃발을 높이 올리라.

금호강물 푸른 하늘 따라 철렁철렁
문향이 만방萬邦에 넘실넘실
달구벌에서 서라벌로 글로벌로

나라를 살리고 민족을 깨우는
그 불꽃 만세 무궁하리라.
                    – 손수여 시 「문학수도 깃발을 높이 올리라 - 상화 선생 헌시 시화전에」

그 날의
외침을 너는 아느냐?
그 날의 함성을 너는 들었느냐?

일천구백육십 년 이월 그믐날
의분에 찬 젊은 피 용솟음침을.

대구, 문학 수도의 깃발을 올려라!

쓰나미
몰고 오는 성난 파도처럼
지구촌을 뒤흔드는 포효하는 호랑이

망국의
한恨 서린 패전의 비운,
다부동 격전지 조국을 지킨 땅.

이 뿐이더냐
나라의 빚더미 짊어진 시민 봉기
국채보상운동 달구벌의 정신인 것을.

그 날을 기억하자, 자유 민주 지킨
의연한 기개가 돌비로 우뚝 선
청년 학도 올곧은 선비 기상을.

오, 대한민국이여!
다시 외치노라, 부패 독재 없는
민주 자유의 나라로 만세 무궁하라고.
　　　　　　- 손수여 시 「2.28 그 날을 기억하자, 다시 외치노라」

손수여

문학박사. 전)대구대교수. 『문학공간』 『한국시학』 등단. 수상: 제13회 국제PEN 아카데미문학상 등. 한국 문인협회 모국어가꾸기위원. 국제PEN.한국본부 이사. 대구펜 수석부회장. 대구문협 부회장. 대구수필 가협 이사. 저서: 시집 『마음이 머무는 숲 그 향기』 등 4권, 『시와 함께 전통시장 톺아보기』, 학술서 『국어 어휘론 연구방법』, 『우리말 연구(공저)』 등 8종 외 논문 다수.

역사의 그늘에 꽃핀 문학의 장소 향촌동에 가다 　송복련 ●

　　제17회 수필의 날 행사는 대구에서 가졌다. 인생의 절반 이상을 보냈던 대구는 내의 탯자리이자 문학의 산실이다. 떠나온 지 10년이 가까워지는 동안 익숙했던 공간들이 이제는 새 옷을 입고 추억하기 좋은 곳으로 다시 태어나고 있었다.

　　이번 행사를 진행해준 대구문협의 활동은 눈부셨다. 대구문화예술회관 팔공홀에서 가진 기념식과 세미나 그리고 다음 날 대구 일원의 문화유적답사로 프로그램이 구성되었다. 수필의 날 선언문을 낭독하신 윤재천 선생은 16년 전의 그날을 회고하시면서 수필의 새 역사를 쓰려는 꿈을 담았던 배경을 술회하셨다. 모름지기 큰 뜻을 품어야 발전한다는 걸 실감하면서 다시 꿈을 꾸게 된다. 이어서 무대에서는 수필낭송과 수필퍼포먼스 그리고 노래 등 다양한 행사가 펼쳐졌다.

　　대구의 문학적 배경을 깊이 있고 일목요연하게 발표한 세미나는 대구를 알리는 데 커다란 몫을 했다. 많은 이야기를 품고 있는 장소와 사람들을 손숙희 수필가는 연대별로 나누어 꼼꼼하게 짚어주었다. 한국전쟁으로 피난

민들이 남으로 내려갈 때 대구는 많은 종군작가단과 피란문인들로 법석거렸다. 이들이 대구의 문인들과 합류하면서 전시의 문단이 형성되었는데 비록 전쟁의 와중이지만 대구의 문단은 예술의 풍요를 누리며 문학발전의 밑거름이 되어주었다.

비행장 근처에서 어린 시절을 보낸 나는 B29 전투기가 한 번 뜨면 창문과 벽이 찢어질 듯이 흔들려 한동안 말을 멈추고 귀를 틀어막아야 할 정도로 요란했다. 군용트럭을 따라가면서 헬로를 외치던 시절이 아닌가. 총탄이 오가는 와중에 클래식 음악의 선율이 흘러나와 유엔 참전 용사들이 놀랐다는 일화도 있으니, 전쟁의 고통 속에 가난과 울분, 그리고 예술에 대한 격정을 토로하던 장소가 되었을 것이다.

우리를 태운 차가 먼저 대구문학관에 내려주었다. 그때를 기억하는 사람들이 얼마 남지 않아 잊히는 것을 걱정하신 분들이 있었으며 도시개발로 옛 흔적이 남은 장소들이 감쪽같이 사라지려는 위기에 지켜낸 노력이 보였다. 내가 지나다녔던 대구은행자리에 대구문학관과 향촌동 문화관 간판이 같이 보였다. 내부로 들어가니 마치 옛날로 돌아간 듯 바깥세상과는 사뭇 달랐다. 그동안 궁금하거나 교과서를 통해 익히 들었던 인물들과 만날 수 있어 반가웠다.

건물 속의 투어라고 할까, 걸음을 옮길 때마다 학창시절 YMCA에서 시화전을 열면서 '동성로'거리에서 자주 지나다녔던 명소들이 떠올랐다. 송죽극장, 자유극장 근처 으리으리하던 양화점 쇼윈도와 미군부대서 나온 물건들을 팔던 양키시장이며 금은방들이 즐비한 중앙통의 그리운 풍경이 있던 자리들. 교수님으로부터 들었던 향촌동 골목의 백조다방과 맥줏집 '혹톨' 그리고 '가보세' 술집이며 '녹향' 음악 감상실과 같은 익숙한 이름과 만날 것만 같았다. 내가 떠난 뒤 새롭게 태어난 이곳은 비록 재현된 모습이지만 장소마다 '아하' 그때는 이런 모습으로, 이런 사람들이 드나들며 문향을 날렸구나 생각했다. 기억 속에 가물거리는 여러 인물들을 만날 수 있어 보람이 컸다.

다방과 술집에도 앉아 보았다. 그곳을 드나들며 대구문단에 씨를 뿌렸던 이상화, 현진건, 이장희, 이육사, 백기만, 이윤수와 같은 선구자들의 사진과 책이 잘 보이게 진열되어 있었다. 종군작가들 가운데 넉넉한 인심을 가졌던 구상 선생의 시와 이중섭과의 인연이나 해방 후 첫 시전문지로 지금까지도 맥을 이어가고 있는 '죽순'의 조형물이 쑥쑥 뻗어 올라가고 있었다. 내가 익히 알거나 모르는 예술인들까지 얼굴과 에피소드들이 3층과 4층 공간을 추억의 장소로 만들었다. 잠시 들러 보기에는 벅찬 내용들이다.

「가난한 날의 행복」 「보리」 「근원수필」로 기억되는 김소운과 한흑구 김용준 이 그리고 김시헌과 김규련 선생님 들은 대구 수필문학이 싹트는 데 영향을 준 작가들이다. 지금 대구에서 활동하는 수필가들이 무척 많다. 오늘의 대구수필이 있고 한국수필이 내일로 꿈을 펼쳐 가는 데 커다란 몫을 할 것이다. 그건 선배들의 바탕이 있었기 때문이다.

행복한 문학서재와 즐거운 문학공방을 드나들며 다양한 볼거리를 즐기는 가운데 시간이 훌쩍 지나갔다. 여러 번 들려서 옛 정취에 젖어들고 싶다. 그

동안 쇠락해가는 대구역 근처의 낡은 풍경은 이제 옛날을 입고 새로워졌다. 그때를 기억하거나 궁금한 사람들에게 걷기 좋은 공간으로 걸어서 다니며 동성로와 향촌동의 옛 정취에 젖어보는 것도 좋으리라.

송복련

대구 출생. 대구 카톨릭 대학교 국문과 졸업. 2003년 『수필과 비평』 등단. 대구 〈수필과 비평 문예아카데미〉 원장, 『팔공신문』 편집위원, 대구수필가협회 부회장 역임. 한국수필가협회, 리더스에세이 운영이사, 『문장』 편집위원, 〈MBC아카데미 관악문화센터〉 수필 강의. 저서: 수필집 『완성된 여자』 『둥둥 우렁이 껍데기 떠내려가다』 『물의 시선』. e-mail: boklyensong@hanmail.net

제17회 수필의 날을 다녀와서

송인관 ●

　　제17회 수필의 날을 맞이하여 버스 5대가 서울 사당을 출발하여 대구행사장을 향하여 출발하였다. 내가 타고 있는 1호차에는 지연희 한국문인협회 수필분과회장, 문효치 한국문인협회 이사장, 손해일 국제펜한국본부 이사장님들을 비롯하여 한국문단을 이끌고 있는 거목들이 동승하였다. 서울 사당을 출발하여 대구 행사장을 향하여 가는 동안 차 안은 화기가 넘쳐흐르는 가운데 자기소개를 하는 시간을 가졌다.

　　차가 왜관휴게소에 이르자 주최 측에서 마련한 노랑 봉투 하나를 나누어 주었다. 봉투에는 5천원이 들어있다. 그 돈으로 점심식사를 하라고 한다. 나는 일행들과 휴게소 식당으로 들어가 공기밥, 된장국, 계란말이, 두부조림으로 간단하게 식단을 짰는데도 7천8백 원이 나왔다.

　　1호차에 탑승한 우리 일행은 행사장으로 가기 전에 대구문학관을 찾았다. 그곳에서 한국 전쟁 때 육군종군작가단에서 활동한 김팔봉, 구상, 박영준, 정비석, 유치환 등 한국문단에 중진작가와 음악가, 미술가들이 모여 대구에서 부정기적으로 간행한 귀중한 자료들을 만날 수 있었다.

　　제17회 수필의 날 행사는 전국에서 450여 명의 수필가들이 모여든 가운데 '수필의 역사를 짓다'라는 주제로 2017년 4월 14일 오후 4시부터 6시까지 두 시간 동안 대구문화예술회관에서 진행되었다. 주최는 수필의 날 운영위원회와 한국문인협회 수필분과, 후원은 대구광역시 대구문인협회, 대구수필가협회, 지리산문학관, (사) 한국문인협회, (사) 한국수필가협회에서 각각 맡았다.

이날 행사는 수필가이며 시인인 전영구의 사회로 진행되었다. 개회선언, 국민의례가 있었고 뒤이어 지연희 한국문인협회 수필분과회장의 개회사와 내빈 소개가 있었다. 뒤이어 대구문인협회 장호병 회장의 환영사와 현대수필학회 윤재천 회장의 수필의 날 선언문이 낭독되었다. 올해의 수필인 상 시상자에는 반숙자, 고동주 두 분이 선정되었다. 시상식이 끝난 후 문효치 한국문인협회 이사장, 손해일 국제한국본부 이사장, 류형우 대구예총회장의 순서로 축사가 이어졌다. 1부 행사를 마무리 짓고 곧 이어 2부 행사가 진행되었다. 2부 행사는 대구 전시문단 형성과 대구의 문학이라는 소재로 손숙희 대구수필가협회 회장의 세미나가 있었다.

3부 행사는 한국수필 주간 권남희 사회로 진행되었다. 수필 낭송으로「햇싸라기」는 문옥자 수필가,「좋은 인연」은 남정연 수필가,「물꽃 피다」는 임금희 수필가, 이병훈의 「알피니즘을 태운 영혼」은 백양임 수필낭송가가 각각 낭송을 하였으며 강호형의 「봄」은 수필가, 낭송가인 팔음 김미숙이 낭송을 하였다. 이상 여성수필낭송가들의 낭송을 마치고 노래는 김종원이 〈모란동백〉과 〈옛 생각〉 두 곡을 불렀다. 성악은 비사스콜라칸토룸 중창단이

〈Brindisi〉〈우정의노래〉〈Championsh〉로 이어가면서 열창을 하였다. 이것을 끝으로 폐회 선언을 한 후 오후 6시부터 7시까지 한 시간 동안 대구문화예술회관 구내식당에서 뷔페로 석식을 하였다. 석식이 끝난 후 우리 일행은 김광석이 태어나고 어린 시절을 보냈던 '김광석 거리'를 찾아갔다.

김광석 거리는 김광석을 스토리텔링 콘텐츠로 조성한 벽화거리로 〈이등병의 편지〉와 〈서른즈음에〉 등 그의 대표곡을 주제로 한 벽화들이 그득하게 걸려있다. 차가 다닐 수 없는 골목길에서 기타를 들고 노래를 부르고 있는 무명가수와 벽에 걸려있는 벽화를 바라보니 젊은 나이에 세상을 떠난 김광석의 발자취가 골목마다 배어있는 것 같아 마음이 아팠다.

팔공산에 있는 유스호스텔 본관 507호에서 문우 4사람이 함께 유숙을 하였다. 4월 15일에는 대구문인협회 장호병 회장의 안내로 대구 명승지 문학기행 길에 올랐다. 제일 먼저 신숭겸장군유적지를 찾았다. 그곳에는 많은 유적지가 있다. 나는 그중에서도 400년 된 팽나무와 표충단表忠壇 앞에서 많은 시간을 보냈다. 표충단은 후백제군과 싸우다 고려군이 몰살위기에 처하였을 때 왕건을 구하기 위하여 왕의 옷을 바꾸어 입고 싸우다 전사 한 신숭겸 장군의 숭고한 정신을 기리기 위하여 만든 단이다. 팽나무는 후삼국을 통일한 왕건을 기리기 위하여 일명 '왕건의 나무'라고 부르기도 한다. 우리 일행은 신숭겸 묘지 앞에서 단체 사진을 찍은 후 다음 행선지인 둔산동 옻골 마을로 갔다.

둔산동 마을 입구에 당도하니 '옻골마을 경주 최씨 종가'라는 입간판이 큰 느티나무 옆에 서 있다. 생구암生龜岩이라고 부르는 산봉우리와 마을을 감싸고 있는 산줄기가 마치 한 폭의 산수화를 그려 놓은 것 같이 아름답게 펼쳐져 있다. 또한 마을 입구에 있는 수령이 350년 된 회화나무는 마치 마을을 지키는 수호신같이 늠름한 모습으로 마을을 지키고 있다. 이 마을은 광해군 때 최동집崔東集이라는 학자가 정착하면서 경주 최씨의 집성촌을 이뤘다. 경주 최씨의 칠계파 후손 20여 호가 모여 살았던 고택들이 원형 그대로 보존되고 있다. 우리 일행은 이 고택들 중에서도 옷골회화나무집을 지나 백불고택(百弗古宅)이라는 현판을 걸어놓은 집으로 들어가 툇마루에 걸터앉아 사진을 찍으면서 여흥을 즐겼다. 우리 과천 수수회 동인회 회원들은 특히 이 집 뜰 안에서 지연희 회장님과 손해일 국제펜한국본부 이사장과 함께 기념사진을 찍었다.

우리들은 마지막으로 '봄의 교향악이 울려 퍼지는 청라언덕'을 향해 이동하였다. 이 청라언덕은 가곡 〈동무생각〉의 나오는 언덕을 말하는데 일명 '대구의 몽마르트 언덕'이라고 부르기도 한다. 우리는 이곳에서 마치 소풍 온 기분으로 주최 측이 마련한 도시락으로 오찬을 즐겼다. 도시락 맛은 어느 산해진미보다도 더 맛이 있는 백미百味였다.

이곳 청라언덕에는 눈에 띄는 서양가옥 세 채가 있다. 그 주택은 선교사 대구 유형문화재 제24호인 스윗즈 주택과 대구 유형문화재 제25호인 챔니스 주택, 대구 유형문화재 제26호인 블레어 주택이 있다. 이들은 대구에 기독교가 전파되었을 때 선교활동을 한 미국인들이 거처하던 곳인데 지금은 선교,

의료, 교육, 역사박물관으로 사용되고 있다. 또한 청라언덕은 '대구중구골목 투어' 중 하나인 '근대문화골목' 코스에 포함되어 있다. 우리들은 이 언덕을 시작으로 3·1만세운동길, 전통문화체험관, 계산성당, 이상화고택과 서상돈 고택을 차례차례로 찾았다.

「빼앗긴 들에도 봄은 오는가」하는 대표작을 남긴 민족시인인 이상화는 마흔넷, 아까운 나이에 광복을 보지 못하고 세상을 떠났다. 그는 1919년 서울 중앙고보를 수료했으며 1921년 박종화와 만나 백조동인이 되었다. 1922년 백조창간호에 「말세의 희탄」을 발표하면서 문단에 등단을 하였다. 1919년 3·1운동 시위 때에는 행사준비를 하는데 적극적으로 참여를 하였다.

서상돈(徐相敦, 1851~1913)은 조선 말기의 기업인이자 독립 운동가였다. 그는 1907년 정부가 일본에 빚을 많이 져 국권을 상실한다고 생각하여 대구 광문사 사장인 김광제와 금연으로 나라의 빚을 갚자는 국채보상운동 을 벌인 애국자다.

우리들은 이상화와 서상돈, 이들 두 분의 단출한 고택을 돌아보았다. 우리 이외에도 다른 관광객이 계속 꼬리를 이어가며 찾아든다. 우리는 이곳을 마지막으로 문학기행 일정을 모두 마무리 짓고 대구문인협회 장호병 회장의 따뜻한 작별인사를 받으며 귀경길에 올랐다.

송인관

과천 수수회동인

이번 "수필의 날" 행사를 대구에서 시행한다는 소식을 들었을 때, 나도 모르게 기다려지고 흥분되기까지 했다. 대구는 특별한 일이 없어도 수시로 다니는 제2의 고향 같은 곳이기 때문이다. 이 날은 아침부터 서둘렀다. 시간을 염두해 두고 좀 더 일찍 집에서 출발했는데도 도착시간이 빠듯했다. 주말인데다가 고속도로 보강공사로 인해 구간마다 한 차선씩 통행을 제한했다. 자주 대구를 오가면서도 막힌다는 것은 예상치 못했다. 대구를 내려갈 때마다 시간을 정하고 가는 것이 아니라, 그야말로 추억여행처럼 다녔기 때문이다. 차가 막히면 막히는 대로 그 자체를 즐기고 또 구경거리가 있으면 돌아서 가기도 하고 쉬었다 가기도 하면서 시간에 구애를 받지 않고 다닌 것이 익숙해져 있었던 것이다.

대구문화예술회관은 두류공원 입구에 자리하고 있었다. 두류공원은 코끝이 찡해오는 아련한 곳으로 기억되는 곳이다. 시골 중학교를 졸업하고 처음 자취생활을 한 곳이 성당동이고 그 외롭고 낯설 때 두류공원은 마음을 달래어 주기도 했던 곳이다. 그때는 현대식 건물이 거의 없었고 전국 체전이나 싸이클 경기들이 자주 열리던 곳이었다. 그래도 그 당시에 성당동 복잡한 주택 단지와 제례시장을 벗어나 마음이 탁 트이는 곳은 주변에 이곳밖에 없었다. 주말이면 주인집 할머니께서 내 또래의 손녀를 데리고 나도 함께 불러 두류공원을 산책하곤 했다. 그러면 자취하던 친구와 다 함께 걸으며 얘기하고 깔깔대었던 곳이다. 두류공원 곳곳에서 계절마다 느껴지는 신선함은 고향을 그리던 마음을 헤아려 주기에 충분했다.

간신히 행사시간 10여 분 전에 도착하여 문화예술회관 안으로 막 들어서는데 백부이사장님의 뒷모습이 보였다. 반가움에 부르며 달려가 팔짱을 끼고 안으로 들어가 앉았다. 식이 진행되어 내빈 소개가 있는데, 깜짝 놀랐다. 생각지도 않고 있다가 뇌리에 기억된 이름이 소개되었던 것이다. 반사적으로 둘러보고 계신 곳을 알아 두었다. 꼭 찾아뵙고 할 얘기가 있었다. 그보다 반가움이 더 컸을 테다. 같은 아파트 옆 동에 살고 있는 중학교 선배님이 이번 행사에 가면 만나보라고 얘기를 했던 터다. 이때만 해도 반신반의하며 "언니, 전국에 수필가가 얼마나 많은데 그리고 참석하는 분들도 한정돼 있고" 하면서 덧붙였다. 그런데 그분이 소개된 것이었다. 얼마나 무지한가? 수필계에서 거목인 선생님을 모르고 있었던 내가, 그리고 그분께 죄송한 마음이 앞섰다. 또 이렇게 고향과 인연의 고리가 엮어지는 순간이다.

식이 진행되는 와중에 그곳으로 가서 함께 인사를 하고 옆 동 선배언니의 이야기를 했다. 그분은 내 손을 잡으며, 그러냐고 뜻밖이라는 듯 놀라움과 반가움으로 맞아 주었다. 함께 밖으로 나와 많은 얘기를 나누었다. 그분이 홍억선 선생님으로 현재 ス 중학교 교장선생님이며 한국 수필문학관 관장이다.

더구나 문학관을 사비로 권립했다는 손 협회장의 발표에서 다시 한 번 놀라웠고 선생님의 수필애정과 혼신을 다한 수필인생에 고개가 숙여졌다. 무엇보다 고향 선배님이라는 연결고리와 옆 동 선배언니와의 정겹고 격의 없는 편안함이 전해진 까닭인지도 몰라도 오랫동안 지내왔던 것처럼 편하고 든든한 느낌이 들었다. 수필의 날이 만들어낸 인연이다.

바흐친의 크로노토프(시간과 공간은 분리되지 않은 그 시·공간에서 자아와 타자, 주체와 대상들 간의 관계성에서 일어나는 사건 외 등등)에 의거하여 시간적으로 수필의 날 '행사시간'과 대구문화예술회관 이라는 장소, 그리고 '행사장'에 모인 '문학인'들 간의 관계성에서 '사건'(만남)이라는 인연으로 수필문학인의 공동체가 형성되는 것, 이것을 '수필의 날 크로노토프'라 하면 어떨까? 왜냐하면 수필의 날 행사로 인하여 행사시간과 장소에서 수필문학인들이 만들어내는 새로운 일(역사)이 창출되기 때문이다. 그 새로운 일은 공동의 주제로 공동의 관계성에서 이루어지는 것이며, 바람직한 수필문학을 위한 방향성으로 나아가려는 공동체 의식을 생성해 내기 때문이다.

다음 날 행사 일정표를 보고 남편과 함께 대구문학관에 들렀다. 대구문학관이란 간판은 건물 옆을 지날 때마다 자주 봐 왔지만 낡고 초라해 폐쇄된 것처럼 보였다. 그곳을 지나칠 때마다 궁금했지만 선뜻 끌리지 않았다. 대구에 내려오면 자주 투숙하는 G호텔과 근접해 있었기에 외관상 눈길에는 익숙했다. 행사 일정표에도 나와 있고 궁금하기도 하고 특히 호텔 바로 옆에 있어서 남편과 함께 들렀다. 건물 안은 밖과 다르게 예상외로 깔끔하고 잘 관리

되고 있었다. 안내원이 어제 서울 팀이 다녀갔다고 하면서 친절히 대해 주었다. 과거로의 다리를 건너고 있었다.

문학사에서 익숙한 작가들 그리고 잡지창간호, 특히 연해주, 우주베키스탄의 고려인 문학인, 조명희의 『洛東江』 시집이 눈에 확 들어왔다. 고려인 문학연구를 이번 학기에 다루는 중이기 때문인데 그 자료 구하기가 쉽지 않은데다 정보가 거의 없는 상태였다. 핸드폰으로 『竹筍』, 『文學』 등 창간호와 각종 문학지 등을 찍었다. 김억의 『오뇌의 무도』, 유치환의 『靑馬詩鈔』 등 누렇게 하늘거리는 표지에서 세월의 흔적을 읽는다. 정신은 시집과 작품을 통해 남고 사람은 없는, "인생은 짧고 예술은 길다"는 말과 예술이 사람보다 우위하는 것을 또 되뇌게 한다. 암울한 시대를 바람처럼 살다간 그리운 문인 선각자, 꿈에라도 뵐 수 있었으면 얼마나 다행일까?

구상시인의 『焦土의 詩』 출판 기념이 "꽃자리 다방"에서 있었다는 사진이 벽에 붙어 있다. G호텔 주차장 바로 맞은쪽에 있는 건물 유리창에 "여기가 꽃자리 다방" 이라는 푯말이 어설프게 붙어 있어도 그냥 보고 지나쳤는데, 그 "꽃자리 다방"이 구상시인의 출판기념회 자리라는 것을 알고 또 머리를 쳤다. "모르면 지나치고 알면 보인다"는 말을 실감하는 순간이었다. 문학관을 나와 그 꽃자리 다방을 다시 쳐다봤다. 낡은 건물에 1층은 폐허 같고 2층은 다방처럼 흐린 창으로 비쳐져 보였다. 다음엔 꼭 한 번 들려보리라. 구상 시인의 출판기념회를 느껴 보리라. 문학관에 전시된 사진을 더듬어 시인들을 만나 보리라. 전후 폐허의 땅에서의 문인들의 입김을 느껴보리라.

감영공원을 중심으로 향촌동 골목은 옛날의 모습을 고스란히 가지면서 그 유명했던 무궁화 백화점 주변이 이제 과거 저편의 낡은 골목으로 비켜져 있다. 간판들은 옛날의 명성을 기억이라도 해 낼 듯 안간힘으로 버티고 있다. 내 모습도 저것과 다름없으리. 젊고 활기찼던 청춘의 추억을 더듬어 길을 걷고 있는 모양새, 스러지는 기억을 잡고 뒤늦게 학위 공부를 하겠다는 의지. 내가 간판을 보며 느끼듯 타자의 관점에서 나를 보면 흰 머리카락에서 느껴지는 억지? 그건 아닌데, 초연함으로 세월을 읽고 있음인데. 간판도 그러하리라. 세월을 읽고 노래하는 것이겠지, 추억하며 바람과 친하려고 살갗을 내어 주겠지, 햇살을 안고 시를 쓰겠지, 지나간 것들에게 감사하며 갚아가고 비워지겠지, 추억하며 행복하겠지. 무궁화 백화점 그 명성은 고스란히 가지고 가겠지.

골목길을 지나 감영공원을 한 바퀴 돌았다. 누렁국수 집도 맥을 잇고 있었다. 옛날의 기억을 더듬어 누렁 칼국수 집을 들렸다. 배고플 때의 맛을 느낄 수 없는 것은 나이와 입맛이 달라졌기 때문이 아닐까, 식당 안에 손님들도 거의 60대의 어르신들이 대부분이다. 옛날에는 젊은 청춘들로 붐비던 골목이 지금은 텅 비어 있고 간간히 외국 사람들의 모습이 있을 뿐이다. 이쯤 어딘가에 고추장 잡채 비빔밥이 일품이었는데 어딘지 정확히 파악이 안 된다. 아련한 기억만 가물거리며 희미한 추억을 되짚고 있다. 지난 누렁국수의 그 맛은 찾을 수 없었지만 추억은 생생하고 국수를 먹어 본 그것으로 충분했다.

80년대는 중앙공원이라 명명하던 곳이 지금은 감영공원으로 되어 있고 현대식으로 깔끔하게 관리되고 있었다. 모퉁이 차도와 겹치는 부분에 커피 전문점이 있었다. 근대와 현대가 공존하는 극과 극의 공간, 나른한 목마름이 상큼한 아이스 아메리카노를 미리 입안에 감싸고 있었다. 남편도 같은 마음이었는지 거부감 없이 자동으로 커피숍 문을 밀고 들어왔다. 커피숍 천장은 검은 톤으로 높게 장식하고 벽은 하얗게 처리한 다음 초록색 화분을 곳곳에 놓아 현대식 감각이 물씬 풍겼다. 이 편안함은 무엇일까? 과거와 현재를 동시에 넘나들며 현대성에 익숙하고 편안함, 에어컨과 커피가 누렁 칼국수 보다 쾌적하고 안락하게 느껴지는 자신에게 놀라웠다.

향촌동 G호텔은 시내 동성로와 가까운 이유로 대구에 올 때 자주 이용하는 호텔이다. 여장을 풀고 동성로를 걸으며 교동시장 골목에 쪼그려 앉아 납작 만두를 먹고 찐 감자를 사서 나눠먹던 친구들을 그린다. 다행한 것은 그때의 친한 친구들 11명으로 구성된 모임이 있어 두 달에 한 번씩 얼굴을 본다. 부산, 마산, 구미에서 오고 나는 경기도에서 내려와 만난다. 마침 남편도 친구들 모임을 같은 날에 맞추어서 항상 함께 내려와 투숙할 호텔을 정해두고 각자 모임을 갖는다. 대구는 나의 제2의 고향이다.

대구는 나의 운명을 결정한 몇 가지 요소를 가지고 있다. 대구여상에서 문예반 활동을 하면서 남편을 알게 되었고 결혼까지 했으니 사랑과 문학이 내 인생의 대부분을 차지한다고 해도 지나치지 않다. 결혼하기까지의 추억을 고스란히 담고 있는 도시, 그러나 그때의 모습은 구석진 외진 곳에서 햇살 쪽으로 목을 빼는 들꽃처럼 가느다란 목을 흔들며 명맥을 잇고 있다. 대구역

롯데백화점이 들어서면서 밀려난 번개시장과 사라진 역전 다방 등등, 중앙로 리모델링 된 건물과 사라진 간판들, 낯선 현대식 건물, 고향인 듯 하면서도 낯선 도시, 현재의 대구다. 그러나 추억이 있고 친구가 있고 모교가 있는 도시, 낯섦을 받아들여 좋은 고향으로 만들어야 하는 이유다.

이번 수필의 날로 인해 대구 문학의 뿌리를 새삼 알게 되었다. 고교시절 학교마다 문예반에서는 무슨 경쟁이라도 하듯 봄가을에 일주일씩 시화전을 하고 초대장과 안내장을 서로 나누어 알리곤 했다. 그러한 밑바탕에 전후 시기 대구에서 문학인들이 중심적인 활동을 하고, 문학예술학교로 상고예술학원이 최초로 생길 정도로 문학의 뿌리가 깊다는 것을 까마득히 몰랐던 것이다. 이러한 배경을 배태한 도시 대구는 문학의 향연이 깊을 수밖에 없고 작가들의 자부심 또한 큰 것이 당연하다. 이러한 도시에서 청춘시기를 보낸 나는 행운이고 문학을 한 것은 더 큰 축복이다.

수필의 날이 가져다 준 대구의 추억여행은 귀중한 만남들로 거듭나는 나를 돌아보게하는 계기가 되었다. 추억을 향유하는 것은 과거로의 도태가 아니라 새로운 발견이며 앞으로 나아가는 자양분이 된다는 것을 새삼 느끼게 되었다.

엄영란

경북 예천 출생. 『문파문학』 시, 수필 부문 신인상 당선 등단. 열림 어린이집 원장. 시계문학회, 한국음악저작권협회 회원. 작사: 동요 「무지개마을」 「나뭇잎」 외 다수. 저서: 공저 『성큼 다가서는 바람의 붓끝은』 외 다수

　　이번 여행에서는 무엇을 건져 올릴 수 있을까? 목적이 따로 있는 일에 곁들여지는 여행이라도 항상 관심은 거기 더 쏠리는 것이 버릇이 된지 오래다. 수필의 날 행사에 가면서 대구에서 무엇을 보고 올 수 있으려나 하는 생각이 들 때 별로 흥분되지 않았다. 잘 알려진 큰 도시, 섬유공업도시, 오랜 동안 우리나라 정치권력의 상징적인 도시 등의 딱딱한 이미지가 먼저 떠올라 별로 흥미롭지 않았다. 하지만 뒤이어 드는 생각은 달랐다. 몇 해 전 수필문학 세미나를 우리 한국수필가협회가 팔공산에서 개최 했을 때 그날 밤 동학사의 푸른 달빛이 떠올라서 이다. 기이하듯 괴괴한 그 달빛은 우리를 끝내 가을밤으로 불러내서 동학사를 찾게 하고야 말았다. 오밤중 12시 쯤에.

　　행사에 참여해야 하는 의무감도 있지만 그 밤을 잊을 수 없어 여행 짐을 꾸렸다. 대구에 도착하자마자 행사도 하기 전에 처음으로 들른 서부 도서관에서 예측은 깨져 나갔다. 말이 도서관이지 문학관의 작은 모형처럼 치밀하게 준비한 전시는 압권이었다. 작년에 국립한국문학관 유치에 열을 올렸던 도시의 면모를 한눈에 알 수 있어서 더욱 놀라웠던 것이다. 우리는 상화가 있다고 했다던 전언이 허언이 아니었음을 한눈에 알아보기에 충분한 기획이었다.

　잘 짜여진 행사를 치르고 저녁을 먹고 난 일행은 여러 차량으로 나뉘어 각각 다른 곳으로 대구의 속살을 만나러 떠났다. 그날 밤 행운의 여신은 우리 편이었다. 김광석을 만날 수 있었던 게 우리 차의 몫이었음은 진정 과분한 호사였으니까. 허름했을 골목을 김광석으로 전혀 딴 거리를 만들어 놓고 관광객의 발길을 잡는데 성공한 한 지자체 단체장의 아이디어가 돋보이다 못해 존경스러운 저녁이다. 감광석을 잇는 젊은 음악가가 기타를 켜는 옆에 서서 사진을 찍으며 마치 자신이 음악에 심취한 사람인 양 착각에 빠지는 기쁨을 맛보며 글벗들과 그 골목을 걷는 시간은 아쉽고 짧았다.

　팔공산 자락의 숙소에서 그저 그냥 하룻밤을 보내는 게 서운했지만 모처럼 만난 글벗들과 정담을 나누느라 시간 가는 줄 모르다가 스르르 잠이 들어 편안히 잤다. 이튿날 아침 산책길은 또 하나의 멋진 추억을 만들어 주고 본격적으로 한 나절 관광길에 올랐다. 우리의 첫 방문지는 신숭겸 장군이 왕건을 탈출시켜 절체절명의 상황에서 전멸 직전에서 승전으로 역전시키는 대신 자신이 목숨을 기꺼이 바친 팔공산 전투의 현장이다. 겹겹이 쳐진 포위망에 꼼짝 없이 죽게 된 왕건을 구하기 위해 자신이 왕의 복장을 하고 왕건의 수레에 올라 전투를 지휘하며 견훤의 눈을 속이는 사이 구사일생으로 왕건이 빠져 나가게 도왔다. 그날 전투에서 신숭겸 장군이 순사할 때 흘린 피가 배인 흙을 모아서 가묘를 만들었다. 그 앞에 서니 숙연해 지는 경지를 넘어

묘한 기분이 들었다. 새로운 왕조의 탄생이 어찌 수월하랴만은 왕건만큼 오랜 세월 절치부심하면서 난관을 넘고 넘어서야 나라를 세운 임금도 흔치는 않다. 견훤은 삼국통일을 눈앞에 보는 듯 했으나 이날 팔공산 전투에서 왕건을 놓치고 역전되어 결국 무릎을 꿇고 마는 비운이 시작된 셈이다.

왕건은 고려를 세우고 신숭겸 장군의 묘를 강원도 화천 땅 최고의 명당이라는 곳에 후하게 모셔 주고 적들이 잘라 간 두상을 황금으로 만들어 장사지냄으로써 최고의 예를 갖추었다. 도굴을 염려해 어느 것이 진짜 유해를 묻었는지 모르게 하려고 두 개의 묘를 썼다는 화천의 신숭겸 장군 묘소가 자꾸 겹쳐지면서 인간의 흥망성쇠와 나라의 운명을 생각하게 되는 아침이다. 신장군이 순사한 곳이 바로 여기라니 옷깃을 여미며 사당으로 올라갔다. 새 나라를 세우기 위해 자신의 목숨을 초개 같이 버려가며 주군을 도와 뜻을 이루게 하는 충절을 봉건시대에나 있을법한 일이라고 폄하 할 수 있을까? 요즘 같은 개인주의 사고가 팽배한 가치관으로 볼 때는 한 시대의 유물 같은 정도로 보일지 모르나 그 숭고한 충절이 우리 조상들의 핏속을 흘렀기에 오늘 이 나라가 지탱되고 있다는 생각이 들면서 콧날이 시큰해 온다.

우리 또래 사람들의 영원한 애창곡 〈사우〉에 나오는 청라언덕을 돌아 박태준 선생의 노래비를 보고 계산성당으로 넘어갔다. 유서 깊은 천주교 성당이라는 의미보다도 박정희 대통령과 육영수 여사가 혼인한 곳이라는 점 때문에 더 흥미로웠다. 박정희 양과 육영수 군의 혼인식을 시작하겠다는 주례의 선언으로 유명한 계산 성당은 고풍스레 서서 방문객을 맞아 주었다. 선입관으로 볼 때 남자 이름과 여자 이름이 바뀐 듯한 신랑 신부의 이름 때문에 빚어진 해프닝인데 평범하지 않은 사람들의 일이어서 오래 동안 회자된 이야기가 아닌가 한다.

성당 안을 들어서며 그 날 풋풋한 모습으로 섰을 화촉 성단의 주인공들을 떠올리자 눈시울이 뜨끈해 온다. 그 따님인 대통령의 기막힌 처지 때문이다. 하늘에서 내려다보고 있다면 그 속이 얼마나 찢어질까? 자식은 잘 있는데도 공연히 걱정이 되고 무언가를 더 해 주고 싶어 안달인 것이 부모 마음인데 이 난마 같은 현실을 어떤 마음으로 보고 있을 수 있을까? 답답한 가슴을 주먹으로 살살 두드리며 밖으로 나오니 햇살은 지나치게 화창해서 오히려 슬프게 한다.

박정희 장군도 피 흘리며 세상을 하직했고 신숭겸 장군도 피 흘리며 숨을 거두었다. 타인에 의해 피 흘리며 이승을 떠난 것은 같은데 이 두 장군의 피의 의미가 어떤 것일까 하는데 생각이 미치자 착잡해진다. 둘 다 나라의 운명을 바꾸었다. 신숭겸 장군은 고려를 드디어 개국하게 했고 박정희 장군은 자신이 세운 3공화국의 막을 내리게 했다. 남기고 간 업적의 크고 작음이나 공과를 논하고자 함이 아니나 자꾸 처연해지는 마음을 추스르기 힘들어진다. 고개를 한껏 젖히고 하늘을 본다. 그래 너는 무엇을 남기고 떠날건데 그렇게 생각이 많으냐고 하얀 구름 한 점 속삭이듯 물어온다. 그야 아무것도 없다. 한 치 앞도 못 내다보며 하루하루 쫓기듯 살아가는 못난 아낙이 무엇을 남기고 갈 것이 있겠는가?

오경자
179

무능하기 그지없는 자신이 자꾸 부끄러워지면서도 왜 이렇게 두 장군의 피의 의미가 마음 한 자락을 붙들고 놓아주지 않는지 알다가도 모를 일이다. 그 진정한 의미의 깨달음이 마치 지금 이 나라의 난국을 풀어갈 실마리라도 되는 양 심란하게 하는 것은 분명 오지랖이 넓어서 만은 아닌 것 같다. 그 의미는 역사가 대신 설명해 줄테니 집으로 갈 걱정이나 해 볼 일이다. 추풍령 고개 마루턱의 구름 한 점, 의외의 선물을 안겨줄지 누가 알랴. 이번 여행도 역시 빈손은 아닐 수 있어 좋다.

오경자

월간 『수필문학』 등단. 한국문인협회 이사, 국제PEN 한국본부 부이사장, 한국수필문학가협회 부회장, 한국크리스천 문학가협회 회장, 은명문학회 회장. 저서: 『밤에 열린 광화문』『바퀴 달린 도시 』『 그렇게 는 말 못해 』등 다수. 수상: 수필문학상, 원종린수필문학상, 크리스천 문학상 등 다수 해마다 전국을 순회하며 수필의 날 행사가 열린다. 2017년 4월 14일 제17회 수필의 날 행사는 대구광역시 예술의 전당에서 열렸다. 수필의 날 행사는 봄에 씨 뿌려 여름 내내 땀 흘려 가꾼, 수필 농사를 수확하는 타작마당으로 잘 여문 낱알들이 창고에 가득가득 쌓이는 기분 좋은 수필가들의 잔칫날이기도 하다.

수필의 날 둥근 해가 마중 나온 아침, 관광버스가 경부 고속도로를 밟고 달렸다. 행사장 가는 길, 나는 차에 가만히 앉아있었고 차창 밖에는 산과 들이 자꾸 뒤로 지나갔다. 휴게소를 지나고 낯선 풍경들이 쉴 새 없이 눈에 들어왔다 나가기를 몇 시간 지났을까, 내가 탄 관광버스 2호차는 대구 땅을 밟았고 우리는 목적지에 도착했다.

차에서 내려 앞선 사람 쫓아가니 아스팔트 길 건너 골목 100m 전방에 향토문학관이 한눈에 들어왔다. 상설 전시관에는 서정주, 박목월, 서정희 등 1950년대 향토 작가 시인들의 시집과 육필이 전시되어 있었다. 인생은 짧고 예술은 길다는 말처럼, 님은 가고 없지만 그분들의 작품은 남아 오랜 세월 그 자리를 지키며 우리들 가슴에서 살아 숨 쉬고 있었다.

대구에 와보니 수원보다 20일쯤 세월이 앞서간 느낌이 든다. 수원은 나뭇잎이 연초록 아기였는데, 여기 가로수는 진초록 소년소녀가 그날 내린 보슬비를 피할 수 있을 만큼 초록우산이 되어있었다. 발걸음 재촉하여 들어선 행사장에는 전국에서 밀물처럼 모여든 수필가들이 식장 안을 가득 메웠고, 무대 스크린에는 식전행사로 신간 서적들이 소개되고 있었다. 그런데 반가운 얼굴 하나, 나의 시집 『언어의 그림』이 스크린을 가득 메우고 지나갔다. 참 반가웠다. 이 큰 무대에 나보다 먼저와 겁 없이 나타난 『언어의 그림』은 분명 내가 낳은 분신이었다. 오늘 행사에 참석하기를 잘했다는 생각이 든다.

식순에 의해 수필 꽃들의 낭송 시간이다. (무대에는 잔잔한 음악이 흐르기 시작했고 전국에서 둘째가라면 서러운 수필가들이 천사 목소리로 저마다 다른 삶의 사연들이 이야기로 꽃 피고 때론 가늘고 연약한 목소리가 장내 숨소리를 멈추게 했다). 무대의 하이라이트, 나무라는 주제의 퍼포먼스는 맨손으로 빈 하늘을 젓고 맨발로 땅을 쓸었다, 불어오는 바람에 넘어져 야호를 3번이나 외친 점점 멀어져 가는 소리, 수필을 더 잘 써달라는 당부의 말을 남기고 퍼포먼스의 막을 내렸다. 수필가들의 잔칫날 대표작 하나 없는 햇병아리 시인인 내가 이 자리를 같이 하기엔 부끄러운 생각이 들었다. 그러나 많은 것을 보고 듣고 느끼며 무엇에 미치지 않으면 미칠 수 없다는 교훈을 얻었다.

해마다 수필 농사를 잘 지어 수필인 상을 받는 수필가들이 있었다. 수필 문단에 늦깎이로 등단하여 서리 내리도록 수필을 잘 키우고 다듬으신 반숙자 수필가님과 고동주 수필가님께서 올해 수필인 상의 주인이시다. 평생을 글밭을 떠나 본적 없는 외길 문학인으로. 꽃보다 더 아름답게 글 꽃을 피우신 두 분께 경의를 표한다.

나무는 자라야 하고 물은 흐르는 것이 자연의 이치다. 물은 낭떠러지 만나면 뛰어내리고 흐르다 길 막히면 돌아서 간다. 아무리 힘들고 어려워도 낮이나 밤이나 바다로 가는 것을 포기하지 않는다. 날마다 나무가 자라고 물이 흐르듯이 내가 문학회에 나오는 것은 선배님들의 글을 잘 읽고 충격받아 글을 더 잘 쓰기 위해서이다. 우리는 하고자 하는 그 무엇에 미쳐야 한다. 미치지 않으면 미치지 못하기 때문이다.

이제 나도 물처럼 나무처럼 포기하지 않고 글밭에 남아 해질 때까지 흐르고 자랄 것이다. 우리는 서산에 해가 기울었을 때 그 예술가였던 김광석 거리를 찾았다. 김광석은 고향마을 거리 벽에 기대 노래 불렀다. 그날 그 벽은 옛날을 하나도 버리지 않고 간직하고 있었다. 나는 옛날로 돌아가 추억의 시간과 마주했다. 김광석과 사진도 찍고 노래도 부르고 술도 마셨다. 어둠 속으로 아쉬운 발길을 돌렸지만 그리운 옛날을 오감으로 느껴보는 소중한 시간이었다.

우리 조는 2호 관광버스를 타고 팔공산 유스 호스텔 505호실에 도착하여 여장을 풀었다. 그냥 잠들기에는 너무 아까운 시간이었다. 오늘 추억의 한 페이지를 남기기 위해 각자 제방으로 흩어진 명성 높은 수필가들을 다시 한방에 초청하였다. 미국에서 파주에서 수원에서 찾아온 그들은 자기 고장의 젊

원경상

고 푸른 이야기보따리를 풀어 헤쳤다. 내일의 수필 다운 수필의 서광을 보는 듯 사뭇 화기애애한 분위기 속에 마주 앉아 부디 흰 소주잔에 닫힌 문 열어 놓고 소통하고 화합한 소화제를 많이 먹었지만, 따라라 부어라 마셔라 하고 취해버린 마취제는 아주 동 나버렸다.

그날 그 시간은 수필 역사의 새싹을 틔우는 참 좋은 시간이었다. 대구 달구벌 시계는 잠 안 자고 돌고 돌아 수탉을 울리더니, 하늘은 어제보다 더 밝은 태양으로 살아있는 날 중에 제일 젊고 푸른 날을 내게 선물로 주었다. 이제 내게 마지막 남은 노을 진 석양의 시간을 글을 아끼고 사랑하리라 생각하며 발길을 돌렸다.

원경상

경기도 과천 출생. 『문파문학』 신인상 시 부문 등단. 동남문학회 회원. 문파문인협회 회원. 저서: 시집 『언어의 그림』, 동인지 『1초의 미학』 외 다수

쳇, 말도 안 돼. 아무리 딸이 없기로 맨날 딸이래요. 우…, 조선시대 나리 뜻을 어떻게 맞추라고 남편은 딸 딸 해대는 건지! 그랬으면 나보다 힘 있는 사람이 돼야 하지 않겠습니까?

밤과 새벽 사이 깨를 볶아야 할 참에 119가 쳐들어오고 두 분의 부축을 받아 의자에 앉혀지고 밀고 나갑니다. 건강은 자신 있다 하고서, 아산 병원 응급실로 가는 소동은 어이없는 일 같았죠. 병실로 옮기는데 1인실 이래요. 우리는 서민입니다. 조아리고 기다려 2인실에 들었습니다. 하루 병실요금만 몇 십만 원, 내 가슴은 콩당콩당인데 나리는 나만 곁에 있으면 마음이 편한 눈치예요.

2주 만에 퇴원했는데 지연희 회장님이 메일 타고 찾아오셨네요. 어찌나 반가운지, 한국문인협회 수필분과 회장님이 유연자가 누구인지 알 턱이 없고 우연의 일치죠. 나 홀로 짝 우정하며 "月刊文學, 한국문학인"을 만나는 날이면 얼마나 즐거운지, 내가 남편 곁에 있을 때 남편도 그렇게 좋은가 봐요. 아마 그럴 거예요.

어쨌든 좌우지간 제가 한국문인협회 회원이 된 건 크게 자랑스럽습니다. 근데, 대구수필의 날 행사에 대한 글 한 편을 써 보내라는 명령(?)이신데요. 되돌러 오든지 어찌 되든지 한 편 쓰고 봐야 하겠네요.

사실 수필의 날 행사에 꽃 한 송이도 가져가지 못할 거니, 벚꽃이 피어 해롱거리기에 한 아름 안고 참석하겠다 간곡히 신청을 해 놓고는 나 결혼 날짜 잡혔을 때처럼 마냥 도대체 들뜨고 싱숭생숭인가요? 그런 거 비슷한 기분이었거든요. 이른 아침 가득히 채운 캐리어 끌고 집합지로 떠나면서 누굴 만나게 될까! 궁금해집니다.

책 속에서 뵈었던 문효치 이사장님, 운영위원장님을 가까이서 훔쳐 뵐 수 있었고요. 저의 스승 권남희 교수님을 뵐 수 있어 좋았습니다. 덕성여대 교육원 선배님들이 예전과 다름없이 반겨 주셨고, 어리광도 받아 주시는 Y 선생님은 저를 꼭 품어 등을 두들겨 주시는데 따스함이 온몸을 덥습니다.

"수필의 역사를 짓다" 진행은 [수필의 날] 선언문부터 감동이었습니다. 세미나 프로그램 가운데 운영진의 역량이 집중되고 있음을 보았죠. 수필이 낭송되니 수만 마리 나비가 날아들고, 수필 상을 수상하신 반숙자 선생님, 고동주 선생님을 뵈면서 그 자리에 참석할 수 있었던 저도 대견했어요.

대구는 문화 예술의 도시로 성장하고 있었습니다. 역사 속에 수필을 짓고 심어가는 모습들을 고등학교 학생들이 참석한 걸 보아서도 알 수 있었죠. 놀라운 거는 국내 단 하나의 한국수필문학관이 대구에 있었다는 겁니다.

최고의 경칭으로 올려 드리고 싶은데 어떻게 해야 할지요. 그냥 존경을 담아 홍억선 수필가께서, 재산을 기부하시고 후원자 분들의 모금이 보태져 문학관을 건립 개관하신 경과보고를 하셨습니다. 놀라움에 제 입은 다물어 지질 않더군요. 전국에서 접수된 문예지 창간호와 수필집 귀한 자료들이 보존할 공간에 진열되어 있었어요.

원로 작가선생님들의 작품집이 문학관에 보내지면 100년 또 100년이 보존되어 먼 훗날 많은 이들에게까지 전해지게 되지 않겠습니까. 문학관 빈 공간을 채워나가면 앞으로 아카데미 기능도 넉넉하리란 믿음이 왔답니다. 세계수필가의 태동을 이곳에서도 보게 되지 않을까 하는 생각도 욕심이 아닐거 같아요.

환영사에서 하신 말씀이지요. "수필은 가장 정직한 문학이다. 수필가는 평생 행복하다" 하셨는데요. 저로서는 글씨기가 힘들어 어려운 이 길을 왜 가나! 생각도 했었지만, 수없는 퇴고로 한 작품을 완성하고 나면 성취감에 잠시 쉴 뿐 다른 소재에 도전하게 되죠. 저의 블로그를 찾아오신 분들의 댓글도 힘이 되어 저의 글쓰기는 멈추지 않을 것이며 이 행복은 평생 동행 해주지 않겠습니까?

아쉽게도 짧은 날이기에 "대구 톺아보기"는 다 못했지만 작은 제 눈이 더 넓은 수필의 세계를 보았던 걸 고백합니다. 서울의 통풍되지 않은 콘크리트를 벗어나 찬란한 하루를 지내고 숙소에서 바라보는 해돋이는 내 꿈을 품고 있었습니다. 처음 만난 분들과도 신선한 내음에 젖었어요. 바다를 품고 바람을 만지며 스마트폰에 데칼코마니가 담아졌지요. 이미 우리는 서로 닮

아 버렸으니까,

　대구 행사기간에도 오늘처럼 이슬비가 왔었죠. 지금은 많은 생명줄기가 목말라 하잖아요. 온 땅이 기진하여 생성을 멈추고 메말라 가는데 하늘은 어떻게 닫혔기에 이토록 비가 시원스럽게 오질 못하는 건지! 언제까지 애태우며 기다려야 하나요? 네! 네! 조금 더 기다리면 비가 흡족히 내려 우리의 이 땅을 촉촉이 덮고 말겁니다. 한국문협 수필분과는 세상에 힘을 주는 무지갯빛 글 비가 보이는 듯 합니다.

유연자
전남 장흥 출생. 『문예사조』 등단. 한국문인협회 회원. 문예사조 편집위원회 부회장.

모끄지와 사과

유혜자 ●

　　대구에서 있은 제17회 수필의 날 행사에서 처음 일정은 중구 향촌동에 있는 대구문학관 견학이었다. 3, 4층 입구에 있는 대구문학의 상징 조형물인 죽순竹筍 모형을 보며 이상화, 현진건, 이장희 등 대구 출신 문인들의 모습을 떠올렸다. 그분들의 자료를 잘 갖추고 있다는 대구문학관. 또한 6·25전쟁 때 오상순, 조지훈, 박두진, 구상, 최정희 등 한국을 대표하는 작가들이 대구에 피난와서 종군문인단을 조직, 『전선문학』 등 책을 만들고 전쟁기 문화수도의 역할을 담당했다는 사실이 생각나, 입구에서부터 감회가 깊었다. 어렸을 때 6·25전쟁의 전선戰線이 낙동강까지 밀려서 대구시가 '최후의 방어지'였을 때 가슴 졸이며 뉴스를 들었기 때문이다. 죽음의 고비를 넘기며 대구까지 밀려와서 문학 활동을 이어간 선배 문인들의 철저한 문학정신.

　문학관에 있는 이윤수 시인이 해방직후(1946년) 창간한 문학동인지 『竹筍』을 비롯, 1920년대부터 1960년대까지 대구를 기반으로 활동한 문인들의 시집, 소설 등 희귀한 문집들과, 그 발자취와 업적을 알 수 있게 한 아카이브도 첨단화된 자료였다. 문학 도시로서 위상을 높이려는 대구시민들의 성의와 노력이 느껴졌다. 그중 이상화 시인의 모형을 보며 달성공원에 세워져 있다는 상화 시비를 볼 수 없는 일정을 아쉬워하다가 대학 1학년 때 배웠던 시「나의 침실로」를 떠올렸다. 낭만적이고 상징적인 시인이었던 상화시인의 「빼앗긴 들에도 봄은 오는가」와 함께 쌍벽을 이루는「나의 침실로」는 일제 강점기의 어두운 현실 속에서 미지의 세계를 갈구하고 절망으로부터 건져 주는 희망인 침실을 인상 깊게 엮었다.

> *마돈나 지금은 밤도 모든 목거지에 다니노라,*
> *피곤하여 돌아가련도다.*

시의 문학성이나 의미보다 첫 연의 목거지(표준어 모꼬지)라는 진기한 어휘가 기억에 오래 남아 있다. '놀이, 잔치와 같은 일로 여러 사람이 모임'의 뜻인 모꼬지. 놀이와 잔치와 같은 일은 아니지만 대구문학관은 오랜 동안 문학 작품, 귀한 자료를 모아 우리문학사의 맥을 이어가게 할 뿐 아니라, 문학역사적 유물로서 영원한 생명력을 지니게 하는 모꼬지 역할을 하고 있다고 생각되었다. 다행이 대구는 전쟁의 탄환이나 폭격, 화재를 겪지 않아서 귀한 자료를 더 많이 모았으리라고 여기면서 전시실을 나왔다.

우리는 이웃나라 일본의 앞서가는 문화지킴 현상이 부러운 가운데 세세한 자료수집으로 문학관, 기념관이 잘 되어있는 사실 또한 본받고 싶다. 몇 년 전에 읽은 정진석(한국외국어대 명예교수)교수의 에세이(「"우리는 모두 잘 있다"…이 한 마디」) 내용이 거기서 생각이 났다. 일본 도쿠시마현德島縣 나루토(鳴門)시에는 1972년에 건립된 '도이쓰(獨逸)기념관'이 있다. 제1차 세계대전 때 중국의 산둥반도 주둔 독일군 약 5,000명이 포로로 잡혀 일본 내 여러 수용소에 분산 수용되었다. 도이쓰 기념관에는 1917년부터 전쟁이 끝난 뒤인 1920년까지 수용되어 있던 독일군 포로 관련 자료가 전시돼 있다. 본국에서 포로들에게 보낸 물건과 포로들이 사용하던 유품들인데, 그중에는 본국인 독일에서 보내온 악기도 있다. 포로들은 당시 이 악기로 오케스트라를 구성해 베토벤 심포니 9번을 연주했다고 한다.

독일군 포로들에게 인간적인 예우를 해주었던 일본인의 편견은 얄밉지만, 폐기해버려도 좋을 자료들을 존중해서 전시하고 있다는 일을 새삼 생각하는데 건물 옆 정원에서 향긋한 꽃냄새가 났다. 향기 나는 꽃을 찾아보려다가 대구가 어렸을 때 사과의 특산지였던 생각이 났었다. 간단한 지도에도 대구의 특산물로 빨갛고 윤기 나는 사과가 그려져 있었다.

수성천 주변에 사과밭이 많아서 가을이면 빨간 사과로 향긋한 냄새와 함께 풍요로움을 자랑했던 대구이다. 일제 강점기에 뿌리내렸던 농업 대구의 통념이 사라진 지 오래고, 사과밭은 변두리 다른 도시로 옮겨가서 명성이 사라졌다.

그러나 대구에 문학관이나 도서관이 많고 현재도 더욱 바람직한 문학관 건립을 추진 중이다. 문학 또한 융성하고 많은 수필가들 중에 훌륭한 작품을 쓰거나 열기가 높은 이들이 많아서 밝은 전망이다. 신문학 개화기에도 활발했고, 해방 후에 『죽순』 같은 문학지를 발간하며 문학운동을 활발하게 이어

온 문학인들. 이들은 어렸을 때 사과 꽃 아름답게 핀 과수원 주변에서 꿈을 키우고 대구의 향긋한 특산품이 전국에서 사랑 받듯이 자신들의 걸작으로 독자들을 사로잡을 야망도 가졌음직하다.

이곳 출신 수필가들의 글에서 읽은 비슬산, 앞산의 그윽함이나 수성천 가의 애환도 어느새 그리움으로 자리 잡고 있는 걸 느끼며 연녹색 가로수를 내다보며 거리를 달릴 수 있었다.

인터넷을 검색해보니 사과농사에 반가운 소식이 있다. 대구농업기술센터에서는 작지만 강한 농업인 육성을 위한 일환으로 2017년 농업인대학 '사과 심화과'를 운영한다. 이를 통해 농업인 43명을 고품질 사과 생산을 통한 고소득 창출 능력을 갖춘 농업 인력으로 양성할 계획"이라는 기사이다.

새로운 시대에 맞는 원대한 청사진도 많겠지만 옛것에 집착하는 구시대 인물임을 다시 절감하며 '놀이, 잔치와 같은 일로 여러 사람이 모임'의 뜻인 모꼬지, 수필의 날 기념행사에 참여한 기쁨을 누리려고 행사장으로 발길을 서둘렀다. 우리문학 지킴이로 치열한 문학정신을 이어온 대구의 수필 선배님들과 후배들의 자애로운 미소를 생각하는 나의 입가에도 웃음이 피어 올랐었다.

유혜자

1972년 『수필문학』 등단. MBC라디오PD, 방송위원회 심의위원, 한국수필가협회 이사장 역임. 현 격월간 『그린에세이』 편집인. 저서: 수필집 『자유의 금빛 날개』 『아침에 떠나는 문화재산책』 등 9권, 음악에세이 『음악의 알레그레토』 등 5권. 수상: 한국문학상, 조경희수필문학상, 흑구문학상 등 다수

대구 수필의 날 행사를 마치고

윤애자

또 늦장이다. 간사들은 한 시간 전에 와서 손님 맞을 채비에 만전을 기해 달라는 회장님의 당부가 있었다. 세미나 발표 준비로 바쁘신 중에도 잔칫집 수장으로서의 책임감이 느껴져 존경스러웠다. 행사장인 팔공홀로 가기 위해 계단을 널뛰기하듯 내려가던 중이었다. 마주보고 올라오던 일행 세 분이 나를 불러 세웠다. 사진을 부탁했다. 목에 명찰을 걸고 있는 것으로 보아 오늘 행사에 오신 분들 같았다. 적잖은 연세에 이리저리 포즈를 잡는 모습이 어린아이들처럼 순수해 보였다.

문학의 도시 대구에서 '제17회 전국 수필의 날' 행사가 열렸다. 첫날 개회식을 시작으로 다음 날은 5코스로 나뉘어 대구를 탐방하는 1박 2일의 일정이다. 간간이 봄비가 내리고 비에 젖은 온갖 생명들이 푸르름을 더해가는 가운데 전국의 수필가들이 대구 문화예술회관으로 모였다. 미리 도착한 팀은 근대화골목이며 문화와 문학의 향취가 서린 김광석 거리와 이상화고택, 청라언덕 등을 둘러보고 왔다.

행사 중에서도 가장 기억에 남는 것은 '올해의 수필인 상'을 수상하신 반숙자, 고동주 수필가를 뵌 것이다. 두 분 다 단아한 모습이 인상적이었다. 고령의 연세에도 불구하고 수상의 기쁨을 후배들과 나누며 기념촬영에 응하는 모습에서 잔잔한 감동이 일었다. 까마득한 후배로서는 대가 옆에서 사진을 찍는 것만으로도 정결한 기운이 느껴졌다. 평소 뵙기 어려운 분들을 한자리에서 뵐 수 있는 뜻깊은 시간이었다. 집에 돌아와 그분들의 글을 찾아 읽으면서 글이 곧 그 사람이라는 말에 고개가 끄덕여졌다.

그에 비하면 내가 쓰는 글은 아무것도 아니라는 생각이 들 때가 있다. 사실 내가 쓴 글에 얼굴이 화끈거릴 때도 많다. 그렇다고 그 글이 거짓이거나 쉽게 쓴 적은 한 번도 없다. 그 별볼일없고 사소한 내용이 바로 우리가 살아가는 이야기이기 때문에 조심스러웠고 진솔하게 쓰려고 노력했다. 삶이 막막하고 힘들다고 느낄 때 나와 비슷한 처지의 누군가가 있다는 사실이 얄궂게도 얼마나 큰 위로가 되었던가. 그러니 자신의 치부가 될 수도 있는 경험을 들춰내서 글로 쓰고 함께 공유하고자 하는 수필가야말로 따뜻하고 용기 있는 사람일 것이다.

이즈음 수필의 날을 제정하여 매년 행사를 개최하는 의미를 생각해 본다. 세미나를 열어 수필이 걸어온 길과 정보화시대에 수필이 차지하는 위치와 나아갈 방향 등이 논의되는 것은 당연한 일이다. 수필에 대한 문학적인 논란도 끊임없이 이어져온 논쟁이다. 특히 수필을 두고 신변잡기라고 하는 말은 솔직히 좀 지겹다. 그런 논쟁이 우리 스스로를 주춤거리게 하고 자존심을 상하게 하고 결국은 수필에 대한 무관심으로 이어질까 걱정스럽다. 다만 일상의 평범한 재료를 가지고 어떻게 고급 요리를 만들지에 대한 노력은 계속 되어야 할 것이다.

다른 문학회 세미나에서 한 회원이 쓴 '대구 수필의 날 행사'에 관한 글을 보고 반갑기도 하고 놀랍기도 했다. 경기도에 사는 수필가인데 그 날 청라언덕을 다녀온 소회를 글로 썼다. 청라언덕을 지척에 두고 사는 나도 하지 못한 일이다. 그 날 사진을 찍어달라고 하던 분들은 제주도에서 왔다고 했다. 행사에 참석하기 위해 바다를 건너올 만큼 열정이 대단한 분들이다. 사진을 찍고 나자 뜻밖에도 명함을 주셨다. 한 분은 깜빡하고 챙겨오지 못했다고 한 걸 보면 수필가 누구라고 적힌 명함을 주고받는 것이 자연스러운 일인 듯싶다.

열일곱 해를 거듭해 온 이 행사의 힘이 바로 이 분들의 관심과 열정이 아닐까.

윤애자

『문학미디어』 등단. 저서: 수필집 『집으로 오는 길』. e-mail: dbsdowk3@hanmail.net

동화사

갓바위

벽화가 살아있다

음춘야

잊혀진, 잊혀져가는 정경이 탱글탱글 굴러다닌다. 눈이 화등잔만 해진다. 비슬산 기슭의 벽화마을은 천혜의 자연을 간직한 자연부락이다. 주민들이 옹기종기 모여 사는 오지마을 입구엔 검은 말, 흰 말의 대형 조형물이 설치돼 있고, 주차장을 벗어나면 농촌체험마을의 조붓한 골목길로 접어든다.

제17회 수필의 날 대구행사 둘째 날, 우리 일행이 찾은 달성군 화원읍 본리2리에 위치한 마비정 벽화마을이다. 노후 된 건물의 벽과 담장에 갖가지 벽화를 그려 마을 전체가 새롭게 벽화마을로 탄생한 것이다. 토속적 풍경과 향토적 서정이 가득한 벽화엔 정겨운 이야기가 고스란히 담겨 있다. 마비정 마을만의 특성과 분위기가 골목 구석구석에서 배어 나온다.

초가지붕 위 탐스러운 박과 넝쿨, 추녀 밑의 주렁주렁 매달린 메주, 담 넘어 누가 오는지 까치발 들고 살포시 내려다보는 오누이, 댓돌 위 까만 고무신에 쉬를 해서 고무신짝으로 매 맞는 얼룩이와 점박이, 원두막 저만치서 머리통만 한 수박 따고, 꽃밭에서 꽃 꺾어 머리에 꽂고 뛰노는 소녀들, 누렁이

소가 곧 튀어나올 것 같은 외양간 풍경, 머리에 수건을 질끈 동여매고 써레 질하는 농부, 뿔을 맞댄 황소 두 놈이 기氣를 겨루는 모습, 외양간의 두 소가 통나무에 몸을 비비고 작대기 걸친 지게 그림에 허름한 골동품 지게까지 갖다 놓고도 무엇이 아쉬운지 포토존 의자까지 준비되어 있다. 개구쟁이 복돌이 서투른 물지게 지고 비틀비틀 찔끔찔끔 찡긋거리고, 무쇠난로 위의 양은 도시락 탑처럼 높아 무너질 듯 위태롭다. 해학적이고 익살스러운 벽화들이 발길 닿는 데마다 눈길을 붙잡는다. 유년시절 농촌마을의 생활상이 그대로 재현돼 어릴 적 추억을 야금야금 불러일으킨다.

생시 아버지의 모습 그대로였다. 무명 잠방이 걷어 올린 아버지, 황토벽에서 걸어 나올 듯싶었다. 수건 동여매고 써레질하는 농부가 눈에 띄는 순간, 나는 발걸음을 옮길 수가 없었다. 아버지가 일하던 손을 멈추고 나를 덥석 안아줄 것 같았다. 본격적인 농사철이 시작되는 곡우절, 이맘때쯤이다. 아버지는 못자리를 하기 위해 볍씨를 담그고 논에 물을 방방하게 채운 다음 소를 앞세워 써레질을 시작하고 때론 곱써레질까지 했다.

소는 아버지에게 식구 그 이상이었다. 아침저녁으로 손수 큰 가마솥에 쇠죽을 쑤셨고 외양간 청소는 물론 소의 일거수일투족을 보살폈다. 악착같이 달라붙는 쇠파리에 파리약을 뿌려주고 쇠똥 붙은 엉덩이는 말끔하게 닦아주고 두툼한 손바닥으로 쓸어주며 겨울에는 덕석을 입혀주고, 평생 소와 함께했다. 때론 소에 받쳐 갈비뼈가 부러지고 옆구리를 다쳐 한동안 꼼짝 못한 적도 있었다. 늘 황소만 길렀다. 덩치가 중간 정도 되는 소를 사다가 튼실

한 황소로 길러 3년이 되면 팔았다. 우시장이 멀어 새벽에 출발한 아버지는 해질 무렵에야 터덜터덜 돌아오셨다. 소도 아는지 끌고 나갈 때는 꽁무니를 빼고 외양간 문지방을 넘지 않으려고 기를 썼다. 소가 그러한데 아버지 마음이 어떠했을까. 그 차액으로 우리 형제들은 공부를 했다. 아버지가 꿈속에서도 갈망하던 그 공부를.

마을 곳곳에선 시 한 편의 낭만도 즐길 수 있다. 사랑의 열쇠를 걸어 두는 곳도 있고, 마비정 널찍한 마루에 걸터앉아 담소를 나눌 수도 있다. 마을 끝자락엔 갓을 쓴 남근석이 우뚝 서 있으며 양편에 거북바위도 있어 방문하는 사람들의 다산과 장수를 염원하는 듯싶다.

전설이나 설화가 그렇듯 마비정의 유래 또한 슬프다. 한 장군이 마을 앞산에 올라 건너편 산의 바위를 향해 활을 쏘면서 말에게 화살보다 늦게 달리면 죽이겠다고 했다. 말은 죽을힘을 다해 달려갔으나 결국 화살을 따라잡지 못해 죽고 말았다. 마을 사람들이 그 말을 위해 정자를 짓고 추모하면서 마을 이름을 마비정(馬飛亭)이라 불렀다. 비명에 간 말이 머릿속에 맴돌면서 온갖 판타지로 이어진다. 또한 청도나 가창지역 주민들이 말을 타고 한양이나 화원시장을 다닐 때 물맛이 좋아 이곳 물을 마시며 원기를 회복하고, 말도 빨리 달렸다 하여 마비정(馬飛井)으로도 부른단다.

마비정마을의 벽화는 이곳 주민들의 삶 그 자체다. 그림을 넘어서 오래된 흑백사진 같은 이야기들이다. 활짝 열린 앞마당, 분재처럼 키운 꽃사과나무 옆에 짙은 보라색 붓꽃이 눈부시다. 각시붓꽃 만발한 산골짜기를 누비며 나물 뜨던 소녀, 마비정의 저 꽃이 섧도록 아름답다. 해맑은 봄볕 안은 채 산나물 다듬고 있는 연로한 주인 댁 퍽이나 낯익은 모습이다.

유년시절 내 고향이 거기 있었다.

음춘야

1997년『수필문학』 등단. 한국문인협회 회원. 수상: 서울문예상, 수필문학상. 저서: 작품집『외다리 안경』『해담뜰』『직박구리』

책임병病 도지다

이경선 ●

한 편의 수필에는 담을 것이 많다. 머릿속에 떠다니는 기억을 퍼올려 문장을 만들고 이야기를 꾸미는 것은 어떤 즐거움과 비교할 수 없을 정도로 쾌감이 크다. 처음 습작을 하며 굳이 이런 글을 왜 썼을까 하는 후회도 했지만 그때는 그걸 써야만 다음 일을 할 수 있었다. 이젠 글 한 줄 쓰기가 겁이 난다. 글과 행동이 일치해야 하는 양심과 책임을 자책하게 되기 때문이다. 하지만 안 쓰고는 숨 쉴 수 없는, 마치 나와 내가 서로 차 한 잔 놓고 정담을 나누듯 이제 수필은 내 삶의 빈 구석구석을 촘촘히 메꿔가는 자양분이 되었다.

수필의 날 행사 공문을 받았다. '대구'는 지나치기만 했지 여행을 한 적도 없고 지인 하나 없는 낯선 곳이다. 근간 나의 위시리스트는 안 해본 것 접하기, 안 가본 곳 가기 등이 포함되어 있다. 또, 수필인으로 참가해야 하는 의무감도 컸다. 가보고 싶은 도시인데 다음 날 일정으로 인해 우선 기념행사 첫날만 참석하기로 결정했다. 다행히 개인적으로 출발하는 J 간사님 차량에 여유가 있었고 도로도 밀리지 않아 휴게소에서 한가롭게 커피를 마시는 호사를 누릴 때까진 흥겨운 최고 여행자였다. 튀김 가락국수의 맛이 혀끝에 남아 있을 즈음, J님의 외마디가 심상치 않음을 간파해야 했다. '수필의 날' 행사 사회를 맡은 그분은 진행 시 입을 정장을 준비해놓곤 챙기지 못했다며 가뭇없다는 표정을 넘어 몹시 당황해하셨다. 한 번의 행사에 필요한 크고 작은 일은 무수히 많다. 완벽하다고 출발했는데 의상을 빠트린 걸 안 이후 J님의 석고 같은 얼굴, 속도를 가늠할 수 없는 자동차는 구름 위로 올라갈 듯했고 대책을 고뇌하느라 머리카락이 한 올 한 올 치솟았다.

두 가지 방법이 있다. 옷을 빌리거나 구매하는 것이다. 친구 분이 있다지만 여러 정황상 의상을 구매하는 방법밖에 달리 뾰족한 수가 없었다. 난 조수석 쪽 길가 매장 찾기, 그분은 운전하며 왼쪽 방향 매장을 찾았으나 평소 많아 보이던 남성복 매장은 정작 필요할 때는 절대 눈에 띄지 않는 머피의 법칙이었다. 결국 대형매장을 향해 카레이서 실력을 뽐내야 했다. 2층 그 넓은 의류매장을 100미터 달리기 선수마냥 뛰어다니긴 난생처음이었다. 옷은 많지만 취향에 맞아야 한다는 게 문제였다. 갈급했다. 나도 내가 맡은 일에 어지간히 동동거리는 성격으로 스스로를 수십 년간 괴롭혀 온 장본인이다. 이제 겨우 인생살이 넓게 한 바퀴를 돈 시점에 절감한 것 중 하나라면, 신경 곧추세우지 말고 과민하게 서두르지 말자는 달관에 어설피 동글 배기 치고 있는 시점이었건만 정통으로 맞은 김정은 미사일 격 사건은 원래 본모습을 고스란히 투영시키고 말았다.

J님은 일반 남성들이 입는 의상을 넘어서야 하는 감각이 그 무엇보다 악

재였다. 보통의 셔츠는 널렸는데 팥죽색이 된 얼굴로 '차이나 카라'에 '검정'이라며 쫓기는 낮은 음성은 차마 듣기 애처로웠다. 이 와중에 본인 스타일을 고수하는 것도 일종의 자존과 책임이기에 서로 이 쪽 저 쪽 외치며 뛰어다닌 결과, 정말 마술이라도 한 듯 나타나 준 셔츠, 넥타이, 쟈켓을 007 작전 펼치듯 십여 분만에 잡아채고서야 안도의 숨을 쉴 수 있었다. 차를 얻어 타게 된 내 탓도 합세한 것 같아 큰 몸은 달팽이처럼 움츠러들고 '깜짝 깔맞춤'된 무대 의상에 그제야 고개를 저으며 웃을 수 있었다. 나도 절대 잊을 수 없는 것을 챙기지 못해 허탈한 적이 몇 번 있었다. 시간은 촉박하고 진땀이 흐르는 경험을 여러 차례 겪고, 이젠 미리 자동차 안에 넣어두거나 현관 앞에 놓아두던지 그걸 연상할 수 있는 주변에 놓아두곤 한다. 완벽과 최선을 첫 번째에 두었던 시간들과 타협하던 이는 공감하리라.

감정의 기복이 심해서인가 장거리를 달려와서인지 하루가 길게 느껴졌다. 대구 예술의 전당에서 반갑게 해후하는 수필인들의 얼굴에는 하나같이 탐스러운 목련꽃이 큼지막하게 그려 있었다. 제17회 행사는 그 어느 때보다 격이 높았다. 관계자들은 무대시설, 음향, 조명에 한 시도 눈을 떼지 못한 채 기기를 작동하고 있었다. 단 몇 시간의 행사를 위해 준비하고 보이지 않는 스텝들의 몇 달에 거친 노력은 엄청나다. 그들의 노고가 모아져 만족도가 기대치보다 높았다. J님 역시 다급하게 구입한 의상을 입고 큰 행사 사회를 노련하게 마쳤다. 행사가 끝남과 동시에 대구의 봄밤은 어둠이 지면 위로 스며들고 있었다. 수필 향 그득한 단체에서 빠져나와 홀로 기차역으로 향하는 발걸음이 헛헛했지만 일원으로 함께 할 수 있었다는 흐뭇함과 더불어 내일 있을 내 몫의 책임들을 또다시 별처럼 헤아리고 있었다.

이경선

서울 출생, 『한국문인』 수필 부문 등단, 한국문인협회 인문학개발컨텐츠위원, 국제pen클럽 회원, 경기문인협회 권익옹호위원, 경기문학인협회 회원, 한국수필가협회 운영이사, 문파문학 운영이사, 수원문인협회 이사, 경기수필가협회 부회장. 수상: 경기수필 작품상, 자랑스런 수원문학인상, 경기문학인 수필 부문 대상, 한국수필 올해의 작가상, 경기도문학상 우수상, 자랑스런 경기문학인상. 저서: 수필집 『하얀 비』, 『겹겹 기억 속에』

　서울에서 대구행 전세버스를 타고 떠났다. 중간에 휴게소에서 쉬었다가 대구에 도착하여 대구 향교를 방문하고 새로 지은 한국수필문학관을 방문하여 홍관장님의 설명을 들었다.

　제17회 수필의 날 행사를 참석하기 전 대구문화예술회관에 예정시간보다 일찍 도착하여 건너편 공원에 들어갔다. 꽃길을 걸었고 마침 바람이 불면서 꽃바람을 맞으며 걷다 보니 〈봄날은 간다〉라는 옛날 노래가 생각이 나서 콧노래를 부르며 신나게 정원 구경을 한 후, 행사에 참석하였다.

　제1부 전영구 수필가의 사회로 '대구문화예술, 한국수필 중심에 서다'에서 한국수필가협회 지연희 이사장님의 개회사에 이어 한국문인협회 문효치 이사장님, 국제펜한국본부 손해일 이사장님, 대구예총 회장님의 축사가 있은 후 제2부 '사람과 사람을 잇는 수필'에서는 대구 전시문단 형성과 대구의 문학에 대한 수필문학 세미나가 손숙희 회장님으로부터 발표가 있었고 제3부 '문학과 음악의 선율이 흐르고' 순서는 월간한국수필 권남희 주간의 사회로 행사를 마쳤다.

저녁 식사 후 김광석 거리를 야간 투어 하였다. 김광석 거리(Kim Kwang-Seok Memorial Art Street)는 한쪽 벽면에 김광석의 사진들과 노래 가사, 많은 그림들이 그려져 있어서 가던 길을 멈추고 천천히 보면서 걸어가게 한다. 그리고 김광석 동상이 있고 군데군데 사진 찍을 공간, 공연장도 있어서 운이 좋으면 공연을 볼 수 있는 휴식의 거리였다.

"문명이 발달해 갈수록 사람들이 많이 다치고 있어요. 그 상처는 누군가 반드시 보듬어 안아야만 해요. 제 노래가 힘겨운 삶 속에서 희망을 찾으려는 이들에게 비상구가 되었으면 해요."

- 1995년 샘터 9월호 김광석 인터뷰 중에서

김광석은 1964년 1월 22일 대구시 대봉동에서 교사 아버지의 3남 2녀 중 막내로 태어났다. 다섯 살 때 서울 창신동으로 이사했고 중학교 시절 관현악부 활동을 하면서 선배로부터 바이올린을 배웠고 고등학교 시절에는 합창부로 활동하면서 음악적 감수성을 키웠다. 대학 진학 후 연합동아리에 가입하여 노래를 부르고 개성 있는 7명이 모여서 '동물원' 클럽을 만들어 함께 소극장에서 공연을 시작하였다.

1989년에 솔로로 데뷔하여 첫 음반을 내었고 1991년 제2집, 1992년 제3집, 1994년 제4집을 내었다. 1991년부터 대학로에 위치한 소극장을 중심으로 공연하였으며 1995년 8월에는 1,000회 공연의 기록을 세웠다. 〈거리에서〉, 〈변해가네〉, 〈사랑했지만〉, 〈서른 즈음에〉, 〈이등병의 편지〉 등 서정적인 가사와 특별한 가창력으로 많은 사랑을 받았다. 자신만의 특별한 음악세계를 펼쳐 나가던 중 1996년 1월 6일 생을 마감하였다.

2017년 김광석 21주기를 맞이하며 절망과 희망의 경계에서 서성거렸던 김광석은 이미 갔지만 영원한 청년 가객으로 우리 대중의 마음속에는 살아 있고 사랑을 받고 있다고 하겠다.

'대구 전시 문단 형성과 대구의 문학'에서는 역사를 되돌아보는 것은 미래로 나아가는 이정표를 점검하는 일이다. 문학은 그 시대의 갈등과 고뇌를 반영하고 있으며 사회상을 재연함으로써 미래를 향한 이정표에 깃발이 되어준다. 1950년에 일어난 한국전쟁은 20세기 한국사에서 가장 비극적인 시간이며 불행한 민족사로 남았다. 그러나 전쟁의 상처더미 위에서도 문학은 꽃을 피웠고 창조의 역사는 이어졌다.

1950년대 대구의 수필 문단은 문학의 한 장르로써 뚜렷하게 자리를 잡지 못했다. 수필 문학의 희소성도 있었지만 문단에서 문학의 독자적 장르로서의 전문성을 획득하지 못한 실정이었다. 한세광, 김소운, 전숙희, 김용준 등 소수에 지나지 않았지만 이분들의 작품들은 1960년 이후 대구 수필 문단이 태동하고 발전하는 데 큰 역할을 하였고 작품집은 오늘에도 수필인들의 지침서가 되고 수필문학의 고전으로 사랑받았다.

1968년 경북 수필 동인회(현 영남 수필회)의 창립은 수필 문학 동호인으로는 전국 최초의 일로, 영남 수필은 50년 가까운 역사를 이어 오고 있다. 그리고 기타 수필 단체들도 창립되어 오랜 역사를 이어오고 있으며 2000년 초입부터는 여러 수필 동인 단체들이 자생하여 수필 문단의 확장과 유능한 수필가 양성, 배출에 기여하고 있다.

수필 전문지 『수필세계』(2004년)와 『수필 미학』(2013년)이 창간되어 수필 문학의 전문성 획득과 참신한 수필 작가 발굴에 전력하고 있으며 2015년에는 한국 수필 문학관이 국내에서는 처음으로 대구에 세워져 우리 수필 문학의 역사적 자료들을 소장하게 되었고, 수필의 질적 향상과 양적 팽창을 동반한 성장이었다. 전시에 한국문단의 중심에 있었던 대구문학이 전후 2세대, 3세대를 이어 문학적 성장과 도약으로 새로운 세기의 문예부흥기를 맞이하고 있다고 하겠다.

대구는 한국전쟁 당시 다른 지방에 비해 피해가 크지 않았다고 한다. 덕분에 전시 전후의 생활상이 비교적 잘 유지 및 보관된 편이다. 그래서 역사적으로나 문화적으로 우리 선조들이 온기가 느껴지는 중요한 장소이며 문학도 독보적으로 발전되었다고 본다.

이병훈

2015년 『한국수필』 등단. 한국문인협회, 국제펜한국지부 회원. 대한의사협회 고문, 국제라이온스협회 354-D 자문위원, 세계발명가협회 명예회장, 한국 100세인엽합회 총재.

'수필의 날'에 만난 반계磻溪 선생 향훈香薰

이성림

옻골 마을의 초입부터 범상치 않았다. 우리의 생활 속에 젖어든 나무의 종류는 참으로 다양하다. 옛 선조들이 지혜롭게 그 쓰임새를 찾아서 마을 어귀에 심어 가꾸어 수백 년 동안 조성해 왔음을 보건대 그 유래가 깊은 곳임을 짐작하게 한다. 우선 350년 된 울울한 회화나무의 위용이 기품 있는 반가班家의 예사롭지 않은 향취를 직감하게 한다. 회화나무는 예로부터 그 나무가 가지는 의미로 인하여 귀하게 취급되어왔다. 선비의 지조와 자존 의식을 상징하는 수종樹種으로 민속에서 집안에 심으면 행복이 찾아온다고 믿어 즐겨 심는 나무의 한 종류이기도 하다.

이렇게 회화나무가 '제17회 2017 대구 수필의 날'의 초행길에 나선 나를 인상적으로 맞이해 주었다. 옻골 마을은 대구광역시 동구 둔산동에 소재한 경주최씨종택(大邱 屯山洞 慶州崔氏宗宅)으로 국가민속문화재 제261호(2009년 6월 19일 지정)이다. 그러나 나는 무엇보다도 유형원이 내가 논문 한 꼭지에서 다룬 적이 있는『반계수록』첫 교정을 바로 이곳에서 봤다는 역사적 사실을 적어 놓은 현판의 글을 읽고는 말할 수 없는 감흥이 밀려 왔다.

17세기 실학의 거장인 반계磻溪 유형원(柳馨遠, 1622~1673)의『반계수록』은 당시의 통치제도를 중심으로 정치, 경제, 문화에 대한 제반 개혁안을 체계화한 자료로, 특히 토지제도의 근본적인 개혁과 교육 및 관리 임용의 개혁을 매우 구체적으로 거론하며 국가 전반에 걸친 개혁사상을 논파하고 있다. 당대 현실에 대한 냉철한 분석과 비판을 가한 사회 개혁서로서 토지제도, 학교제도, 관리 임용, 군대 제도 등 사회 각 분야에 걸친 개혁안을 제시하고 있으며, 각 주제별로 중국과 한국의 사례를 모아 저자의 주장을 뒷받침한 고설攷說을 첨부하였다. 성호 이익, 다산 정약용 등 당대 지식인 학자에게 큰 영향을 미친 책으로 실학사상 연구의 핵심적인 저작이다.

'반계磻溪'는 저자 유형원의 호號이며, '수록隨錄'은 책을 읽다가 생각이 미치는 데에 따라 수시로 기록한다는 뜻이다. 유형원은 책의 제목을 '수록'이라고 했지만 이것은 일종의 겸사謙辭라고 할 수 있다. 전체가 26권 13책으로 토지제도를 다룬 전제田制, 인재를 교육하고 선발하는 방법을 다룬 교선敎選, 관리의 임명과 운용을 다룬 임관任官, 관리의 녹봉 체계를 다룬 녹제祿制, 국가 기관 체계를 다룬 직관職官, 군사 제도를 다룬 병제兵制와 다양한 주제를 다룬 속편續編으로 구성되었다. 과거 고려 시대와 중국의 사례를 들어 비교하면서 조선의 개혁 방향을 제시하였다.

특히 유형원이 『반계수록』에서 제시한 토지 개혁을 균전제均田制라 한다. 이는 모든 토지를 국유화하여 신분에 따라 재분배함으로써 일부의 부유층에게 토지가 집중되는 것을 막고, 토지를 소유하지 못한 백성들의 빈곤을 해결하자는 것이다. 또한 토지 제도 개혁을 바탕으로 하여 전반적인 사회 모순에 대한 개혁안을 제시하였다. 유형원은 개혁안에서 신분제를 완전히 극복하지는 못했지만, 당시 유형원의 주장은 모든 백성이 자신의 토지를 경작하며, 일정한 교육을 받을 권리를 주장했다는 점에서 매우 파격적인 것이었다.

『반계수록』의 파격적인 주장은 집필 직후에는 주목 받지 못하였으나 많은 사대부에 의해 점차 주목 받았으며 1770년(영조 46)에 영조의 명에 따라 목판본으로 간행되었다. 유형원의『반계수록』은 모든 백성을 고르게 바라본다는 '균均'의 사상에 입각한 이상적인 제도 개혁안이었다. 이것이 국가 정책으로 그대로 실현되기는 어려웠지만 유형원의 문제의식은 18세기 집권층에게 많은 영향을 미쳤으며, 영조(英祖, 재위 1724~1776) 연간 '균역법均役法'의 시행 등의 제도 개혁에 일정한 영향을 주기도 했다.

사백여 년 전에 설파한 내용이지만 지금에 적용시켜 본다 하여도 사상적인 면에서 크게 공감 되는 바가 있다. 이처럼 조선시대 실학사상의 이론적 뒷받침에 커다란 단서를 제공한 반계의 향훈을 뜻하지 않게 '2017 대구 수필의 날' 행사에서 탐방지 중의 한 곳인 '대구광역시 동구 옻골로 195-5, 일원 (둔산동)'에 소재하고 있는 둔산동경주최씨종가屯山洞慶州崔氏宗家 및 보본당사당報本堂祠堂에서 맞닥뜨리게 되었다.

초교를 보셨다는 알림판의 글을 읽으며 옛 선비들이 글을 써서 발표하기까지 얼마나 많은 정성과 퇴고의 과정을 거쳤는지 짐작해보게 된다. 그렇다, 글이란 순식간에 써서 바로 발표하는 것이 아니다. 다듬고 또 다듬을 일이다.

『반계수록』의 산실인 경주최씨 종택은 대구광역시 동구 둔산동의 전통마을인 옻골마을 내에 있는 가옥으로 2009년 6월 19일 국가민속문화재 제

261호로 지정되었다. 대구 경주최씨 종택은 대구광역시 동구 둔산동의 전통마을인 옻골마을 내에 있으며, 종가를 비롯한 다양한 용도의 건물들이 별도의 구역을 가지면서 종택이라는 한 공간 안에 존재하면서 멸실되지 않고 각 고유의 공간을 유지한 채 현존하는 희귀한 예를 갖고 있는 가옥이다.

또한 유교사상에 입각한 각 건물의 배치구성 수법과 남녀의 공간구분 등은 전통적인 기법을 그대로 따르고 있으며, 이 지역 민가에서는 잘 보이지 않은 'ㅁ'자형 평면형태의 사용은 종가 건축에 대한 이 지역 양반들의 인식을 엿볼 수 있는 좋은 자료로서 민속적·건축적·문화재적 가치가 충분하여 국가지정문화재(중요민속자료)로 지정되었다.

『반계수록』은 당대 현실에 대한 냉철한 분석과 비판을 가한 사회 개혁서이다. 토지제도, 학교제도, 관리 임용, 군대 제도 등 사회 각 분야에 걸친 개혁안을 제시하였으며 각 주제별로 절반은 중국 한국의 사례를 모아 저자의 주장을 뒷받침한 『고설攷說』을 서술하였다.

이번 수필의 날에 방문한 대구시 둔산동 옻골 마을의 고즈넉한 고택에서 이처럼 무게감이 있는 대단한 저서의 향내를 불러 맡으며 그만한 공이 들어간 저서임에 틀림없다 것을 실감할 수 있었다. 고전과 현대를 이어주는 '2017 대구 수필의 날'을 영원히 잊을 수 없다. 다시 『반계수록』의 올곧은 분위기를 살려 논문 한 편 집필하리라고 다짐한다.

이성림

명지전문대 교수. 한국문인협회, 숙명문인회, 국어국문학회, 현대수필문학회 회원. 수상 : 『문예사조』 신인문학상 수필 부문 수상, 대한적십자사 총재 표창. 저서 : 『혼자 피는 꽃』(공저), 『수필강의록』 등 다수

수필의 날 단상

이순자 ●

대구하면 갓바위가 떠오른다. 해마다 초겨울이면 무릎 아픈 중년의 어머니들이 수천 배의 절을 올리며 엎드려 기도하는 곳이다. 나에게 대구는 불상 앞에서 기도하는 어머니들의 성지로만 기억이 된다. 특히 막내 시누이가 조카의 대학 입시를 위해서 서울에서 그곳까지 기도하러 다녀서 더욱 깊이 각인된 곳이기도하다.

그런데 수필의 날 행사를 그곳에서 한다기에 내심 기대하고 있었는데 우리 팀은 그곳을 방문하지 않아 많이 서운했다. 3호차 배정을 받고 올랐는데 이름표를 주지 않아 물었더니 1호차란다. 착오가 생겨 1호차에 올랐더니 모두 자리에 앉아있었다. 그때 어떤 선생님이 옆자리가 비었다고 하였다. 그제서야 자리에 앉아 여행의 진가를 느끼기 시작하였다. 얘기를 나누다 보니 그도 퇴직 교사란다. 또 하나의 인연을 맺는 기분이 들었다.

올해의 수필인 상을 반숙자 선생님께서 타셨다. 그분의 글을 즐겨 읽었었는데 직접 뵙게 돼서 무척 반가웠다. "수필은 사랑이더이다. 마음과 마음을 이어주고, 사람과 사람을 이어주는 끈끈이더이다."라고 했을 때 "나도 동감이에요."라고 화답했다.

다음 날 몇 팀으로 나뉘어 대구 시내를 돌았는데 우리 팀은 청라언덕과 계산 성당을 돌아보았다. 청라언덕은 〈동무생각〉의 노랫말의 배경이 된 곳으로 작곡가 박태준 선생의 로맨스가 담긴 곳이다. 그곳은 푸른 靑 담쟁이 蘿 넝쿨이 휘감겨 있던 언덕이고 백합화는 그가 흠모했던 신명학교 여학생이 란다. 박태준 선생의 꿈과 추억이 서린 이곳에 노래비가 있다. 이 노래를 부를 때마다 청라언덕이 어느 곳인지 궁금했었는데 알고 보니 이곳에 있었다.

'봄의 교향악이 울려 퍼지는/ 청라언덕 위에 백합 필 적에/ 나는 흰 나리 꽃 향기 맡으며/ 너를 위해 노래 노래 부른다./ 청라언덕과 같은 내 마음에 백합 같은 내 동무야/ 네가 내게서 피어날 적에 모든 슬픔이 사라진다'

청라언덕은 기독교가 뿌리내려 정착한 곳이며 동산의료원이 성장한 중심지이고 대구독립 운동의 산실이다. 대구의 몽마르뜨 언덕이라 불리는 '청라 언덕'은 이국적이며 서양가족이 살던 모습 그대로 보존되어 있었다. 정말 이곳이 그 옛날 한국이 맞나 싶을 만큼 외국의 어느 마을을 닮았다. 대구에 기독교가 전파되었을 때 한국에 온 선교사가 머물던 곳이라고 한다.

청라언덕에는 1910년경에 건립되어 지금 선교박물관으로 이용하고 있는 선교사 스위저 사택, 의료박물관으로 이용하고 있는 챔니스 사택, 교육역사 박물관으로 이용하고 있는 블레어 사택은 고색창연한 서구풍의 건물로 개화기의 민족적 수난을 그대로 표상하고 있는 건물이다. '청라언덕'이라 불려지기 시작한 것은 선교사 사택에 심은 담쟁이가 건물 외벽의 붉은 벽돌을 타고 올라가서부터였다고 한다.

이순자
215

청라언덕에서 내려와 길을 건너면 고풍스러운 계산성당을 만나게 된다. 우리나라 3대 성당 중 하나이자 붉은 벽돌의 이 성당은 어딘지 모르게 기품이 흘러넘친다. 전주의 전동성당과 비슷한 분위기를 자아낸다. 천주교 박해를 피해 신자들이 인근으로 모여들어 생긴 곳으로 역사가 무려 100년 이상이다. 나는 성당 안으로 들어가 조용히 기도를 드렸다.

본당의 주보성인은 루르드의 성모마리아이며 1898년에 세워졌다. 1984년 5월 5일 교황 요한 바오로 2세께서 방문했는데, 그만큼 아름답고 역사와 전통이 있는 곳이다. 입구에 있는 큰 돌에는 '계산 주교좌 대성당'이라고 새겨져 있다. 또한 쌍탑이 우뚝 솟아 있어 더욱 아름답게 느껴졌다. 1899년도에는 십자가 형태의 2층 구조에 기와를 올린 한식 건물이었다고 한다. 안타깝게도 불이 나서 무너지고 지금의 자리에 지어졌는데 새로 지을 당시에 성당 주임이셨던 로베르 신부가 설계하고 공사를 지휘하셨다고 한다. 1911년에 주교좌성당이 되면서 종탑을 2배로 높이는 등 증축을 하여 1918년 12월 24일 현재의 모습으로 완성하였다. 유서가 깊은 성당답게 건물 자체가 고귀함이 느껴졌다. 미사를 못 본 것이 아쉽지만 다음에 기회를 갖기로 다짐한다.

일박 이일의 수필의 날 행사는 나에게 많은 추억을 간직하게 해주었다. 같은 방을 쓴 시문회 선생님들과도 좋은 교류의 시간을 가졌다.

이순자

동국대학교 교육대학원 졸업. 『수필과 비평』 등단. 국제펜클럽 한국본부 회. 한국문인협회 회원. (사)한국수필가 협회 운영이사. 수상: 국민훈장 석류장, 동포문학상, 한국수필문학상. 저서: 『삶, 그 아름다운 추억』 외 다수. e-mail: soonja41@hanmail.net

마비정馬飛亭(井) 벽화마을

이재영 ●

나는 수필의 날 행사에 참가하여 전국 중요 인사들과 만나 좋은 인연을 맺었다. 오늘도 4호를 탔더니, 서울 사람들과 대구사람 몇 명과 어울렸다. 대구 근교 달성군에는 비슬산 둘레 길에 마비정 벽화 마을이 있다. 문씨 집성촌에서 산 밑으로 올라갔다. 벽화 마을 0.9km란 안내판이 길을 인도한다. 다랑논을 따라 산골짜기로 올라가도, 또 가도 길은 0.9km가 남은 것 같더니 30여 분을 달려가니, 조형물 큰 말이 서 있다.

여기가 마을 주차장이다. 차에서 내리니, 오르막길 산비탈 여기저기에 띄엄띄엄 집들이 서 있다. 나는 쌍지팡이를 짚고 올라갈 수 있는 데까지 가보려고 천천히 걸었다. 모두 앞을 다투어 지나갔다. 87세인 초등학교 교장 퇴직한 회원을 딸이 모시고 왔다. 딸도 초등학교 교사로 부녀가 대구문인협회 회원이다. 그분과 동행이 되어 심심찮게 걷는다.

마비정의 유래 표지판이 나왔다. 한 장수가 마을 앞산에 올라 건너 편 산에 바위를 보고 활을 쏘았다. 말이 화살보다 먼저 가지 못하면 죽임을 당한다고 했다. 말은 힘을 다해서 달렸지만, 화살을 따라잡지는 못했다. 말은 비참하게 처형되었다. 이 모습을 지켜본 마을 사람들이 말이 죽은 자리에 정자

이재영
217

를 짓고, 마비정이라 부르면서 추모했다. 그 후 청도와 가창 주민이 한양을 가거나 화원장을 보러 다닐 때 이 정자에 쉬면서 물맛 좋은 물을 사람도 말도 마시고 쉬면서 원기를 회복했다고 한다.

걷기 좋은 길 표지판과 농촌체험전시장, 안내판이 보인다. 또 벽에는 초등학교 아이들이 그린 것 같은 익살스러운 그림도 있다. 주로 옛 시절을 그려서 정겹고 재미있어 웃음을 자아냈다. 소품을 활용해서 재미있게 표현한 벽화들이 많아 사진을 연신 찍었다. 옛날 도시락, 양은 냄비에 죽 끓이는 모습, 길 안내 표시판 그림, 우물가 아낙들의 진풍경 등등 풍습에 관한 벽화가 많아 즐겁게 웃으면서 걸었다.

벽화를 보면서 오르니 힘들지 않았다. 정겨운 시골풍경을 담은 벽화는 오랜 세월 이어온 마을 풍경화가 향토적 벽화들이라 마을과 잘 조화한다. 중간중간 카페도 있고, 시골 시장처럼 밥집들도 많다. 여유를 갖고 들려보면 운치가 있을 것 같았다. 어떤 곳에는 나무로 길 양쪽에 받침대를 세우고 동그란 통나무 판에 마비정의 추억과 소원을 비는 글을 적어서 걸어둔 곳도 있다. 또 어떤 곳은 소중한 이에게 편지를 써서 걸어두고 소원을 빌기도 한다. 좀 젊을 때 같으면 재미있기도 할 것 같으나 우리는 그냥 웃으면서 지나갔다.

거북바위와 남근이 갓 쓴 바위가 있는 곳에 이르렀다. "남근 바위를 만지면 부부 금실이 좋아집니다." 하고 써놓았다. 신기할 정도로 그 물건이 닮았다. 사람들이 얼마나 그놈을 만졌던지 반들반들하게 따라서 빛났다. 웃지 못할 일이다. 춘화 추동 집은 술집이다. 이 집 술 한 잔을 마시면, 춘화 추동 회

춘한다고 한다.

마음이 끌린다. 30여 분을 걸어가니 수직으로 오르던 완경사길이 끝나면서, 좌우로 길이 열린다. 오른쪽은 산림욕장 가는 길, 왼편은 숲의 터널 체험장 표시판이 나왔다. 많은 사람이 삼림욕장 쪽으로 갔다. 여기서부터는 가파른 오르막길이다. 나는 갈까 말까 망설이는데 옆에 교장선생님이 "저기, 쉬어 가세요, 간판이 동동주 한잔하라고 부릅니다." 한다. 나도 귀가 번쩍 뜨이면서 반가웠다. 교장 선생님이 앞을 서더니, 그 집에 들어가서 텐트를 쳐 놓은 야외 자리에 앉으니, 목도 타고 등에는 땀이 촉촉이 젖었다. 동동주 한 되를 시켰다. 셋이 한 잔씩 부어놓고 건배를 했다. 이럴 때 시원한 술은 입에 짝 붙으면서 술술 넘어갔다. 오장육부가 찡하면서 기분이 상쾌하고 힘이 솟았다.

셋이 다 비우고 나니, 올라갔던 사람들이 내려오는 소리가 났다. 내가 연하라 술값을 계산하려고 일어서는데 그분의 따님이 제지하면서 안에 들어가서 술값을 계산하고 나왔다. 딸의 남편이 현직 판사라 하니, 딸도 잘 키우고 사위도 잘 보았다. 딸이 얼마나 예의 바르고 친절한지 그 아버지의 그 딸이란 생각이 들었다. 오늘은 이분들을 만나 구경 잘하고 다정한 친구가 되었으니 무엇보다도 더 기쁘다.

하산 길에 올라갈 때 못 보았던 연리목을 보았다. 돌배나무와 느티나무 뿌리가 서로 다른 줄기인데도 붙어서 한 몸이 되어 자라는 연리목이다. 이런 나무는 처음으로, 마치 이성異性이 모인 부부의 상징인 표상表象 같다. 남녀 부부들이 이 나무 앞에서 이와 같은 부부가 되고자 맹세하고 꼭 껴안고 원

앙처럼 금실 좋은 부부가 되기를 맹세한다. 금실이 나쁜 부부도 이렇게 하면 좋은 부부가 된다는 전설 때문인가 많은 부부가 와서 기도하고 간다고 한다.

이 마비정 마을의 벽화가 전국 벽화대회에서 대상을 받은 후 전국에 알려져서 관광차들이 사철 끊어지지 않는 다고 한다. 오늘도 주차장엔 대형 버스와 승용차가 꽉 차 있다. 이 마을 사람들은 오르막길이 너무도 힘들어서 어떻게 하면 힘 좀 덜 드리고 살 수 있을까 하는 생각으로 시작한 벽화가 이젠 전국적으로 유명해 져서 관광 마을이 되어 아름답고 기쁜 마을이 되었다고 한다. 인간말짜 쇠옹지마라 하더니, 기상천외한 일도 다 일어났다. 아무리 어렵더라도 매사에 희망을 품도 도전하며 살아가면, 이 마을처럼 좋은 일이 있으리라.

오늘은 수필의 날에 참가하여 한국 문인협회 문효치 이사장님과 국제 펜 한국본부 손해일 이사장님을 만나 뵙고 글쓰기에 대한 좋은 말씀을 들었다. 또 오늘 입상자인 반숙자 수필가님과 고동주 수필가님을 만나 많은 대화를 나누면서 감동하고 깨달은 바가 크다. 여기서 또 좋은 분을 만나 수필공부를 많이 하여 기쁨과 보람도 크다. 수필공부가 별것 인가? 이렇게 전국 중요인사들과 만나 대화하고 친분을 쌓는 것이 산 공부가 안이리. 내년에도 꼭 참가하여 새로운 인연을 맺으리라 다짐하면서 아쉬운 이별을 했다.

이재영
대구문인협회 회원

    조개 모습을 한 조형물이 봄 햇살에 반짝인다. 다른 각도에서 보면 고래 같기도 하고 배 같기도 하다. 대구 달성군에 있는 디아크The ARC가 파릇하게 싹들이 돋아나기 시작한 넓은 광장 위에 올려져 있다. 우아하면서도 다소곳하고 기하학적인 모습이다. 디아크는 강 문학관으로서 강 문화가 흐르는 곳이며 'The Architecture of River Culture'를 줄여서 디아크라고 부른다. 서울 동대문플라자DDP 건물이 순간 떠오른다. 서로 다른 모습이지만 분위기가 묘하게 일치되는 면이 있다. 세련된 콘크리트 건물이 차분하면서도 미래의 모습을 반영하고 있다. 처음 볼 때의 느낌은 반짝이는 비늘이 있는 회색빛 조개였는데 더 깊은 의미가 있다고 한다.

    강 표면을 가로지르는 물수제비, 물 밖으로 뛰어오르는 물고기 모양과 같은 모습과 한국 도자기 모양의 전통적인 우아함을 함께 표현해 내었다고 한다. 한참을 쳐다보면서 건축을 설계한 하니 라시드를 생각했다. 그는 에너지와 영혼을 넣으려고 심혈을 기울였는지 그의 마음이 투영되는 듯하다. 반짝이는 회색빛 건축물 속에 자연을 담았다. 낮에 보는 모습은 편안한 느낌인데 밤은 신비스럽고 카멜레온처럼 변화하는 환상적인 색들이 낙동강에 투영되면서 대구 야경의 극치를 이루는 곳이다.

내부에 들어서니 미소가 저절로 피어오른다. 파란색의 남자들이 줄지어 늘어서서 인사하고 있다. '그리팅 맨'이라는 조각들이다. 거리에서 커다랗게 서 있는 인사하는 조각상을 본 적이 있지만 이렇게 많이 있는 것은 처음 본다. 오른쪽 250명, 왼쪽 250명 도합 500명이 두 줄로 서서 인사하고 있다. 유영호 조각가가 제작한 작품으로 문화와 인종의 편견을 초월한 평화와 화해의 의미를 담아냈다고 한다. 디아크 실내는 푸르른 신비함이 흐르는 환상적인 분위기를 연출한다. 마치 고래 뱃속에 들어온 것 같다. 청색과 회색의 벽과 천정에서 강이 흐르고 물고기들을 토해내고 있다. 희고 푸른 난관과 투명한 회색의 계단을 오르며 물고기 뱃속에서 물고기의 등뼈를 타고 오르는 울렁거림이 느껴지기도 한다. 건축의 이미지는 강과 사람의 공감이라고 했다. 조용하고 자연에 대해 사색하고 꿈속의 언어를 만나고 시를 쓰듯이 강물이 흘러가는 소리를 담아내는 공간을 만들고 싶었나 보다.

물고기의 뱃속 같은 실내에서 옥상으로 나오니 햇빛 쏟아지는 수면 위로 튀어 오른 느낌이다. 낙동강을 바라보았다. 강을 보면 수달과 연어가 떠오른다. 디아크 옥상에서 내려다보이는 낙동강에는 강정고령보가 있다. 보를 보면서 '저 보를 연어가 거슬러 올라갈 수 있을까. 수달이 저곳에서 살 수 있을까.'하는 생각을 했다. 강이나 하천에 사람의 손이 거쳐서 변화된 곳을 볼 때마다 드는 생각이다. 보를 보면서 착잡해진다. 뉴스로 엉망인 보를 보기도 해서 심란한 마음이 든다.

이곳은 낙동강의 중심에 있는 가야문화를 재현해냈다고 한다. 지금 낙동강의 수질은 연어는 꿈도 못 꾸는 상황이다. 낙동강은 4대강 사업의 실패로 인하여 거의 죽어가는 강이 되고 있다고 어디선가 들은 기억이 있다. 보의 기능을 유지하면서 수질을 개선시킬 방법이 없다는 어느 전문가의 이야기도 들었다. 보는 물의 흐름을 느리게 하는데 유속이 있어야 수질개선이 될 수 있기 때문이다. 전문가들은 설치된 보가 모두 철거되어야 강이 살아날 수 있다고 했다. 무엇이 옳은지는 더 진지하게 검토해야 되겠지만 흘러가는 강을 자연 그대로 놔둔 상태에서 수질오염의 원인을 찾지 않고 물줄기를 뜯어 고치는 그 자체가 이해하기 어렵다. 거기다가 낙동강에는 외래종인 뉴트리아가 많이 서식하는 바람에 수초와 농작물의 피해로 강과 사람이 시련을 겪는다는 소식도 들었다. 현실적인 많은 문제점을 정보로 들은 상태이니 낙동강을 바라보는 시선이 순수하지가 않다.

몽환적으로 꿈을 그리다가 봄빛 아래서 현실로 돌아온 느낌이다. 인간의 성공과 실패, 이상과 현실의 괴리 등 많은 생각들이 머릿속을 떠다닌다. 낙동강을 긍정적이며 고운 마음으로 보지 못하고 있는 것이 안타깝다. 지금은 모두가 문제점들을 파헤치고 있으니 강은 살아날 것이다. 전문가의 의견을 충분히 반영하여 살아있는 강으로서 수달이 살고 물수제비처럼 여기저기서 물고기가 뛰어오르는 강이 도래할 날이 오리라 희망을 가져본다.

임금희

『한국수필』 등단. MBC아카데미 강남수요수필 회장 역임. 수상: 2012년 『지필문학』 시 부문 신인상
e-mail: r-keumhee@hanmail.net

갓바위

조영수 ●

　도대체 조주선사는 무었을 하고 있는 것일까? 4월이라 말하지만 산마루 쪽에서 불어오는 싸한 바람은 새벽 공기를 가르며 코끝을 훑고 간다. 저 만치서 늙은 노승 하나가 지팡이를 짚고 오더니 지팡이를 나무에 꽂아놓고 그냥 가버리는 것이 아닌가. 이를 본 수유화상이 묻는다. "도대체 뭘하고 있는 겁니까?" 하고 물으니 "응, 여기에 흐르는 물 깊이를 재고 있는 것일세"

　수유화상이 시부정타는 말투로 재차 "스님! 여기는 물 나오는 곳이 아니고 바짝 마른 나무입니다. "그쯤은 나도 알고 있어!" 그러거나 말거나 '조주선사'는 나무에 지팡이를 꽂고 그냥 떠나버렸다. 이것이 글 쓰는 사람들이 모여 듬성듬성 떼 지어 다니던 팔공산 자락에서 있었던 4월의 화두話頭인 듯싶다.

　수필의 날이란 매년 이곳저곳을 다니며 글 쓰는 것을 주제로 해놓고 속세와 맺은 인연으로 용맹정진하는 그야말로 글쟁이들이 치러야 하는 연중행사 중에 하나다. 이 수련은 그간의 세속에서 맺었던 온갖 잡다한 번뇌煩惱를 다 씻어버리고 오로지 글쓰기에 귀의하며 구도의 길로 가는 하나의 의식과도 같은 것이다.

사분대는 댓잎소리에 설잠을 자고 창가로 스며드는 청량한 바람소리를 맞으며 부엉이 뻐꾹새의 구성진 사연 속에 하늘과 땅 사이를 오가면서 밤새 우도록 싸워 온 연민憐憫은 아직 수양이 덜 된 글쟁이들의 견디기 어려운 고행苦行이기도 한 것이다.

"그들은 과연 글을 쓰는 것일까?" 수없는 갈등과 고통을 씹어가며 몇 줄의 글을 만들어 내기 위하여 하나의 운명으로 받아들이면서 싸우다가 결국에는 근원을 찾아 땅, 물, 불, 바람 그 속으로 나를 집어넣고 인간의 본향인 중음계로 들어가는 길목에서 서성이다가 업보業報를 등에 업고 한나절의 구도로 나서기도 한다.

그렇다면 올해 수필의 날에는 조주탐수趙州探水의 의미는 무엇을 찾아낸 것일까? 마른 지팡이로 땅속에 고여 있는 물의 깊이를 잰다는 것인데 과연 수필의 날에 참석한 문인들이 몇이나 이 의미를 깨치고 나올는지 자못 궁금하기도 하다.

'참선參禪'하는 마음으로 이 수련에 참가는 했다마는 아직 누가 누군지도 모르는 통성명도 제대로 하지 못한 무촌들 속에서 숫자의 하나로서만 채워진 감이 들어 허탈하기도 하다. 돌이켜 보면 아주 소득이 없는 것도 아닌듯 싶다. 한 가지 새로운 것은 맑은 에너지가 생산되어 온몸이 쑴벅거린다는 것이다.

사람들은 이상하게도 갖가지 방어 능력을 타고 나는 것 같다. 글 쓰는 것에 겪는 고통을 그때 그때의 선禪 문답으로 끝내지 않고 정확한 물 깊이를 재려는 조주선사의 신통력이 아니더라도 무엇인가를 얻어가지고 온다는 것 이상의 의미가 있다는 것이다.

해는 서산을 기웃거리며 낙동강 기슭을 빠져 나가고 있다. 야트막한 나무 가지에 올망졸망 매어달린 까치집. 어떻게나 저렇게 한 나무에 다섯 집이나 지어졌을까. 신묘한 건축술에 머리를 갸웃거리면서 서울로 가는 자동차는 어느 덧 고속도로를 타고 있다.

조영수

『문학미디어』 등단. 계간문예 작가회 이사. 한국문인협회 회원. 저서: 시, 수필 『세상밖으로』, 공저 『그대 그리워지는 날에』 『피고피는 꽃들의 속삭임』 외 다수. e-mail : chorys40@hanmail.net

걸개 사진 속으로

조이섭

제17회 수필의 날이었다. 수필가들이 대구문화예술회관의 본 행사장에 가기 전에 한국수필문학관에 들린다기에, 내가 몸담은 수필사랑문학회 회원 몇 분과 다과를 준비하고 있었다.

수필문학관 3층 벽에는 2008년 대구에서 개최했던 수필의 날 행사를 마치고 촬영한 대형 사진이 걸려있다. 기념사진에는 작고하신 김규련 선생님을 비롯한 많은 수필가의 모습이 담겨있다. 수필을 처음 공부할 때부터, 나는 언제 저자리 말석에나마 설 수 있겠나 하고 생각했다. 문학관에서 치러지는 행사 때에는 마치 사진 속의 선배 수필가와 함께인 양, 걸개 앞에서 포즈를 취한 적도 있었다. 걸개 사진은 수필가로 등단하려는 나의 마음을 다지고 분발하도록 하는 매개물이었다.

이번 수필의 날은 지난해 겨울 『수필세계』 잡지를 통해 수필가로 등단하고 대구수필가협회 회원으로 가입한 지 한 달이 채 안 되어 맞는 행사였다. 설레고 기쁜 마음으로 참가신청을 했는데, 협회 사무국장님이 새내기에게 행사 뒷바라지를 해 달라는 청까지 했다.

문학관 다과 준비를 마치고 본 행사장에 도착하니 낯익은 분이 하나도 없었다. 한 다리, 두 다리 건너 일을 도우러 온 처지라 어디 대놓고 말 섞을 데도 없었다. 이리저리 기웃거리고 있으니 주최 측에서 테이블과 의자를 몇 개 갖다 달라고 했다. 아마도 나를 문화예술회관 직원으로 착각한 것일 게다. 어쨌든 일을 처음으로 맡았으니, 관리실에 가서 탁자와 의자를 구해다가 접수대 배치를 거들었다.

일을 시키는 사람이나 도와 달라는 사람도 없어 일할 거리를 찾다 보니 로비 한쪽에 참가자에게 제공할 커피와 녹차, 생수를 잔뜩 얹어 놓은 테이블이 보였다. 하지만, 재료만 있고 서비스할 사람은 아무도 보이지 않았다. '옳지, 오늘 이 일을 맡으면 되겠구나.' 하고 생각했다. 마침 수필사랑문학회 김 선배님이 오시기에 오늘 둘이서 다방을 운영하자고 제안했다.

우선 가열체임버(전기 물 끓이기) 두 개로 물을 끓였다. 하나는 녹차용이고, 다른 하나는 커피용이었다. 녹차 팩을 일일이 까서 녹차용 체임버에 담가 우려냈다. 봉지 커피는 내용물을 꺼내 종이컵에 담았다. 거기에 빈 봉지를 꽂아 총 멘 병사가 열병식 하듯이 가지런히 줄을 세워 놓았다. 손님들이 한꺼번에 몰려와도 병목현상을 방지하기 위해서였다. 생수도 적당한 거리를 두고 벌려놓았다.

이윽고, 손님들이 물밀 듯 들어왔으나 별 무리 없이 차 대접을 할 수 있었다. 다만, 엉뚱한 데 마음이 쓰여 몸이 움츠러들었다. '대구는 예쁜 여자가 많은 고장이라고 이름이 높은데 웬 머리 허연 할아범 둘이서 차 시중을 들고 있나?' 하지 않을까 싶어서였다. 시간이 지나자, 같은 수필가라는 동류감이 생기면서 다방을 찾는 손님들과 살가운 인사도 나누게 되었다.

식전 행사가 시작된 후에도 다방을 찾는 손님이 드문드문 이어졌다. 시상식이 시작되자 우리도 잠시 행사에 참석했다. 수상자는 40년 동안 수필을 쓰신 반숙자 님과 30년 필력의 고동주 님이었다. 오랫동안 수필을 친구로 둔 두 분 작가님의 얼굴이 곱고 맑았다. 글이 곧 사람이라더니 아름다운 작가의 마음이 글로, 얼굴로 드러나는 것이 아니겠는가. 나도 좀 더 일찍부터 수필을 친구 삼았으면 좋았을 걸 하면서 아낌없는 축하의 박수를 보냈다.

1부가 끝나고 휴식시간이 되자 다방으로 손님이 몰렸다. 남아 있던 재료가 금방 동이 났다. "차 더 없어요?" 하는 분들의 눈길을 피해 고갯짓을 하는데 괜히 죄지은 사람처럼 안절부절못했다. 행사 시작 전에, 청소하시는 분들이 봉지 커피를 얻으러 왔기에 한 움큼 집어 드렸더니 더 달라고 했다. 내가 주인이 아니라는 사정을 이야기하고 돌려보냈는데, 그거라도 받아오고 싶은 심정이었다.

행사가 끝나고 저녁 식사까지 마쳤다. 먼 곳에서 오신 분들은 김광석 거리나 서문시장 야시장 구경을 위해 출발했다. 공식적인 행사 뒷바라지가 끝났다. 그때부터는 우리들의 시간이었다. 수필사랑 문학회원 십여 명이 수필의 날 행사 때 밤새 문학을 이야기하고 회포를 풀자고 미리 계획했었다. 일종의 단합대회였다. 호텔 관계자에게 부탁해서 1층 로비의 널따란 회의실 한쪽에 자리를 잡았다.

십시일반으로 한 가지씩 장만해온 코다리찜, 반건조오징어, 메뚜기볶음, 심지어 생표고버섯과 찍어 먹을 들기름과 굵은 소금까지 갖추어 푸짐하기 그지없었다. 잔치에 어찌 술이 빠지랴. 위스키, 와인, 소주, 맥주, 막걸리 등 취할 거리를 고루 갖추었다.

신현식 교수님이 건배사로 수생수사(隨生隨死 : 수필에 살고, 수필에 죽자)를 비장하게 외쳤다. 이어서 술이 몇 순배 돌자, 기타 반주에 맞춰 주제곡으로 준비한 패티김의 〈사월이 가면〉을 불렀다. 한창 흥이 익어갈 무렵, 시내 투어에 나섰던 문우님들이 호텔로 들어섰다. 우리가 모여 앉아 노래 부르는 것을 보신 부산의 박양근 교수님과 몇 분 문우님, 장호병 대구문협 회장님, 손숙희 대구수필가협회 회장님을 비롯한 김정호 이사님, 성병조 님, 홍억선 한국수필문학관장님이 합석했다. 우리끼리 시작한 작은 캠프가 전국적 콘서트가 되는 순간이었다.

수필의 날 행사에 처음으로 참석해서 쟁쟁한 선배 수필가와 함께 팔공산 '언덕에 올라' '바닷가에서'나 부르던 '조개껍질 묶어'를 부르며 '섬마을 선생님'과 '동백 아가씨'도 만났다. 수필에 반하고, 사람에 혹하고, 술에 취했던 수필의 날 밤이 노랫가락을 타고 꼴까닥 고개를 넘었다.

몇 달 후, 어느 출판기념회에서 손숙희 회장님과 같은 테이블에 앉게 되었다. 서울에서 수필의 날 행사 때 있었던 일을 소재로 글을 몇 편 보내 달라고 하는데 나에게도 한 편 써 달라고 했다. "회장님, 원고 청탁하시는 겁니까?" "예, 맞습니다." 평소에 존경해 마지않던 손 회장님으로부터 원고 청탁을 받은 데다, 즐거웠던 그 날 일을 이렇게 글로 남길 수 있게 되었으니 가문의 영광이 아닐 수 없다. 이제는 비록 병아리 수필가일망정, 한국수필문학관의 걸개 사진 속으로 들어가도 무방하리.

조이섭

계간 『수필세계』 신인상. 대구수필가협회, 수필사랑문학회, 수필세계작가회 회원

값진 만남 행복한 이별

전상준

"수필은 진정으로 살아있는 음성이다. 진지한 삶을 돌아봄이다. 우리는 수
필을 통해 다시 태어날 수 있고, 가슴에 불꽃을 피울 수 있으며, 강과 바다를
찬란히 여울지게 할 수 있다. 인류의 화해와, 자연과 신과의 만남도 이를 통
해 이룰 수 있다. 지혜와 포용이 그 안에 있다. … 우리의 삶도 빛날 수 있다.
먼 훗날 많은 이들의 기억 속에 이날이 온전한 향기로 살아있고, 보다 더 큰
빛으로 사람들 가슴을 안온히 감싸기를 소망하며, 이에 '수필의 날'을 제정
한다." 「수필의 날」 선언문이다.

행사장에서 윤재천 현대수필학회 회장의 낭독을 들으며 새삼 코끝이 찡
함을 느꼈다. 수필의 날 제정 정신에 이렇게 큰 뜻이 숨어 있다는 것을 처음
알았다. 등단해 수필가란 이름을 달고 여기저기 글을 써 발표한 지난 시간
이 부끄럽다. 솔직히 나는 수필가로서 큰 사명보다는 내 삶의 흔적을 기록하
는 쪽에 무게를 두었다. '수필은 지나간 시간의 기록이 아니라 미래의 향연
이고 언어의 축제다.' 다시 수필가로서의 삶에 자부심과 긍지, 사명감을 가

져야겠다. 이번 '수필의 날 행사'는 내게 수필가로서의 생각을 다시 가다듬은 동기를 부여했다.

올해 제17회 수필의 날 행사는 '수필의 역사를 짓다'란 슬로건 아래 지난 4월 14일(금)~15일(토)에 문화와 교육의 도시 우리 대구에서 있었다. 대구수필가협회에서도 대구문인협회장(장호병)의 요청으로 일찌감치 행사 준비를 위한 모임이 있었다. 본 행사 2부 세미나에 주제를 발표한 손숙희 회장과 함께 손님맞이 준비를 서둘렀다. 주로 본 행사 외곽에서 전국에서 오신 수필가들이 편안하게 1박 2일 잘 계시다 갈 수 있도록 도움을 주는 일이다.

14일과 15일로 나누어 안내자를 배정하고 전국에서 온 수필가께 행사 참석에 불편함이 없도록 하며, 대구의 이미지를 좋게 남길 수 있는 방향을 토론하고, 각자 맡은 의무에 따른 준비 작업에 들어갔다. 내게 배정된 것은 두 가지다. 하나는 14일 대구문화예술회관 팔공홀에서 본 행사가 끝난 후 아르떼에서 만찬 후 김광석거리 야간 투어(일부는 서문시장 야간투어)를 마친 손님을 숙소인 동구 갓바위 맥섬석유스호스텔까지 안내하는 것이고, 다음은 15일 조식 후 서울로 가는 버스(5코스)에 동승 달성군 하빈면에 있는 '육신사'와 대구 낙동강 강정고령보에 있는 '디아크' 안내다.

대구시 달구벌대로가 지나는 신천에 놓인 수성교의 시내 쪽 입구에 '김광석 길, 다시 그리기' 문구 밑에 가수 김광석이 기타를 들고 노래하는 동상이 있다. 여기서 손님 몇이 인증 사진을 찍고 그 옆 신천과 방천시장 사이를 따라 조성한 길을 걷는다. 온통 김광석을 다시 조명한 여러 가지 모습의 벽화다. 손님들이 젊은 꿈을 다 펴지 못하고 요절한 그를 애석해 한다. 김광석이 살아 있을 때 부르던 노래가 육성을 통해 흘러나온다. 평소에는 미니 공연장에서 김광석의 노래를 즉석에서 부르는 관광객도 만날 수 있으나 오늘은 볼 수 없다. 대구근대골목과 함께 한국관광 100선에도 선정 된 곳이다. 바쁜 일정으로 카페나 선술집에서 커피나 술을 한 잔씩 앞에 놓고 담소를 나누며 친목의 시간을 갖지 못한 것이 아쉽다. 주차 공간이 좁아 손님께 불편을 준 것 같아 송구함을 느꼈다.

15일이다. 어제는 '수필의 날' 행사를 위한 긴 여행과 본 행사 참가, 저녁 숙소에서 '오늘의 한국수필'에 대한 토론까지 빡빡한 일정이었다. 그럼에도 팔공산의 맑은 아침 공기를 마시기 위해 일찍 일어나 호텔 주위를 산책하는 분이 많았다. 이른 아침 식사를 한 후 나는 5코스 버스에 동승했다. 다섯 대의 버스는 귀가 길의 IC 진입 편의를 감안해 대구 인근의 각각 다른 관광 명소로 출발했다.

손님들께는 '육신사'도 '디아크'도 낯선 곳이다. 미리 준비한 영양밥 점심 도시락을 챙긴 후 팔공IC, 도동JC, 왜관IC, 왜관 공단 삼거리, 금산교차로를 거쳐 1시간 30여 분만에 달서군 하빈면 묘리 육신사에 도착했다. 묘리는 묘골이라고 불리기도 한다. 이 마을은 사육신死六臣의 한 분이신 취금헌 박팽년朴彭年의 후손이 모여 사는 순천 박 씨 집성촌이다. 마을 가운데로 곧게 난 길을 따라 올라가니 사당 정문인 외삼문이 나온다. 관광해설사의 안내를 받으며 육신사 안으로 들어선 손님들은 각 면마다 사육신의 행적을 명기한 '육

선생사적비'의 기록을 읽는다. 그 모습이 조선조 '단종' 때 사육신의 불사이군不事二君 정신을 쫓는 듯했다.

관광해설사가 손님들을 보물 제554호 '태고정'으로 안내한다. 일명 '일시루'라고도 불리는 정자에는 정면에 '태고정太古亭'과 '일시루一是樓'란 두 개의 현판이 나란히 걸려 있다. 정면 4칸 측면 2칸으로 오른쪽은 팔작지붕, 왼쪽은 맞배지붕에 부섭지붕(서까래의 윗머리를 다른 벽에 지지시켜 달아낸 지붕)으로 정자 건물로는 보기 드문 구조다. 손님들이 설명에 관심을 가지며 귀를 기울이니 신이 난 해설사의 설명이 길다. 숭정사는 문이 잠겨 참배를 못하고, 숭절당과 사육신기념관은 바쁜 일정에 쫓겨 설명은 생략한 체 건물과 전시물만 대략 관람하는 아쉬움을 남겼다.

다시 버스는 30여 분을 달려 경상북도 고령군 다산면과 대구광역시 달성군 다사읍 사이의 낙동강을 막아 만든 강정고령보에 도착했다. 가야토기를 형상화한 탄주대, 톱니바퀴 형상의 낙락섬, 12계단 12색 조명의 물풍금 등 화려한 경관으로 '대구 12경'에 선정된 보를 시간이 없어 직접 걸어보지 못하고 '디아크'에서 조망할 수밖에 없었다.

큰 배처럼 보이는 '디아크'는 강정고령보와 낙동강 그리고 금호강을 조망할 수 있다. 멀리서 바라볼 때 강물 위로 돌을 던질 때 만들어지는 물수제비 모양과 물고기가 물 위로 뛰어오를 때의 곡선, 그리고 도자기 모양의 우아한 선이 연상되는 '강 문화관'이다. 1층 전시실에는 헤아릴 수 없을 정도로 많은 푸른색의 사람들이 인사하는 형상을 취하고 있다. 무엇을 뜻하느냐는 손님들의 물음에 대답을 할 수 없어 미안했다. 전망대 꼭대기까지 계단을 따라 오른다. 물을 주제로 한 '생명의 순환'과 '변화의 강'을 상징적으로 나타낸다고 안내 되어 있으나, 나는 지식 짧아 자세히 설명할 수가 없었다. 그래도 다행스러운 것이 맨 위층에서의 바라보는 강정고령보의 거대한 모습, 낙동강과 금호강의 합류지점에 형성된 달성습지, 그리고 강 하류에 멀리 보이는 화원동산, 고령 다사 쪽의 들녘을 바라보는 손님들의 작은 탄성을 들을 수 있었다.

점심시간이다. 잔디밭에 삼삼오오 모여 앉아 준비해 온 도시락으로 식사를 했다. '금강산도 식후경'이라 했던가. 손님들의 얼굴에 생기가 돈다. 음식을 먹은 후 뒷정리가 깨끗하다. 수필가들은 인성이 바르고 착해야 한다는 자질 검정이라도 받은 듯하다. 자유로움과 열정, 설렘과 기쁨이 있는 '수필의 날' 행사다. 20분쯤 후면 이별이다. 버스 안에서 가까이 앉은 몇 분과 명함을 교환하고 성서IC 진입로에서 하차했다. 값진 만남이고 행복한 이별이다.

전상준

『문예한국』신인상(수필) 등단. 한국문인협회 회원, 대구문인협회 총무이사 역임, 영남수필문학회 회장, 국제펜대구지역위원회 이사, 대구수필가협회 부회장, 일일문학회 부회장, 대구수필문예회 고문, 회장 역임. 대구수필문예대학 강사. 대구광역시립두류도서관 수필창작, 자서전쓰기 강사. 저서: 수필집 『행복한 삶 아름다운 삶』『행복한 삶 즐거운 삶』『행복한 삶 지혜로운 삶』. e-mail : j55779@hanmail.net

수필은 언제나 옳다

전수림

　　제17회 수필의 날. 전국의 수필인들이 대구로 대거 몰려들었다. 대형버스 5대가 서울에서 출발하고 지방에서 개별적으로 참여하는 수필인들이 1년에 한 번씩 친교를 갖고 축제 같은 장을 펼치는 날이다. 무대에 설치된 "대구문화예술, 수필의 중심에 서다"란 플랜카드가 행사의 시작을 알리면서 가슴에서 뭔가가 끓어오르는 뜨거움을 느낀다. 매년 치러지는 행사지만 늘 새롭게 다가온다.

　　모든 공식행사를 끝낸 다음 날은 각자 타고 온 버스별로 문학기행이 이루어졌다. 내가 탄 차는 인흥원 남평 문씨 세거지, 마비정 벽화마을 등을 방문하는 코스다. 1840년경 문익점 선생의 18세손 문경호(1812-1874)가 이 마을에 터를 잡으면서 지어졌다는 남평 문씨 세거지는 토담과 기와집이 한몫했다. 주차장 옆에는 고려말 문익점 선생이 처음 들여왔다는 목화가 심겨져 있고, 토담으로 둘러싸인 부지 안에는 70여 채의 전통 기와집이 들어서 있다. 그 안에는 문중의 책을 모아놓은 인수문고仁壽文庫와 중곡서고中谷書庫가 있다.

일제 암흑기에는 문영박(독립운동가) 선생이 문중문고에 만권당에 전적을 수집하고 광거당은 사립도서관이자 강론하던 학교였다고 한다. 공부와 모임을 갖는 곳이라 소리 내면 안 될 것 같은 고즈넉함이 배어있다. 안을 들여다보니 나라 걱정을 하며 격렬하게 토론하는 소리가 곳곳에 배어있는 느낌도 들었다. 함께 숨 쉰다는 것이 이런 것인가 보다. 역사를 들여다보자면 이렇게 보존되고 있는 것은 오랜 세월에 걸쳐 가문을 이루어놓은 선조와 후손들의 노고가 아닐까.

대구의 또 다른 곳. 비슬산 자락에 자리 잡고 있는 아늑한 마비정 벽화마을이다. 인흥원 남평 문씨 세거지의 토담이 인상적이라면 마비정 마을은 꼬불거리는 고샅길을 느리게 걷고 싶은 풍경 끝에 만나는 아담한 마을이다. 이 마을을 벽화마을로 만들어 보자는 발상은 많은 사람들을 마을로 끌어들이는 여행지로 만들었다.

입구부터 시선을 확 잡아끄는 담장의 벽화는 6, 70년대의 모습이다. 어느 새 어린 시절의 추억 속으로 빠져들게 한다. 교복을 입고 삐딱하게 쓴 모자, 책가방을 옆구리에 낀 익살스러운 표정과 난로 위의 도시락, 쟁기와 둘둘만 멍석을 담장에 걸어놓은 그림과 배꼽을 내놓은 소년이 소의 고삐를 잡고 씨름하는 장면, 담 너머로 집안을 훔쳐보아도 좋고, 꼭대기에 국내 최고령 옻나무와 대나무 터널 길을 돌아 나오다 식혜 한 사발 벌컥거리면 더 좋은 곳이다.

골목을 느긋하게 어슬렁거리다보면 전부치는 냄새, 밥 짓는 냄새도 난다.

마당에 평상과 있으나마나한 싸리문 옆에 나물과 도토리묵 등 무공해 먹거리들이 작은 바구니에 담겨 팔리고 있다. 추억여행 온 사람들도 좋고 주민도 좋은 일이다. 산골짜기에서 무슨 수입을 올릴 수 있었겠는가. 지금은 언제 적인가 싶을 만큼, 못 먹고 못살던 시절을 해학적으로 그려낸 벽화를 보면서 행복했다.

　　역사를 마음에 담는 것도, 그 마음 깊은 곳에 묵직하게 가라앉아 있는 감성을 건드려주는 것도, 그 아름다움을 표현하는 일 모두 글 쓰는 이들의 몫이 아닐까. 가장 쉽게 누구나의 마음속으로 들어갈 수 있는 수필은 그래서 언제나 옳다. 모두 보는 시선과 느낌이 달랐으리라. 수필의 날 행사는 수필인이 빛나는 가장 큰 행사이고 의미이다.

전수림

『예술세계』 신인상 등단. 한국수필가협회 감사, 한국문협 동인지 문학연구위원, 리더스에세이 발행인, 미래수필문학회, 구리문협이사. 수상: 한국수필문학상, 인상기행수필 문학상, 후정문학상, 리더스에세이 문학상. 저서: 수필집 『비오는 날 세차하는 여자』 『아직도 거부할 수 없는 남자』 『엄마를 사고 싶다』 『떠남』 외 다수. e-mail: soolim724@hanmail.net

가도 대구, 안가도 대구, 하지만 가면 행복한 대구   전영구

　　무거워진 눈꺼풀은 시야를 방해하기에 충분하다. 이른 새벽, 목적은 분명하지만 가본 경험이 없는 도시로의 여정은 설렘과 약간의 호기심까지 섞여 조금은 얼떨떨한 기분이다. 여행의 첫 걸음은 가벼운 마음가짐이다. 도착해서의 행보는 접어두고 일단 힘차게 엑셀에 힘을 가한다. 시속 100km를 넘나드는 쾌속한 주행, 스치듯 지나가는 익숙한 풍경들이 스크린처럼 눈앞에 펼쳐진다. 어둠이 채 가시지 않은 도로는 차량들의 엔진음으로 시끄럽기는 하지만 한편 생동감이 넘치기도 하다. 시간이 지나 하품이 한두 번 노크를 하면 휴게소에 들러 우동 한 그릇 하는 것도 내 여행의 오랜 관례이며 작은 기쁨이다. 유부를 곁들인 면발에 뜨끈한 국물, 시큼하게 씹히는 단무지의 맛은 양 볼에 침을 고이게 한다. 만족한 식사 후 음료를 들고 벤치에 앉아 오가는 이들의 살피는 것도 소소한 재미 중에 재미다. 벌써 피곤이 범벅이 된 얼굴이 되어 지나가는 사람이 있는가 하면, 무슨 얘기를 주고받는지 연신 깔깔대는 수다를 떠는 중년소녀들의 웃음이 피로를 씻어준다. 앞으로도 두 시간여 달려야 한다. 다시 운전석에 앉아 시동을 켠다.

　　대구는 팔공산 갓바위가 대표적인 볼거리로 알려진 도시지만 최근에는 각종 매스컴을 통해 맛집이 소개되면서 맛집 투어 관광지로 재조명되고 있는 도시이기도 하다. 머릿속에 펼쳐져있는 볼거리는 잠시 미뤄주고 맛을 찾아 핸들을 힘차게 돌렸다.

　방산시장. 이곳은 대구에서 오랜 전부터 젊은이들의 사랑을 한 몸에 받고 있는 곳이다. 젊은 나이로 요절한 인기가수 김광석의 거리가 인접한 곳이기 때문이다. 일단은 서둘러 주차를 하고 닭요리로 유명하다는 식당에 들렀다. 닭 매운탕과 닭 불고기가 주 메뉴인 이곳은 깔끔한 실내와 맛을 자랑하고 있었다. 닭 매운탕은 기존의 닭볶음탕과 비슷하지만 닭 불고기는 닭고기와 소갈비가 양념 속에 잘 어우러져 내 입맛에 잘 맞았다. 혀끝으로 파고드는 매콤함은 평소 내 입에 거슬리는 맛이지만 여행이라는 여유는 입맛에도 너그러움이 넘친다. 퓨전메뉴로 유명해진 이 식당 안에는 이십대로 보이는 커플들이 주 고객인지라 중년인 나로서는 조금은 쑥스러웠지만 개의치 않고 맛있게 먹고 인증샷 또한 잊지 않고 남겼다. 매콤한 맛이 입안을 맴도는 고통을 속으로 숨기며 음식점을 나와 옆 골목으로 접어드니 바로 대구의 명물 골목인 김광석 거리가 펼쳐져 있었다.

　〈사랑했지만〉, 〈서른 즈음에〉 등 주옥같은 명곡을 남기고 어느 날 수많은 팬 곁을 홀연히 떠난 김광석. 그의 이름을 딴 작고 긴 골목에는 나이와 상관없는 다양한 팬들이 그의 동상과 인물사진을 배경으로 사진 찍기에 여념이 없다. 은은하게 들려오는 그의 명곡은 시간이 흘렀어도 따라 부르기에 좋았다. 흥얼거리는 노래조차도 추억을 부르는 거리를 조금 더 걷다 보니 스피

커를 통해 생동감 있는 노래가 유독 크게 들려온다. 가보니 이 지역 가수인 듯 한 젊은 친구가 거의 김광석의 음색을 카피라도 한 듯 애창곡을 부르고 있었다. 듣는 이에 따라 느낌은 다르겠지만 오늘따라 무명가수의 노래는 내 마음속에는 애절하게 들려 왔다. 꽁지머리를 한 나의 외모가 특이했는지, 아님 같은 길을 걷는 예술가로 착각했는지 신청곡이 있느냐고 물어와 평소 즐겨 부르던 〈사랑했지만〉을 신청하고 같이 부르는 영광까지 누리다보니 넋놓고 앉아 시간가는 줄도 모르고 그의 노래에 흠뻑 빠져 있었다. 고마운 마음에 젊은 가수에게 아이스커피 한 잔 건네니 고맙다는 표시로 엄지손을 추켜세워 준다. 돌아오는 내내 나의 뒤통수가 당당해 보긴 오랜만의 일이었다.

대구에 오면 꼭 들려야하는 의무감이 주어지는 곳 중 하나가 팔공산이다. 산 초입으로 가는 길에는 벚꽃이 서서히 져가고 있었지만 내 눈엔 왠지 풍성하고 화려하게 보이는 건 여행객의 마음이리라. 길지 않은 줄을 서서 팔공산 케이블카에 탑승했다. 대구의 전경이 보이는 탁 트인 시야가 조금 남아있던 피로의 찌꺼기를 다 날려주었다. 롤러코스트를 타는 기분으로 허공에서의 스릴을 즐기다보니 산 중턱 종점에 도착했다. 많은 이들이 빈대떡에 동동주 한잔을 하며 나름대로의 즐거움을 찾는 모습들이 정겹다. 야간전경이 더 아름답다고 하지만 지금에 만족할 수 있는 여유는 여행객이 가져야할 필수덕목이라고 스스로를 다독여 본다. 소원바위 앞에서 동전을 바위에 붙이는 사람, 위험해 보이기는 하지만 바위 위에 서서 산의 정기를 마시는 사람, 즐기는 방법은 제각각 다르지만 그들 또한 나처럼 힐링을 위한 몸부림이리라 생각하니 동질감이 느껴졌다.

출출할 시간이 되어 찾은 우동에 불고기로 유명하다는 맛집은 6시인데도 자리가 만석이었다. 숯불향이 배인 양념 고기 살에 우동국물은 누구의 아이디어인지는 모르겠지만 신의 한수가 아닌가 싶다. 어울리지 않을 듯하며 서로를 감싸는 감칠맛은 맛집으로 소문나기에 충분했다. 거기에 천하의 명주 소주까지 곁들이니 '錦上에 添花라는 말이 여기에 맞는 명언이다.' 라고 할 정도로 만족감을 준다. 배도 든든하고 기분도 업 되었으니 내친김에 대구의 젊은이 거리로 유명한 동성로로 향했다. 여기도 역시 젊음의 열기가 넘쳐흐르고 있었다. 나이도 잊고 길거리마다 흐르는 음악에 그루브를 주며 걸으니 이삼십 년은 젊어지는 느낌이다. 흥분된 기분을 주체할 길이 없어 주책스럽지만 힙합 모자도 하나 사서 걸치니 영락없이 철없는 중년 같아 보여 웃음이 났다. 몸은 피곤하지만 마음은 떠다니는 것 같아 만족스럽게 잠자리에 들 수 있었다.

다음 날, 여행의 패턴을 바꿔 찾은 동화사는 1,500여 년의 역사를 자랑하는 큰 사찰이다. 세계최대의 석불인 약사여래대불과 많은 보물, 그리고 문화재를 소유했으며 동 아시아 10대 관광지로 지정될 만큼 우리나라 대표 사찰이기도 하다. 꽃잎이 날리다 기와 위에 사뿐히 내려앉아 구르는 그림 같은 모습을 바라보고 있으니 어제의 화려하기까지 했던 흥분감은 온데간데 없고, 그저 초라한 중생 하나 세상에 덩그런히 내 동댕이쳐진 듯하다. 경내를 걷고 있는 스님의 하이얀 고무신 뒷굽에서 솔솔 피어오르는 먼지조차도 고결해 보이는 느낌, 종교를 떠나 쉼이 있는 여유를 만끽하고 있으니 삶의 에너지는 얻는 게 아니라 스스로 찾아 충전해야 그 용량이 오래가는 것 같다는 기분이 새삼 머릿속에 맴돈다. 하루는 젊음의 거리에서 에너지를 마음껏 발산하고 또 하루는 고즈넉한 산사에서 이렇게 평온의 미학을 느끼려 하니 여행이 주는 묘미의 한계를 작은 인간으로서는 도저히 범접할 수 없음을 깨달은 하루였다.

여행의 즐거움은 자신의 몫이다. 어떤 곳을, 어떤 마음으로 바라보고 느끼느냐에 따라 상쾌함의 척도가 달라지기 때문이다. 자신의 답답한 속내를 털어버리고 기쁨만이 가득 찬 기운만 받기를 바란다면 그건 욕심일 뿐이다. 다른 기운을 충전한다는 것이 쉬운 일도 아니 하루 이틀만에 되는 것도 아니기 때문이다. 하지만 출발부터 긍정적인 생각을 가득 채우고 첫발을 내 딛는다면 여행은 우리가 지출한 비용보다 그 이상의 만족을 돌려 줄 것이다.

가도, 안가도 그만인 것 같이 그저 그런 도시쯤으로 여겼던 대구가 나에게 준 선물은 어디든 무엇이든 자신 먼저 비우고 들여다보라는 것이다. 갈 때의 무덤덤이 더 머무를 걸 하는 아쉬움으로 바뀌게 하는 매력으로 채워 주기 때문이다. 의외의 여행 기쁨을 건네준 도시 대구. 이제는 꼭 다시 가봐야 할 도시로 각인되어 가고 있다. 한번은 꼭 가보라는 권유를 하고 싶을 정도이다.

전영구

충남 아산 출생. 2003년 『문학시대』 시 부문 신인상 당선, 2013년 『월간문학』 수필 부문 신인상 당선 등단. 한국문인협회 감사. 국제PEN클럽 한국본부, 한국수필가협회, 가톨릭문인회, 문학의집 · 서울, 대표에세이 회원, 경기시인협회 이사, 수원시인협회 부회장, 동남문학회 고문, 문파문인협회 기획실장. 수상: 제2회 동남문학상, 제2회 문파문학상. 저서 : 시집 『뇌요』 외 4권, 수필집 『뒤 돌아보면』

대구와 '수필의 날'

정목일 ●

  2017년 제17회 '수필의 날' 기념식이 대구문화예술관에서 개최되었다. '수필의 날' 제정과 시행에 대해 잘 모르는 수필가들이 있을 것임으로 먼저 이 행사의 개최 의의와 전개 방향에 대해 소견을 말하고자 한다.

 2006년 당시 한국문인협회 수필분과회장직에 있으면서 수필문학의 진흥과 발전을 위하여 원로 수필가들의 의견을 받들어 '수필의 날'을 제정하고, 수필문학을 바람직하게 전개해 나가는 기폭제로 '수필의 날 행사'를 해마다 개최하기로 하였다. 1년 6개월의 준비 과정을 거쳐서 2006년 16일 오후 2시 서울 대학로 흥사단에서 대외적 행사로는 처음으로 '수필의 날'을 알리는 제1회 수필의 날 기념식을 가졌다. 이 날 기념식에서 윤재천 수필가가 '수필의 날' 제정 취지와 함께 '수필의 날 선언문'을 낭독하였고, 임헌영 문학평론가의 '수필문학의 진로모색'이란 주제의 특강을 했다.

 어느새 대구에서 금년 17회째 '수필의 날' 기념식을 갖게 되어, 수필 원로들의 뜻을 받들어 처음으로 행사를 시작했던 사람으로 뿌듯한 감회를 느끼지 않을 수 없다. 대구에서 수필의 날 행사를 한 것은 두 번째이다. 어느 곳보다 수필가들과 수필 애호가가 많은 지역이기 때문일 것이다. 우리나라에서 유일하게 '한국수필문학관'이 있고, 정예 수필가들이 많은 곳이기 때문이다. 이 지역 '매일신문'은 신춘문예를 통해 해마다 정예 수필가를 배출해 내고 있다. 어느 지역보다도 수필에 대한 관심도가 높을 뿐 아니라, 좋은 수필을 전개하고 진흥시키려는 기운이 높다. '수필도시' 같은 생각이 들 때가 있다.

대구는 수필만이 아닌 문학사에 남을 시인, 소설가도 배출한 문향이다. 우리나라에서 수필동인회 활동이 제일 먼저 시작된 곳이 대구와 부산이었다. 6·25전쟁으로 피난 온 문인들이 모여 든 곳이 대구와 부산일 수밖에 없었다. '수필의 날' 행사가 대구에서 두 번이나 개최될 수 있었던 배경도 수필인구가 뒷받침이었음을 말해준다. 영남수필가협회, 대구수필가협회 등 수필단체가 있어서 어느 지역 보다 앞서 나가는 수필의 길을 보여주고 있다.

전국의 수필가들이 참여하는 '수필의 날' 행사가 두 번에 걸쳐 대구에서 개최된 것을 보면서 어느새 수필의 고향 같은 느낌마저 든다. '대구'라는 도시가 품고 있는 문학혼을 느낄 수 있어서 참석자들에게도 좋은 인상을 보여 주었다.

대구는 6·25전쟁에도 피해를 입지 않은 곳이다. 전통 거리와 유서 깊은 문화지역이 고스란히 남아있어서 관광객들에게 깊은 감흥을 갖게 한다. 근대문화거리로 가면 계산성당과 3·1운동 길이 보인다. 우리나라 근대문화사의 한 장면 속에서 문득 당시에 살았던 사람들과 불현듯 조우할 듯 싶은 감회에 빠지게 한다. '계산성당'은 1899년 목조로 지어졌으나 화재로 소실된 후, 외국에서 스테인드 글라스 등 재료를 들여와 1902년에 완성한 성당이라 한다. 대구 남구에 있는 대명공연문화거리는 각종 크고 작은 전시회들이 열리는 미술관, 화랑들이 늘어 서 있고, 길가에도 설치미술이나 조각 작품들이 전시돼 있다. 영남의 대표적인 문화도시임을 말해주고 있다.

수필행사에 참석한 수필가들이기에 오랫 동안 시간을 보내며 감상을 즐길 수 없어서 다시 한 번 찾아보리라는 생각을 지닌 채 돌아갈 수밖에 없는 노릇이다. 문화유산과 전통을 이어오면서, 새로운 모습의 현대 문화가 조화를 이루는 도시임을 느끼게 했다. 이번 '수필의 날' 행사로 대구에 온 수필가들은 이 도시의 영혼을 어떻게 수필로 드러낼 것인지 궁금하기만 하다.

정목일

1975년『월간문학』수필 등단, 1976년『현대문학』수필 천료. 한국수필가협회이사장, 한국문인협회 부이사장. 연세대학미래교육원 수필 지도교수, 롯데백화점 본점 수필 지도교수, 한국문인협회 수필교실 지도교수. 수상 : 한국문학상, 조경희문학상, 원종린문학상, 흑구문학상, 남촌수필문학상 등. 저서 : 수필『남강부근의 겨울나무』『한국의 영혼』『별이 되어 풀꽃이 되어』『달빛고요』등 20여 권. e-mail : namuhae@hanmail.net

김광석 거리

곽재우 동상

이상화 동상

달구벌에 핀 수필의 꽃

청암 정일상 ●

　　수필문학의 르네상스시대가 열리고 있다. 현재 우리나라에 서울을 비롯해 전국 방방곡곡에 수필동호회와 수필문학의 단체가 그 수를 헤아릴 수 없을 만큼 많다. 지난 4월 14~15일 한국문인협회 수필동호인들이 대구 달구벌에서 제17회 "수필의 날, 수필의 역사를 짓다"란 주제 하에 기념식이 열렸다. 그곳에 나도 다녀왔는데 참으로 기억에 남는 것들이 많았다.

　　나는 문인으로서 모든 장르의 글을 다 쓰고 있다. 그 모든 문학 중에서도 수필은 문학의 꽃이라는 말을 이번 수필의 날 행사 중 수 없이 많이 들은 단어처럼 나도 글을 쓰되 주로 수필을 많이 쓴다.

　　수필의 날 행사의 첫 날 밤에는 대구야경을 내려다 볼 수 있는 팔공산 정상쯤에 위치한 '팔공산 유스호스텔'에서 유숙留宿했다. 이곳은 '갓바위'로 더 잘 알려진 곳으로 해발 850m 관봉정상에 거대한 돌을 깎아 만든 석불로서 머리 위에 평평한 바위가 올려져 있다고 해서 유명하며 작년에 이곳을 방문해 구경한 적이 있으나 이번 여행에서는 시간을 낼 수 없어 아쉬움이 남기기도 했다.

하룻밤을 네 사람이 한방을 써서 함께 유숙했는데 그 룸메이트들은 모두 수필을 쓰는 문인들이어서 토론을 벌여 수필이란 어떤 점에서 유익하고 수필이란 장르의 뜻에 대해 많은 이야기를 나눌 수 있는 귀한 시간을 가졌었다. 참으로 유익하고 소중한 시간들이었다. 그래서 그 시간대에 나는 다음과 같은 수필에 대해 소견을 피력할 수 있었다.

즉, 수필은 자기의 신변잡기를 글로 쓸 때엔 내밀한 개인의 고뇌나 취약점들을 숨김없이 이야기하는데서 오는 글이라는 점에서 그 매력을 느낀다. 그래서 수필이란 글 읽기를 통한 즐거움과 쓰기란 참으로 수필 장르만의 매력이라는 의미에서 어떤 글보다는 수필을 주로 많이 접하고 있고, 치밀하고 짜임새 있는 유기체적 결을 찾아 빼어난 창작이란 점에서 이 장르의 글쓰기를 특히 좋아한다고 말했다.

수필은 자기스스로 체험한 일들을 다루어 쓰는 생활적인 글이라는 점에서 쓰기를 좋아하고, 특히 수필은 바로 리얼한 자신의 삶과 현실체험을 주로 다루는 장르의 문학이란 점에서 좋아한다고 강조했다. 또한 수필은 쓴 사람의 심경을 리얼하게 드려내는 고백적인 글이고, 나처럼 나이든 사람의 완숙한 사색적인 얼을 관조觀照할 수 있는 산문이며, 철학을 담고 있으면서 수필은 생활문학이란 점에서 좋아한다고 말했다. 다시 말해서 물감으로 스스로 그린 그림에 물감을 칠하는 예술적 감각이 필요해 특히 좋아한다고 이야기 해 한방을 쓰는 수필동호인의 공감을 얻기도 했다. 그렇다. 얼기설기 그린 그림에 자기의 감각에 맞는 색칠을 입혀 완성하는 그림과 같은 수필이란 글이기 때문이다.

한 가지 특기할 것은 둘째 날 '한국수필문학관'을 방문한 것이다. 이 문학관은 대구에 건립되어 대구의 수필문학회에서 운영하고 있다. 이 수필문학관을 통해 발행된 수필관련 책들은 물론이거니와 전국 방방곡곡에서 발행된 수필관련 책들의 수집과 보전, 수필관련 전문서적들의 보전과 전시, 그리고 관련 전문 출판까지 그 기능을 다하고 있다. 또한 수필과 관련된 강학講學의 역할까지 담당하고 있다.

이 모든 것을 대구의 수필문학회에서 담당하면서 모든 경비까지 모아 운영하고 있었는데 달구벌에서 수필의 꽃을 피우고 있었다. 참으로 위대한 수필의 꽃을 피운 쾌거로 여겨진다. 이곳에는 작년에 이어 두 번째로 방문했는데, 서울에서도 수필문학관을 건립운영하려 하지만 자금조달이 여의치 않아 아직 그 건립을 미루고 있는 실정이라는 수필문학회회장의 설명을 들은 바 있다. 서울지구의 회원들 모두 아쉬움을 느끼고 있다.

특히 이번 대구에서의 특기사항으로써 묘골마을의 육신사六臣祠를 탐방했는데 계유정난癸酉靖難의 주인공인 사육신死六臣 박팽년朴彭年을 모시면서 모든 사육신의 위패를 함께 모셔두고 매년 제사를 지내고 있는 사실史實을 보고서 우리 조상들의 기개氣槪를 다시 한 번 느낄 수 있었다. 사육신을 봉안한 사당인 육신사六臣祠에 들어서면 육각비가 자리하고 있었는데 각 면마다 사육신의 행적이 명기銘記되어 있어 매우 주의 깊게 몇 분의 행적을 읽어 볼 수 있었다. 특히 이곳의 주인공인 박팽년 공의 자기 자신은 물론이요 온 가문이

멸문의 화禍를 당하면서도 절의節義를 굽히지 않았던 불사이군不事二君정신을 이어받아 혼탁하고 나만 살아가면 그만이라는 불의不義에 물든 사람들이 오늘을 살아가는 하나의 정신적 지침과 귀감으로 삼았으면 했다.

유교儒敎와 성현聖賢들의 가르침을 배우고 제사를 모시는 곳인 대구향교大邱鄕校를 방분한 일도 깊이 인상에 남는다. 웬만한 도시나 읍 단위에도 향교들이 있어 성현의 가르침을 배우는 지방교육기관으로 자리매김했던 우리 민족의 역사와 함께했던 향교가 이곳에서도 그 규모나 위용이 대단함을 볼 수 있었다. 향교와 유교하면 원래 안동安東과 대구大邱와 진주晋州와 함양咸陽이었다. 좌안동左安東 우함양右咸陽이란 말같이 유교문화를 꽃을 피운 곳인 낙동강을 중심으로 한 대구와 안동지방을 左安東이라 했고, 그 우측인 함양咸陽과 진주晋州지방을 右咸陽이라 했었다. 지금도 2,500년 전 공자의 가르침과 성현들의 가르침을 읊조리는 유생儒生들의 "당신은 평생 무엇을 위해 살 것인가, 그리고 당신은 평생 어떻게 하며 살 것인가"라고 사람의 도리를 가르치고 배우던 그 옛날 선조들의 목소리와 학문에의 열정들의 숨결이 들려오는 것 같았다.

마지막 탐방의 코스로서 "물이 여는 미래, 물로 나누는 행복"이란 슬로건을 내걸고 올바른 물의 순환관리와 지속 가능한 물 관리와 모든 생명의 원천을 제공하는 물 관리의 낙동강 안동지역 다기능보를 관람했다. 물의 소중함과 물의 철학을 담은 실체를 접할 수 있었던 소중함도 맛볼 수 있어 좋았다.

하여간 이번 제17회 수필의 날을 맞아 대구지역의 한국전쟁문화흔적과 불교성지는 물론이고 천주교 성지와 김광석 밤거리의 탐방과 대구문학관을 비롯해 청라언덕 등 대구시가 자랑하는 역사의 현장을 둘러보고 문학적 견문을 넓혔음은 큰 수확이었고 우리 문인의 감성을 깨워내게 한 유익한 시간들이었다. 그리고 수필의 날 행사가 17회에 걸쳐 시행됨으로써 전국에서 참여한 낯익은 문인들과 작품과 이름만으로 기억했던 문인들을 직접 만나는 반갑고 정겨운 친교의 장이 되기도 해 매우 감동적인 시간들이었다.

靑岩 정일상

재정경제부(전경제기획원) 근무. 배화여자대학교 · 성균관대학교 교수. (사)한국문인협회 회원, 남북문화교류위원, 계간지 『보리피리』 발행인, 한맥문학회, 신문예문학회, 불교문학회 등 참여, 2013년 서울스포츠신문 이노베이션 대상 수상, 동아일보 글로벌리더 문학부문 대상수상, 나라사랑 국가보훈문학상 최우수상 수상, 신문예문학상, 허균 · 허난설헌문학상, 매월당문학상, 불교문학상 외 다수

아! 그날, 수필문학 대구행사는 다양했고 좀 특별했습니다. 이런 저런 형식적 행사는 차치하고, 수필가들에 대한 프로그램이 그랬습니다. 매우 인상적이었고 융숭했습니다. 왜냐면, 예년의 수필행사 때와 달리, 차별화된 점입니다. 대구문화예술회관에서의 공식적 행사를 마친 후, 각 차에 배당된 대구수필가들의 활약을 꼽을 수 있었습니다. 특히 5호차를 맡은 선생님께서 풀어낸 이야기들은 인터넷 뒤지면 누구나 접할 수 있는 흔한 대구홍보가 아니었습니다. 대구에 대한 준비물이 출중했습니다. 흔하게 접할 수 없는 내용이어서 대구라는 지역에 귀를 기울이게 되었습니다.

역시나 수필문학의 백미는 여행인데요, 대구수필문학관 여정은 뜨거운 정서를 솟구치게 했습니다, 대한민국에서의 유일무이한 '수필문학관', 거기에 발이 닿는 순간, 한 평생 오로지 수필에만 기대어 살아온 점이 뿌듯했습니다. 저 자신의 자존감이 살아서 숨 쉬는 공간으로 여겨졌습니다만, 어디 저만 그러했겠습니까. 모든 수필가들 사색도 저와 비슷하였으리라는 예측은 해도 해도 넘치지 않을 것입니다.

차갑수
255

대구수필문학관 전경을 잠깐 말씀드리면, 한 쪽 벽면에 원고지 네모칸 인테리어가 있었습니다. 거기에 서서 수필가 한 분 한 분이 기념사진을 찍었던 기억은 돌아볼수록 즐거움입니다. 육필원고 쓰던 옛날을 다시 불러오는 감흥, 그것이었습니다. 지금 돌이켜보니 그 또한 풍성한 추억으로 새롭습니다. 그 원고 속에 자신의 온몸을 담아 한 분 한 분이 웃지 않은 사람이 없었습니다. 수필가들 웃는 얼굴풍경은 그야말로 수필문학기행의 최고점을 찍는 장면이었습니다. 백미 중 백미였습니다. 다시 몸으로 쓰는 수필 같았구요, 옛날은 누구나에게 그리움이니까요.

기계로 글자를 쓰는 첨단시대에 손의 온도를 기억하게 한 대구수필문학관 정경은 '수필 터줏대감'으로 인증, 수필로 감성을 채우기로 충분했습니다.

차갑수

한국문인협회, 동서문학회, 한국예총 예술작가회, 과천문학문학회 회원. 경인지방우정청 편지쓰기 지도, 국사편찬위원회 사료관 고서정리 봉사. 저서: 『안으로 거느린 행복』 『지천명, 발가벗은 동심』 『MIT 공대로 보내기까지』 『비움과 이룸 그리고 상위 1%의 기적』 『MIT 공대로 보내기까지, 그후』

오랜 만에 대구에 발을 딛고 보니 지난 일들이 굴뚝의 연기처럼 솔솔 피어오른다. 부산에서 살던 어린 시절에 들은 바로는 사과가 많이 나고 여자들이 모두 예쁘다는 것이다. 사과밭 구경도 하고 여자들이 얼마나 예쁜지를 보고 싶어 언제쯤 꼭 가보아야지라는 생각을 갖게 되었다. 서울로 이사를 하고서 어느덧 고등학교를 졸업할 무렵 4·19데모에 참여한 후 군에 자원입대를 했다. 1961년 1월 초 육군이등병으로 부대배치를 받기 위해 영천에 있다는 병기탄약사령부를 찾아 가려고 일단 대구역에 첫발을 디뎠다. 동기생과 같이 일찍 들어가면 사역이나 할 터이니 대구에서 재미있게 놀다가 저녁때쯤 영천 행 버스를 타기로 했다.

대구의 겨울 날씨도 서울에 못지않게 혹독했다. 우선 점심을 든든하게 먹어야겠기에 대구의 토속음식으로 유명하다는 '따로국밥집'을 찾았다. 사람들이 많은 걸 보아 음식 맛이 괜찮겠다 싶어 국밥을 시켜 먹었는데 얼마나 뜨겁고 매운지 숨이 막힐 지경이었다. 일본에서 자라다 나온 탓에 매운 것을 잘 못 먹는 체질이라 맵고 뜨거운 것에 속이 확 뒤집어는 것 같아 찬물을 연신 들이키다 설사가 나기 시작했다. 그래도 억지로 참으면서 시내를 구경하다 찰떡을 한 봉지씩 사들고 〈무기여 잘있거라〉라는 영화를 제일극장인가 하는 데서 관람했다. 떡 한 봉지를 물도 마시지 않고 다 먹은 게 설사와 겹쳐 연방 뒷간을 찾아다니게 됐다.

짧은 겨울해가 지면서 추위가 엄습했다. 속에서는 냄새가 고약한 신트름이 계속 나오고 온몸이 오들오들 떨리는 상태로 난생처음 영천 행 버스를 탔다. 지옥으로 들어가는 게 이럴까 싶을 정도의 심신으로 읍내 외각에 있는 부대를 찾아들어갔다. 일찍 들어오지 않고 왜 이렇게 늦었느냐고 다그치며 빤질한 서울내기 이등병 두 놈이 왔다고 하면서 대하는 태도가 저승사자 같았다. 대구에서 놀다 왔다는 말을 숨기고 "먹은 것이 잘못되어 배탈이 나 변소를 찾아다니다가 버스를 놓쳐버려 이렇게 됐습니다" 라고 변명을 하고서 죽은 척하고 있었다.

인사과 병장이 근무할 곳이 먼 곳에 따로 있다며 어디로 가고 싶으냐고 물었다. 영천과 해운대 그리고 성환에 부대가 있어 희망하는 데로 갈 수 있다며 묘한 뉘앙스를 풍겼다. 우리는 서울이 가까운 성환으로 가고 싶다고 했더니 준비된 게 있느냐고 묻는다. 대구에서 있는 대로 다 써버리고 왔으니 어떻게 할 수가 없어 고개를 푹 숙일 수밖에 없었다. 결과는 성환은 고사하고 영천도 아닌 제일 먼 곳, 내 생전에 이름도 모르고 한 번도 가 본적이 없는 남쪽 바다 가에 있는 부대로 보내진다는 것을 알고 속이 아렸다. 추운 밤을 대기 막사에서 겨우 보내고 아침에 군용트럭에 실려 산길과 바다갓길을 한나절이나 달렸다. 점심 쯤 되어서 어느 해변 소나무섬 같은 곳의 미군용 콘센트막사가 많은 곳에 도착했다.

배탈은 가셨지만 이등병의 기구한 운명이 시작되었다. 부대는 해운대 동백섬 앞에 있는 051병기탄약창이었고 우리 이등병 둘은 미군탄약중대에 배속된 551중대원이 되었다. 어차피 겪게 되는 최말단 신병생활이었지만 지옥이 이럴까 싶을 정도로 힘들고 이상한 군대생활이 밤이면 더했다. 지금이야말로 해운대가 천지개벽을 한 것 같지만 그때는 해수욕장도 제대로 되어 있지 않아 을씨년스러운 모양새였고 부대 앞은 바로 바다요 뒤에는 갈대로 지붕을 한 운촌이라는 어촌이 있었다. 부산영도에서 중학시절을 보내면서도 해운대를 전혀 몰랐었다.

열악한 군대생활을 주일마다 철길 건너 해운대교회에 나가면서 극복해냈다. 하지만 미군부대에 배속된 관계로 미군과 카투사로 인하여 자극을 받아 1964년 하사관으로 미8군 카투사가 되었다. 왜관을 거쳐 1965년 가을부터 대구 캠프핸리에서 군대생활을 원도 한도 없이 화려하게 소신껏 하다가 카투사생활이 끝날 무렵 소위로 임관을 했다. 대구가 떠들썩하도록 역사를 장식했지만 한국군 장교로서 역시 전방근무를 마치고 베트남전에 참전했다. 대구와는 무슨 인연인지 1971년 대구 동촌비장으로 들어오는 중요한 군용화물을 접수 관리하는 중책을 맡게 되었다. 산격동에 집을 구해 살면서 대구제일교회에서 주일예배를 드렸다.

그 무렵 손아래 누이동생이 동대구역 앞에서 제법 잘되는 큰 식당을 하고 있었다. 나는 미군들과 대구의 동화사와 김천의 직지사 그리고 부산과 포항까지 달려가 보고 밤이면 향촌동을 나들이 하며 즐겁게 지냈다. 이번 2017년 수필의 날 행사를 통해 대구시내 일부와 특히 달성군 명소를 탐방한 게 감동이었고 유익했다. 대구 근교에 이런 곳이 있는 줄을 그때는 왜 몰랐었지, 라는 생각이 스친다. 아무튼 이등병으로, 카투사 하사관으로, 육군대위로 수놓아진 추억들이 봇물 터지듯이 밀려든다. 행사를 유치해 주고 수발을 들어준 문인들의 호의와 행사장소를 제공해준 대구시 당국과 달성군을 소개해준 분께 깊은 감사를 드린다.

내 꿈을 영글게 해준 대구, 사랑하는 누이동생이 40대에 암으로 투병하다 아들 형제를 남겨두고 잠들어 있다. 그 시절 알고 지냈던 아가씨들은 모두가 파파할머니가 되었을 텐데 어떻게들 지내는지 궁금하다. 내게 많이 살가워지고 싶어 했던 대명동 P양을 대할 면목이 궁색했었지만 이제는 만나 봐도 될 것 같다. 천국에 간 아이들의 엄마가 즐겨 불렀던 "사우"의 청라언덕이 아른거린다.

최건차

『한국수필』 등단. 크리스천문학가협부회장. 수상: 한국수필 신인상. 저서:『진실의 입』.
e-mail: ckc1074@daum.net.

기복신앙은 불교에만 해당되는 것은 아니다. 모든 종교가 기본적으로 기복적인 성격을 갖고 있다. 어떤 통계를 보니 교인이 종교를 믿는 이유가 백분율로 표시되어 있다. 불교신자와 개신교신자의 12%가 복을 받기 위해서 종교를 믿는다고 하였다. 천주교신자의 경우는 5%가 그러하였다. 영원한 삶을 위해 종교를 믿는 사람은 불교신자의 5%, 삶의 의미를 찾기 위한 것이 9% 그리고 마음의 평안을 얻기 위한 것이 73%를 차지하였다. 천주교의 경우에는 12%가 영원한 삶을 위해서, 20%가 삶의 의미를 찾아서 그리고 63%가 마음의 평안을 찾아서 종교를 믿고 있었다. 한편 개신교의 경우에는 16%가 삶의 의미를 찾기 위하여, 26%가 영원한 삶을 위해 그리고 45%가 마음의 평안을 얻기 위한 것이라고 하였다.

기복신앙으로는 불교신자와 개신교신자가 비슷한 측면이 있고 마음의 평안을 얻기 위한 측면에서는 불교신자와 천주교신자가 비슷하다는 점이 흥미롭다. 모든 종교에는 기도의식이 있다. 기도에는 소원이 이루어지기를 바라는 신자들의 간절한 마음이 담겨 있다. 특정 대상에게 소원을 비는 마음과 행동은 종교인에게만 국한된 것은 아니다. 인간은 불완전한 존재이기에 예로부터 완전한 절대자인 신에게 복을 빌어 왔다. 또 앞으로도 과학의 발달과 무관하게 크게 다르지 않을 듯하다. 대구 팔공산 관봉정상 갓바위는 소원을 비는 기도 장소로 유명하다. 갓바위에 소원을 빌면 그 소원이 이루어진다 하여 소원을 빌려는 사람들이 전국에서 모여 든다. 특히 수능을 앞두고 수험생들의 부모가 백일기도를 하는 곳으로도 소문이 나 있다.

내가 대구 팔공산 유스호스텔에 여장을 푼 때는 사월중순 벚꽃이 만발하던 무렵이었다. 제17회 수필의 날 행사가 대구에서 개최된다고 하여 문우일행 틈에 끼어 행사참석차 대구를 방문하게 되었다. 만발한 벚꽃이 바람 따라 흩날리는 서울 예술의 전당 길을 시작으로 가곡 동무생각으로 유명한 청라언덕과 대구문학관 그리고 김광석 거리를 거쳐 대구문화예술회관에서 행사를 하고 숙소에 도착했다. 대구 문인협회 정 이사의 친절하고 자상한 안내를 받으며 내 마음은 이미 다음 날 아침에는 갓바위를 다녀와야겠다는 쪽으로 기울고 있었다.

나는 유스호스텔 별관 3층에 있는 온돌방에서 문우 4명과 합숙하게 되어 있었다. 방이 크지 않아 5명이 겨우 어깨를 붙이지 않고 누울 수 있었다. 팔을 벌리기만 하면 옆 사람의 몸을 치게 되었다. 더욱이 내가 공교롭게 3번째 한가운데서 자게 되었다. 나는 긴장하며 반듯하게 누워 잠을 청하였다. 문우들은 바쁜 일정에 피곤해서 인지 쉽게 잠이 들었지만 나는 행사장에 들어가며 커피를 한잔 마신 탓인지 쉽게 잠이 오지 않았다. 억지로 잠을 청해 눈을 붙이려 할 때 옆에서 드르렁 드르렁 코 고는 소리가 들렸다. 잠시 후 다른 쪽 문우가 또 코를 골기 시작하였다. 좌우양쪽에서 코를 고니 잠을 잘 수가 없었다. 그래도 이를 가는 사람은 없어 잠자리에 누워 있을 수는 있었다. 잠자리에 들며 아침에 갓바위를 다녀오려면 새벽 5시에는 일어나야겠다고 마음먹었다.

갓바위는 팔공산 관모봉 정상에 있는 통일신라시대 약사여래불상이다. 불상의 머리에 마치 갓을 쓴 듯한 넓적한 돌이 얹어져 있어 갓바위라고 부른다. 그에게 소원을 빌면 한 가지는 꼭 들어준다고 알려져 있고 안내판에도 그리 소개되어 있었다. 나도 그 유명한 갓바위도 보고 우리 아이들의 장래와 가정의 행복을 위한 소원을 빌고 싶었다. 그러나 잠을 이룰 수 없어 낮에 보았던 대구문학관의 대구문학아카이브에 소개된 「씨 뿌린 사람들」과 「민족문학의 모색과 이념적 갈등」을 떠올려보았다. 그리고 김광석거리의 벽면에서 보았던 그라피티를 회상하며 이런 생각 저런 생각으로 아침 여섯시 가까이 되어서야 잠자리에서 일어날 수 있었다. 1시간이나 늦게 일어나 갓바위를 다녀오면은 단체행사 일정에 맞출 수가 없었다.

우리 방에서 제일 먼저 일어난 나는 갓바위까지는 못가더라도 산 중턱에 있는 관암사까지 만이라도 올라가기로 마음먹었다. 유스호스텔을 혼자 출발한 나는 갓바위 등산 안내소를 지나 콘크리트 포장도로를 따라 올라갔다. 절까지 가는 등산로는 차가 다닐 정도로 넓게 포장되어 있고 그 옆으로는 인도용인 듯한 계단이 이어져 있었다. 주변 산자락에는 겨울잠에서 깨어난 수목들에 물이 올라 봄기운을 느낄 수 있었다. 생전 처음 대구 팔공산 가파른 등산로를 오르려니 어제 보았던 대구문학관의 전시물과 대구수필문학세미나 주제발표가 연상되었다.

1950년의 한국전쟁으로 대구는 문학의 꽃을 피웠고 전시문단을 형성하였다는 점이 뇌리에서 되살아난 것이다. 전쟁의 상흔과 폐허 속에서 대구문학이 전성기를 맞이하고 대구문단은 생동감이 넘쳤다는 것은 아이러니가 아닐 수 없다. 그러나 인과 관계는 분명하였다. 전쟁직후 우리 군은 북한군에 계속 밀리고 대구지역은 낙동강전선의 요충지가 되었다. 그에 따라 대구는 전숙희, 박인환 등 종군작가단의 활동무대가 되었다. 뿐만 아니라 구상, 오상순, 김팔봉, 조지훈, 마해송, 정비석, 최인욱, 유주현 등 한국문단의 대표적인 작가와 작곡가 김동진, 화가 이중섭 등이 대구에 유입되었기 때문이다.

이들은 『전선문학』 『전선시첩』 등의 전시매체들을 발간하며 시, 소설, 수필, 평전, 문예잡지 등도 활발하게 출판하였다. 출판업계도 동반하여 활기를 띠게 되었던 것이다. 한 가지 의아하게 생각되는 것은 전시문단과 전시매체가 활성화되고 전장의 특수한 지형이 형성되었지만 전쟁문학이라고 하는 장르를 대표하는 걸작은 별로 나타나지 않았다는 사실이다. 나의 과문의 탓도 있으리라 생각하며 그런 생각은 접기로 하였다. 그리고 관암사를 배경으로 셀카를 한 장 찍었다.

관암사는 높은 석축 위에 있었다. 절 입구에는 아치형의 돌다리도 있고 그 안쪽에는 불상이 자리 잡고 있었다. 대웅전 앞마당에는 석탑이 자리 잡고 그 아래 약수터에도 대부분의 사찰과는 달리 불상이 있었다. 전체적으로 사찰은 대중전을 중심으로 ㄷ자 형태로 반듯하게 세워져 있었다. 산에서 내려오는 등산객들은 이곳에 들러 합장을 하고 시주함에 지폐를 넣기도 하며 조심스럽게 산 아래로 내려갔다. 관암사에서 갓바위까지는 2km정도 된다고 하였다.

다른 곳과 달리 홀로 다니는 등산객이 많다는 점이 인상적이었다. 약수를 한잔 떠 마시고 하산하려 하니 아치형 돌다리 안쪽 불상 앞에서 등산복을 입은 여자 한 명이 무릎을 꿇고 합장을 하며 발원하고 있었다. 그 옆에는 물통을 넣은 갈색 등산배낭이 반듯하게 놓여 있고 자주색 운동모자가 배낭 위에 얹혀 있었다. 무엇을 그리 간절하게 비는 것인지 미동도 하지 않았다. 호기심이 발동하여 그가 일어나는 것이 보고 싶어 한참을 주시하였다. 그러나 전혀 일어날 기미를 보이지 않아 나는 시간 관계상 발길을 옮기지 않을 수 없었다.

하산하면서 보니 올라오는 사람들 중에 남자는 별로 없고 여자 등산객들이 대부분이었다. 그들은 또한 혼자였다. 이른 아침 산행하는 등산복 차림의 여인들은 등산보다는 소원을 빌기 위해 갓바위로 향하는 사람들이라는 것을 알게 되었다. 무슨 사연이 있는 사람들이리라. 사연은 남자보다 여자가 더 많은 것인지, 여자가 남자보다 기복문화에 더 익숙한 것이지 궁금하여졌다. 조금 전에 보았던 무릎 꿇고 빌던 여자는 남편의 바람기를 잡아달라고 비는 것인지 아들을 낳게 해달라고 비는 것인지 짐작이 가지 않았다. 어쩌면 남편의 사업이 잘 되게 해달라고 비는 것인지도 모를 일이었다.

근래 기도발이란 말이 유행하는 듯하다. 기도발이 잘 먹힌다는 말도 종종 들을 수 있다. 기도를 하면 응답이 있다는 뜻일 것이다. 팔공산 갓바위는 속된 표현으로 기도발이 잘 먹히는 곳이라는 말이 될 것이다. 팔공산을 등산하며 갓바위를 불과 2km정도 남겨두고 되돌아온 것이 못내 아쉽고 유감스러웠다. 서둘러 숙소로 돌아오니 새벽 5시에 일어나 갓바위까지 올라갔다가 돌아온 여자문우들의 얘기가 들렸다. 마치 무용담을 듣는 듯하였다. 갓바위 여자등산객들은 기도의 전설을 만들어 가고 있었다.

최장호

『한국수필』 등단. 한국생활문학회 부회장, 한국수필작가회 이사, 한국문인협회 회원. (사)젊은농촌살리기운동본부 공동대표, 단국대명예교수. 저서:『캠퍼스의 자화상』 등. e-mail: wkmfam@naver.com

청라언덕 위에

최원현

　　전라도에서 나고 자란 내게 경상도는 아주 멀고 아득한 곳이었다. 아득하다고 하는 것은 손이 미치지 않는 곳이라는 내 나름의 정의이다. 중학교 2학년 때 경주에서 있었던 전국 학생 백일장에 참석하며 처음으로 대전에서 경상도 쪽으로 꺾어 들어가 본 적이 있었고 고등학교 때 역시 경주로 수학여행을 다녀온 것 말고는 나와 경상도는 별 인연이 없었다. 더욱이 대구는 나와 쉽게 인연이 맺어질 것 같지 않았다. 그런데 지금 생각하니 나는 어렸을 때부터 대구를 노래하고 있었다.

　　봄의 교향악이 울려 퍼지는/ 청라언덕 위에 백합필적에/ 나는 흰 나리꽃 향기 맡으며/ 너를 위해 노래 노래 부른다/ 청라언덕과 같은 내 맘에 백합 같은 내 동무야/ 네가 내게서 피어날 적에 모든 슬픔이 사라진다

　　어릴 적엔 이 노래가 좋아 참 많이도 불렀다. 정작 청라언덕이 어디에 있는지도 어떤 곳인지도 생각조차 해보지 않은 채 그냥 노래가 좋아 불렀다. 그런데 나중에 알고 보니 그게 대구에 있는 곳이었고 이제야 이렇게 이곳엘 오게 된 것이다. 어렸을 때 부르던 노래의 장소, 청라언덕과 늦었지만 비로소 만나게 된 것이다.

최원현

267

계산성당 쪽에서 아흔아홉 계단을 오르는 청라언덕, 사람들은 이곳을 대구의 몽마르뜨 언덕이라고 부른단다. 몽마르뜨 언덕이 파리 시가지를 한눈에 내려다 볼 수 있는 곳인 것처럼 이곳도 대구 시내가 잘 내려다보이는 곳이겠거니로만 생각 했다. 그런데 사크레쾨르성당 같은 크고 웅장한 대구제일교회도 서 있었는데 알고 보니 이 교회야말로 우리 교회로 오신 ㅈ목사님이 건축을 하신 그 교회였다. 뿐인가. 몽마르뜨 예술가의 거리만큼 값진 민족혼이 담긴 사진들이 99계단 옆으로 걸려 있고 언덕 위엔 역사적 건물들이 세 채나 자리하고 있었다.

대구 동산동 청라(靑蘿, 푸른 담쟁이)언덕은 '대구 근대로의 언덕 여기는 청라언덕입니다' 라는 안내판이 먼저 맞아주었다. 옛날 조선시대에는 대구읍성 외부의 한 언덕으로 교수형 장소로도 사용되었다지만 지금은 내가 아는 노래 속 청라언덕의 이미지를 살려낼 그런 공간만 먼저 눈에 들어왔다. 아름답고 울창한 숲과 고풍스러움이 느껴지는 건물과 선교사 묘역은 이곳이 한국인가 할 정도로 이국적인 정취가 물씬 풍겨났다.

의료선교박물관으로 쓰이고 있는 현관은 제중원(1899)을 전신으로 한 대구 동산병원의 구관 중앙 입구란다. 동산병원 2대 플랫쳐 원장이 1931년에 신축하여 등록문화재 제15호(2002. 5. 31.)로 지정되어 있단다. 동산병원은 대구 최초의 서양의학병원으로 태평양 전쟁 중인 1941년에는 경찰병원으로, 1950년 6·25 때도 국립경찰병원으로 사용되었다 한다. 역사는 건물이 말해준다고 했듯 남아있는 건물들을 보며 그 날들을 생각하고 기억을 더듬어 보게 하는 것 같다.

그러나 내게는 그런 곳에 대한 관심보다 청라언덕이 나오는 노래 〈동무생각〉의 사연이 더 궁금했다. 청라언덕의 유래와 동무생각의 가사가 새겨진 노래비 앞에 선다. 이 노래의 원래 제목은 '사우(思友)'였다고 한다. 이은상 선생이 시를 썼고 박태준 선생이 곡을 붙였다고 한다.

이곳 대구출신인 작곡가 박태준 선생은 마산 창신학교 음악교사 시절에 선배인 노산 이은상 선생과 같이 근무했다고 한다. 그때 자신이 대구 계성학교를 다니던 때 청라언덕을 넘어 자신의 집 앞을 지나다니던 신명여고 한 여학생을 사랑하게 되었는데 그걸 잊지 못한다는 이야기를 하자 이은상 선생이 그 내용을 「사우思友」라는 시로 써주었고 그것을 박태준 선생이 곡을 붙여 노래로 만들었다 한다.

등하굣길에 먼발치로만 바라보았던 그 여학생을 사모하면서도 내성적인 그는 말도 한 번 붙여보지 못하고 말았다는 첫사랑 이야기를 생각하면서 아무 감정도 없이 그냥 노래만 좋다고 불렀던 나를 생각하니 괜히 미안한 마음에 얼굴이 붉어진다.

부러 시간에 맞춰 그 여학생을 기다리고 그렇게 한 번 얼굴을 보는 것으로 하루를 시작하고 또 하교 때 역시 그렇게 그녀를 한 번 더 보는 것으로 하루를 마감하던 박태준 선생의 젊은 날 두근대는 가슴의 소리가 노래비의 가사를 읽어가는 동안 내 가슴의 고동처럼 점점 더 커지는 소리로 들려왔다. 그 이야기는 2012년 창작오페라 〈청라언덕〉으로 제작되어 대구국제오페라축

제 무대에도 올려졌다고 하지만 내게는 그만한 나이 때 그런 감정이 있었나 싶은 것을 보면 작가라는 이름에 부끄럽기도 하다.

의료선교박물관 말고도 선교사 챔니스의 주택과 선교사 스윗즈 주택을 보면서 1910년경에 지어진 서양식 건물이지만 1907년 대구읍성 철거 때 가져온 안산암의 성돌로 기초를 만들고 그 위에 빨간색 벽돌로 쌓았다는 기록을 보며 동서양이 그리고 과거와 현재가 어우러진 건물이란 생각도 해 본다. 그러고 보면 대구는 근대 기독교와 의학의 뿌리 도시라는 생각이 든다.

다시 계단을 내려오며 3·1운동의 역사적 사건들을 사진을 통해 둘러본다. 그분들의 사진 속 함성이 '너희는 지금 무엇을 하고 있느냐'고 책망을 하는 것만 같다. 100년 전 푸른 담쟁이들은 지금까지 살아있지 못하겠지만 그 '청라'라는 이름만은 이렇게 건재하며 오가는 사람들에게 대구의 어제와 오늘을 상기시키고 있지 않은가.

블레어 주택, 챔니스 주택, 스윗즈 주택, 붉은 벽돌의 주택에 기와지붕의 어울림, 우린 이렇게 사랑과 희생의 어울림 속에 사는 것 아닌가. '네가 내게서 피어날 적에 모든 슬픔이 사라진다' 어릴 적 부르던 노래의 의미가 이제야 깨달아지는 것 같다. 청라언덕은 그렇게 나를 자유케 하고 있었다.

나는 청라언덕을 바라보며 감사의 마음을 담아 다시 한 번 노래를 불러본다. '너를 위해 노래 노래 부른다' 청라언덕 위에 내 노래가 바람이 되고 햇살이 되어 언제까지고 남아있게.

최원현

수필가, 문학평론가, 한국수필창작문예원장. e-mail: nulsaem@hanmail.net

수필 인연

봄기운이 가득한 4월이다. 날마다 다른 꽃들이 얼굴을 드러내는 계절에 4천여 명에 가까운 수필인이 펼치는 수필의 날 행사를 함께 하기 위해 해마다 참석한다. 올해는 오랜 역사 문화도시로서 충효의 고장이자 학문을 중히 여기는 선비의 고장 대구이다.

다섯 대의 버스에 나눠 타고 함께 하지 못한 문우들 부러움 속에서 오랜만에 느끼는 자유로움이다. 도착하자 대구 문인협회 임원들이 각 버스에 탑승하여 반갑게 인사하며 안내한다. 내가 탄 차는 근대를 걷고 싶은 날 향촌 문학관으로 부회장의 자세한 안내로 대구의 첫 방문 했다. 전시 관람을 통해 일제의 식민통치와 6·25전쟁 시에 힘든 삶과 문학을 보았다. 우리 선조들의 생활과 그 시기 대구의 역사를 조금이라도 이해할 수 있었다.

행사 시간에 맞추어 대구문화예술회관에 서둘러 왔다. 운영위원장님의 개회인사 시작으로 내빈들 환영사로 진행되었다. 이어서 올해의 수필인 상을 상금과 함께 두 분이 받았다. 어찌하면 저런 상을 받을 수 있을까 많은 생각을 하게 된다. "인생의 발견과 깨달음의 꽃" 이라고 소감을 말했다. 또 한 분은 "우주의 미아가 되어 방황할 때 혼자인 듯 외로운 내면의 인생길에 수필이 마음에 등불"이었다고 했다. 인생길에 문학이란 길동무로 열심히 쓰다 보면 나에게도 행운이 오지 않을까 한다. 문학 활동을 통해서 다정하고 속 깊은 문우들과 온기 나누며 향기가 있는 삶은 호사이며 행복이다.

달빛이 창을 두드린다. 아침식사 전에 팔공산 갓바위에 가려고 새벽4시에 주위 사람 깨지 않도록 살금살금 일어나 밖으로 나왔다. 운이 좋게 팔공산 바로 밑에 숙소가 있다. 새벽이라 약간 겁은 났지만 운동도 하고 갓바위 부처님이 보고 싶었다. 가로등빛보다 별빛이 더 밝은 계단에서 심호흡을 한다. 인기척에 깜짝 놀랐다. 한 교실에서 수필을 통해 신앙과 믿음, 봉사로 적극적인 삶의 자세로 힘을 주시는 분이다. 행복하기 위해서 평생 수필 쓰기로 약속한 동아리 "계수나무"로 유명하신 분이다. 둘이서 같이 산에 오르기로 한다. 어두운 계단에 비추는 빛을 따라 응답으로 묵주기도를 한다. 무엇을 위해 기도하는가를 서로 묻지 않는다. 맑은 공기, 골짜기의 물소리, 달, 별이 함께 기도하여 준다. 많은 나무들도 덩달아 함께 한다.

가로등도 졸고 있다가 기도소리에 놀라서 더욱 환하게 비쳐준다. 한 시간 동안 말없이 기도만 하면서 갓바위 정상에 올라 왔다. 언제 올라 왔는지 많은 사람들이 부처님께 열심히 절을 하고 있다. 갓바위 부처님께 이곳에 올 수 있는 축복에 감사를 드린다. 이곳을 찾는 모든 사람들에게 소원을 꼭 들어 주십사 하며 내 소원과 함께 기도 하였다. 정상에서 바라보는 대구시내의 정경은 고요함을 즐기는 바람, 달, 별, 속삭임에 더욱 고즈넉하다.

현풍 곽씨 12정려각에 오니 화려한 철쭉이 먼저와 반겨준다. 유교 도덕의 기본이 되는 삼강을 지킨 곽씨 집안 12인을 기리는 정려비 이다. 영조 임금이 곽씨 일문에 포상 하였다고 한다. 한 집안에서 12명이나 되는 충신, 효자, 열녀, 정려각 앞에서 존경하는 마음으로 기념사진을 찍는다. 후손에서는 나오기를 희망하여 본다.

훤당 김굉필의 학문과 덕행을 추모하기 위하여 설립된 도동서원이다. 서원의 역사와 함께 해온 은행나무 400년의 위풍당당한 모습을 본다. 담장은 자연석을 정렬시킨 지대석 위에 자연막돌을 쌓았다. 암키와 수키와를 5단으로 줄 바르게 놓아 그사이에 진흙층을 쌓아 올렸다. 음양의 조화를 통해 생명력을 불어넣은 토담의 모습으로 보물 제350호로 지정되었다. 우주만물은 생명력이 없는 것에도 음양이 조화롭게 이루면 아름다운가 보다. 조상의 혜한에 다시 한 번 고개를 숙인다.

낙동강과 금호강을 연결하는 하천 교통의 요지 사문진 나루터이다. 강에서 불어오는 바람이 살갗을 쓰다듬고 산자락에서 내려오는 바람 골 소리가 가슴을 두드린다. 햇살과 초록 나무숲이 공조한 풍경이다. 처음으로 피아노가 들어왔던 곳이기도 하다. 어설프게 포장되어 인부 30여 명에 의하여 달구지에 옮겨지고 있을 때 일이다. 사람들은 나무토막 안에 죽은 귀신이 들어있어 괴상한 소리를 낸다며 '귀신통' 이라고 했단다. 이곳에서 먹는 도시락은 일품이다. 배춧국, 구운 생선, 불고기 등이 다양하게 어우러져 푸짐한 임금님 수라상 같다. 꿈결 피아노 소리에 맞추어 차를 마신다. 정다운 문우들과 시간

가는 줄 모르는 나루터의 정경이 한 폭의 동양화를 연상케 한다.

여행은 만남이다. 사람의 만남, 음식·문화와 살아 있는 역사와의 만남, 국가발전의 진기한 건축물과의 만남 여러 종류의 새로운 만남이 여행자를 즐겁게 한다. 역사가 하루아침에 이루어지는 것이 아니듯이 자연도 인간사도 단순한 것이 아니다. 만나고 헤어지고 억겁 전생부터 인연의 고리가 이어져 있음이다. 내 작은 가슴 안에 수필로 맺어진 귀한 만남의 축복이 오래오래 이어지길 갈망한다.

하택례
『한국수필』 등단. 『착각의 시학』 시 등단. 저서: 시집 『별빛으로 만난 행복』, 공저 『수필의 향기』. 수상: 계간문예 문학상

대구의 문학 로드

홍억선 ●

　혹시, 개인적으로나 단체에서 하루 정도의 일정으로 대구를 찾아 문학탐방을 한다면 먼저 반월당이라는 곳을 알아둘 필요가 있다. 반월당은 대구의 한복판이다. 동서대로와 남북대로가 교차하는 교통의 중심지이고, 젊은이들로 거리가 출렁이는 문화의 요충지다. 특히나 지하철 1호선과 2호선이 교차하는 반월당역이 있어 외지 어디서나 접근이 쉽다.

　물론 대구에는 영산 팔공산과 비슬산이 앞뒤로 자리 잡고 있고, 그 속에 역사문화의 자취가 곳곳에 포진해 있어 듣고 보고 할 곳이 헤아릴 수 없이 넘쳐난다. 하지만 적어도 문학과 관련해서 둘러보아야 할 곳은 반월당을 중심으로 반경 1킬로 안에 다 들어있다 해도 과언이 아니다.

　먼저 반월당에서 북쪽으로 중앙통을 따라 7백여 미터 걸어가거나, 지하철로 한 코스인 중앙역(대구지하철 참사로 알려진 역)에 내리면 향촌동이라는 골목이 나오고 바로 입구에 대구문학관이 서 있다. 1, 2층에는 향촌문화관이 있고 3, 4층에는 대구문학관이 있어서 대구지역의 근현대 문화예술을 동시에 접해 볼 수 있다. 대구문학관 옆에는 대구근대역사관과 경상감영공원이 있어 잠시 걸음을 멈추고 쉬어갈 수 있다.

다시 반월당에서 큰길을 따라 서쪽으로 400여 미터 걸어가면 민족시인 이상화 고택이 아담하게 자리잡고 있다. 그 옆에는 나라의 빚을 갚자고 국채보상운동을 벌인 서상돈 고택이 울타리 없이 한 자리에 있다. 이상화 고택은 계산성당과 붙어 있고, 계산성당은 매일신문과 붙어 있다. 매일신문사 앞 큰길을 건너면 바로 삼일운동 만세길로 접어든다. 동산병원으로 올라가는 샛길 그 언덕 끝에 청라언덕이 있다.

대구 계성학교를 다니던 작곡가 박태준이 언덕 아래 있던 신명여고 학생을 청라언덕에서 자주 만났고, 그 추억을 잊지 못해 후에 곡을 쓰고 이은상이 가사를 붙인 노래가 '봄에 교향악이 울려 퍼지던 청라언덕 위에 백합 필 적에'라는 〈동무생각〉이다.

청라언덕에는 눈에 띄는 서양가옥 세 채가 있다. 선교사 스윗즈, 챔니스, 블레어 주택으로 모두 대구 유형문화재로 지정되어 있다. 이 집의 주인은 대구에 초기 기독교를 전파하기 위해 미국에서 온 미국인들로서 현재 선교박물관, 의료박물관, 교육역사박물관으로 볼거리를 제공하고 있다.

반월당에서 남쪽으로 대구초등학교 담길을 따라 400여 미터 가면 대구향교와 한국수필문학관이 마주보고 서 있다. 우리나라에서 처음으로 건립된 한국수필문학관에서는 전국 각지의 수필동인지 200여 종과 문학장르는 물론 문화예술 전반에 걸쳐 각종 잡지 창간호 1,000여 권이 전시되어 있다. 대구향교는 가히 영남유교문화의 본산이라고 할 만 하여 지금도 매주 천여 명

이상이 참여하는 한학, 서양학, 예절 다도 교육프로그램이 진행되고 있다.

반월당에서 동쪽으로 1킬로미터 걸어가거나 지하철로 한 코스 경대병원역에 내리면 방천시장 들머리가 나온다. 동쪽 끝에 김광석거리가 조성되어 있어서 평일은 물론 주말마다 인파들이 숲을 이룬다.

지난 4월, 대구에서 수필의 날이 개최되어 전국의 반가운 얼굴들을 만나 뵈었다. 주최 측에서 세심하게 배려하여 대구의 명승지를 보여드리려고 애를 썼으나 코스별로 나누어져 혹시나 아쉬워하는 분들을 위해 간략히 대구의 문학 로드를 적어보았다.

다시 한 번 코스를 정리해 본다면, '대구문학관과 향촌문화관' → '이상화 · 서상돈 고택', '청라언덕' → '한국수필문학관', '대구향교' → '김광석 거리' 로 잡아보면 적당할 것 같다. 이들을 잇는 거리는 대략 8킬로미터이고, 시간은 5시간 정도 소요된다고 보면 될 것 같다. 다만 반월당 중심으로 하는 문학 투어 거리가 대구의 구도심이라 주차공간이 불편하다는 것을 참고로 부기한다. 각지의 문인들께서 문학의 도시 대구의 왕림을 환영하고 기다린다.

홍억선
대구수필가협회 회장(역), 현 계간『수필세계』 주간, 대구문인협회 부회장, 한국수필문학관장, 진량중학교 교장. 저서: 수필집『꽃그늘에 숨어 얼굴을 붉히다』

제17회 수필세미나

대구 전시문단 형성과 대구의 문학

손숙희

대구 전시문단 형성과 대구의 문학

손숙희

I. 들어가며

역사를 되돌아보는 것은 미래로 나아가는 이정표를 점검하는 일이다. 문학은 그 시대의 갈등과 고뇌를 반영하고 있으며 사회상을 재현함으로써 미래를 향한 이정표에 깃발이 되어준다. 1950년에 일어난 한국전쟁은 20세기 한국사에서 가장 비극적인 사건이며 불행한 민족사로 남았다. 그 상흔의 더미 위에서도 문학은 꽃을 피웠고, 창조의 역사는 이어졌다.

전쟁이 발발한 후 대구지역은 낙동강 전선의 구심점이 되었다. 남으로 향한 피란민들이 대거 유입되었고, 남한 최후의 방어선이었던 낙동강 전선의 사수를 위해 문총구국대에서는 종군작가단을 대규모로 파견하였다. 대구에는 공군본부와 육군본부, UN군 사령부가 진주하여 있었고, 육군·공군·해군 종군작가단의 활동 무대가 되어 사회 문화적으로 서울 문화권의 영향을 급속히 받게 되었다. 지역의 문단은 문총 산하 종군작가단과 피란문인, 대구문단의 합류로 한국문단의 중심에서 전시문단이라는 특수한 지형을 형성하고 활기를 띠며 움직였다. 불과 몇 년 간이었으나 작가들이 만나고 담론하며 활동하던 장소는 대구문학사에서 문학적 성과를 이루는 데 크게 기여했던 공간이었다.

　50년대 대구문단의 수필문학은 독자적 범주가 확보되지 않은 상태였다. 종군작가들의 전선르포, 전황기사, 전쟁 시론, 문인 예술인 학자들이 여기로 쓴 수필이나 신변잡기류의 글, 문예지에서 장르별 구색을 맞추기 위해 싣는 몇 편의 수필이었기에 본격수필의 성향을 지닌 작품과는 거리가 있었다. 더러는 시대상과 풍속, 고유문화의 가치를 여과시켜 고전의 향기를 수필문학으로 승화시킨 작가들도 있으나 대구의 수필문단을 개척한 것은 60년대 이후의 일이다.

　1950년대에 『목근통신』을 대구에서 발표한 김소운, 종군작가 전숙희, 영문학자이자 수필가인 한흑구, 미술사학자이자 화가인 근원 김용준(월북), 경북수필 창간동인 김시헌 등의 수필가들은 대구지역 수필문단의 태동과 관련해서 어떤 의미를 지니고 있는가에 대하여 살펴볼 것이다. 그리고 광복 전후 대구문단의 구심점이 된 문인들, 1950년대 대구지역 전시문학의 지형도, 대구지역 수필문학의 태동에 영향을 미친 작가들, 50년대 대구에서 발간된 문학 관련 출판물 등 전체적으로 전시문학이 대구문단에 끼친 영향과 작가들의 궤적을 좇아 시대가 준 문학사적 가치를 되새겨 보려고 한다.

Ⅱ. 대구문단에 씨 뿌린 사람들

　일제의 암흑기를 지나오는 동안 대구문단은 저항정신, 독립을 향한 몸부림을 문학으로 승화시키려 한 작가들로 우뚝하다. 이상화, 현진건, 고월 이장희, 이육사, 이응창, 백기만, 이윤수 등은 대구 지역 문단에 문학의 씨를 뿌린 선구자들이다. 전쟁과 피란을 통해 중앙문단의 지역 이동으로 인적 교류와 흡수는 대구문단의 특수한 문학환경이 되었다. 이러한 상황에서 대구문학의 뿌리가 되는 선각자들은 한국의 문학사에서 시대를 잇는 종적인 연결고리가 되었다. 근·현대 대구문단에 문학의 모태였다고 할 수 있는 선구자 반열의 문인들을 먼저 새겨두고자 한다.

(1) 빙허 현진건(憑虛 玄鎭健, 1900 ~ 1943)

1917년 일본 세이조중학成城中學을 졸업하고, 중국 상하이 후장대학滬江大學 독일어 전문부에 입학했으나 학업을 마치지 못한 채 1919년에 귀국했다. 1920년 조선일보사에 입사하였고, 1922년 홍사용, 박종화, 나도향, 박영희, 이상화 등과 〈백조〉 동인이다. 일장기말소사건으로 옥고를 치르고, 1943년에 결핵으로 작고했다. 염상섭과 함께 사실주의의 기틀을 다진 작가로, 김동인과 더불어 한국 근대 단편소설의 선구자로 평가받는다.

(2) 고월 이장희(古月 李章熙, 1900 ~ 1929)

대구보통학교와 일본 교토중학을 졸업했다. 「봄은 고양이로다」는 그의 대표작이다. 섬세한 감각으로 상징적 수법의 모더니즘적 시를 써 김기림 정지용과 함께 문단의 큰 주목을 받았다. 〈금성〉 동인이며 동인인 양주동, 유엽, 백기만 등과 김영진, 오상순, 이상화, 현진건 등과 교유하였다.

(3) 상화 이상화(尙火 李相和, 1901 ~ 1943)

경성중앙학교를 수료하였고, 대구학생운동에 참여하여 백기만과 함께 거사하려다 사전에 발각, 서울에 피신했다. 〈백조〉 동인으로 활동, 1922년

도쿄 아테네 프랑세에서 공부하다 관동대지진으로 귀국했다. 〈빼앗긴 들에도 봄은 오는가〉(1926,개벽 70호)를 발표하여 '개벽'은 판매금지처분 당했다.

(4) 목우 백기만(牧牛 白基萬, 1902 ~ 1967)

대구보통학교를 거쳐 와세다대학에서 공부했다. 산문 형식의 시를 많이 썼는데 신선한 감각과 신비한 감성이 두드러진다. 3 · 1운동 때 상화와 함께 대구에서 학생운동을 주도하다가 투옥되었고, 양주동, 이장희, 손진태, 유엽 등과 동인지 〈금성〉을 발행하였다. 이상화 · 이장희의 시를 정리하여 『상화와 고월』(1951), 작고 예술가들의 평전인 『씨 뿌린 사람들』(1959)을 간행했다. '57년 경북문학회협회를 창립하고 회장을 지냈다.

(5) 창주 이응창(滄洲 李應昌, 1906 ~ 1973)

아동문학가로 독립투사인 李始榮 선생의 외아들이다. 경성사범학교 졸업(1926) 후 1929년 동요집 『석양 잠자리』를 출간했다. 《竹筍》동인으로 본격 시작활동을 하였으며 6 · 25 이후 원화여자중고등학교를 설립하고 교장 취임, 1957년 3월에는 대구아동문학회를 조직, 서거할 때까지 16년간을 이끌었다. 창주아동문학상을 제정하였다.

(6) 육사 이원록(陸史 李源綠, 1904 ~ 1944)

안동 출생의 시인이다. 대구 교남학교에서 수학하였으며 일본대학 문과, 북경대학 사회학과에 유학하였다. 1925년 독립운동단체 의열단에서 활동하였고, 1927년 조선은행 대구지점 폭파 사건에 연루되어 대구형무소에서 옥고를 치르기도 했다. 1937년 신석초, 윤곤강, 김광균 등과 『자오선』을 발간하여 「청포도」, 「교목」, 「파초」 등의 상징적이면서도 서정이 풍부한 목가풍의 시를 발표했다. 「광야」와 「절정」등은 강렬한 저항시의 걸작이다.

그 외 1939년《문장(文章)》추천으로 시단詩壇에 나온 청록파의 조지훈趙芝薰은 영양 출신이고 박목월朴木月은 경주, 소설가 김동리도 경주 출신이며, 김남조는 대구출신 시인, 수필가이자 학자이다. 박목월은 1945년 이후 잠시 대구계성중학교 국어교사로 재임하였다. 그 외에도 많은 대구의 선진 문인들이 한국문단의 거목으로 자리하며, 대구문화의 긍지로 대표된다.

Ⅲ. 한국전쟁과 전시문단

해방 후 1947년 결성된 〈전국문화단체총연합회〉에는 민족정신과 문화 독자성 옹호 등을 강령으로 하여 33개 문화단체들이 결성하였다. 약칭하여 '문총'으로 불린다. 조지훈, 구상, 서정주, 이한직, 박목월, 김송, 임긍재, 박화목, 이정호, 서정태, 조흔파, 김윤성 등이 참여했다.

문총구국대는 전선이 남하하면서 대구를 중심으로 지방의 문인들과 제휴, 본격적인 활동을 시작했다. 당시 육군본부와 UN군 사령부가 대구에 진주하고 있었고, 육군, 공군, 해군 종군작가단이 대구에 터를 잡고 있었다.

육군종군작가단 단장은 최상덕, 부단장은 구상, 김송이 맡았고, 정비석, 방영준, 장덕조, 최태웅, 조영암, 양명문, 박인환 등과 작곡가 김동진 등이 가담했다. 공군종군문인단은 '창공구락부'라고도 했는데, 단장은 마해송, 부단장은 조지훈, 사무국장은 최인욱이 맡았고, 최정희, 박두진, 박목월, 유주현,

김동리, 황순원, 전숙희, 김윤성 등이 참가했다. 염상섭, 이무영, 박계주, 박연희, 윤금숙, 안수길 등은 해군종군작가단을 구성해 활동했다.

1.4 후퇴 당시 오상순, 김팔봉, 마해송, 조지훈, 박두진, 구상, 최정희, 최상덕, 전숙희, 최태응, 정비석, 양명문, 최인욱, 장만영, 김이석, 김윤성, 이상로, 유주현, 김종삼, 성기원, 이덕진, 방기환 등의 문인과 작곡가 김동진, 화가 이중섭 등 한국을 대표하는 작가들이 대구에 유입되었다.

1. 전시문단의 형성과 작가들

(1) 대구문총구국대(大邱文總救國隊)

문총경북구국대는 이효상 대장을 중심으로, 김사엽, 이윤수, 김진태, 최계복, 강영기, 김영달, 조상원, 백락종, 유기영, 이호우, 김동사, 최해룡, 박양균, 신동집 등이 활동했다.

'戰線詩帖'(전선시첩)에는 서정주의 '일선행 차중에서' 등 두 편, 조지훈의 '맹세' 등 세 편, 박목월의 '시장거리에서' 등 두 편, 구상의 '불덩이를 안고', 이효상의 '조국', 이윤수의 '전우', 이호우의 '지옥도 오히려', 김윤성의 '젊은 가슴이여!', 박화목의 '포문 열리다' 등의 시가 실렸다.

(2) 구상 구상준(具常, 具常浚, 1919~2004)

본적은 경북 칠곡, 서울 출생이다. 1923년 아버지를 따라 원산 근교로 이주 후 원산 덕원 성베네딕도 수도원 부설 신학교 중등과 수료, 1941년 일본대학 전문부 종교과를 졸업했다. 시집『응향』으로 필화사건을 겪고 월남을 선택했던 구상은 한국전쟁 때 정훈국으로 옮겨와 『승리』(국방부 기관지 『승리일보』의 전신)를 제작하였다. 영남일보 주필, 매일신문 상임고문, 효성여대, 서울대 등 교수를 역임하였다. 『구상시집』, 사회평론집 『민주고발』 등이 있다.

(3) 상고예술학원

대구 출신의 문우文友였던 상화와 고월의 호에서 한 자씩을 딴 '상고예술학원'이 1951. 10월 교남학교 건물에 설립되었다. 당대 최고의 교수진을 갖춘 국내 최초의 본격적인 예술학원이었다. 이 학원에는 무려 90명의 예술가가 발기인으로 참여했다. 소설가 박종화, 김기진, 김말봉, 김동리, 장덕조, 최정희, 정비석, 최상덕, 최인욱, 박영준, 김영수가 있고, 시인 이은상, 오상순, 유치환, 구상, 조지훈, 박목월, 박두진, 양명문, 김달진, 박귀송이 뜻을 함께 했다. 국문학자 양주동, 이숭녕, 평론가 최재서, 아동문학가 마해송, 극작가 유치진, 연극인 이해랑, 수필가 전숙희, 음악가 김동진, 김성태 등 문학을 넘어 여러 예술 분야의 인사도 참여했다. 대구의 문화예술인 가운데는 시인 백기만, 이효상, 이호우, 이설주, 이윤수와 소설가 김동사, 국문학자 김사엽, 왕학수, 화가 서동진, 박명조, 그 외 대구의 유지들도 참여했다.

학원은 개교 후 2년 반을 채 넘기지 못하고 사실상 폐교되었다. 경영상의 적자, 1953년 휴전회담이 진전되면서 다시 서울로 돌아가는 문인과 학생이 속출하면서 설립 당시의 열정이 식어버린 것이 이유였다. 학원은 사라졌지만 소설가 김동리 등이 중심이 된 '서라벌예술대학'이나 극작가 유치진이 세운 '서울예술전문학교' 등으로 뜻이 이어졌다.

(4) 죽순(竹筍)과 석우 이윤수(石牛 李潤守, 1914~1997)

대구 출생이며 1936 「일본시단」으로 등단, 와세다대학을 졸업하였다.

해방 후 최초의 시동인지 ≪죽순≫은 석우 이윤수에 의해 1946년 5월 창간되었다. 박목월, 이호우, 이영도, 김동사 등 17명의 시를 실었다. 죽순은 해방 후 최초의 시전문지로서 그 역할을 다했다.

일생을 향토 문화발전에 공헌하신 분으로 상화백일장과 상화시인상을 주도하였다. 『인간온실』, 『별이 된 단풍잎』 등의 시집이 있으며 1984년에는 『전선시첩 1,2,3』 합본집을 내어 놓기도 했다.

2. 전시 문학 관련 출판 동향

전쟁 시 대구에는 3군 종군작가단의 활동으로 『전선문학』, 『전선시첩』, 『전시문학독본』, 『창공』 같은 전시매체들이 속속 발간되었다. 시, 소설, 수필, 평전, 문예잡지들이 줄을 이어 출간되어 출판가도 아울러 활기를 띠게 되었다. 그 당시 출판된 문예지와 문학관련 출판물들을 정리해 보면

(1) 전시문학 부문에 영향을 미친 잡지들 : 시문학 3호, 도정월보 2호, 공군순보 16, 전선문학, 한국공론 3호, 소년세계, 신태양, 학원, 시와 시론 제1집, 창공 3집, 창조다이제스트, 남십자성 등

(2) 전시 대구에서 발간 시 전문지 : 전선시첩 1, 2, 조국의 노래, 풍랑, 시집 구상, 바다, 상화와 고월, 호롱, 미륵, 낙화집, 풀잎단장, 두고온 지표, 한국시집 상, 용사의 무덤, 유수곡, 이등병, 신애보 등

(3) 시집 외에 대구지역 발간 문학 관련 출판물 : 중국유기, 전시문학독본,

장미의 계절 3판, 목근통신, 복수, 사랑의 이력, 색지풍경, 여성전선, 사변과 우리의 각오, 민주고발 등

(4) 휴전 이후 대구지역 발간 시집 : 오도, 1953년 연간시집, 현대시인선집(상·하), 인생, 1954 연간시집, 규포시초, 체중, 청마시집, 순이의 가족, 한국애정명시선, 물오리, 경북학도시집『보내는 가슴』, 초토의 시, 애가, 꽃과 철조망, 담향, 날이 갈수록, 시림, 잃어버린 체온, 동화동시집『꽃과 언덕』2호 등

(5) 휴전 이후 대구지역에서 발간된 문학잡지, 소설, 수필집 : 귀환, 인생춘추, 경대학보1집, 예술집단, 들장미, 경북애향, 시와 비평, 문학계, 춘근집, 씨 뿌린 사람들-경북 작고예술가 평전 등.

3. 1950 ~ 1960년대 대구지역의 문학 동인지

종군문인들과 피란문인들, 향토문인들로 '전시문단'이 형성되자 문학에의 관심은 학생들의 동인활동으로 불붙기 시작하였다. 대학에서는 '삽짝문' '수천'이, 고등학교에서는 '칡넝쿨' '소라' '백지' '향림' '자화상들' '독도' '시그날' '포물선' '여백'으로 이어졌고, 70년대에 '회귀선' '백야' 80년대에는 '흐름' '돌을' '창가' 등으로 이어져 문학의 저변을 두텁게 하였다.

문단에 등단한 기성문인과 문학 동호인들의 주도하에서 성인들도 본격적으로 문학 동인활동을 시작하였다. 광복 후 가장 오랜 역사를 지닌 문학동인 '죽순'(1946)을 비롯하여 대구아동문학회(1957)의 '대구아동문학', 영남시조문학회(1965)의 '낙강', 경북수필문학동인회(1968)의 '수필문학'

이 창간되었다.

뒤를 이어 70년대~80년대에는 문학동인 단체의 창립과 동인지가 줄을 이어 탄생하였으며, 장르별 문학수업과 발표작에 대한 합평회도 규칙적으로 이루어져 대구문단은 성장기를 맞이한다. 50년대에 학생문예 동인회에서 활동하던 문청학도에서 기성작가로 등단하여 한국문단의 중심에서 활동하거나 후학을 가르치는 작가들도 있고, 학생문예의 지도교사로 활동했던 분들의 제자들이 세대를 넘어와 한국문단에서 활발하게 활동하기도 한다. 1990년대 이후 수적으로 팽창한 대구문단은 대구문협 산하 문학단체가 마흔을 넘으며 문예 창작교실을 운영하는 단체나 개인교실도 급격히 늘어나고 있다. 문학에의 열정과 문단의 문화가 조화를 이루면서 문학의 지평을 넓혀가는 현실을 전시문단의 역사가 남긴 후광이라 평가하고 있다.

4. 대구의 여성 작가들

(1) 백신애(소설가 1908. 5. 19.~1939. 6. 25) 경북 영천 출생으로 니혼대학교를 졸업했다. 불꽃같은 저항의 삶을 살며 1930년 조선일보에 신춘문예에 자전적 소설 '나의 어머니'가 당선됨으로써 사상 첫 여성 당선자가 되었다.

(2) 장덕조 (소설가 1914~2003) 경북 경산 출생으로 경북여기자 1호이자 종군작가로 낙동강 전선을 취재했고, 휴전협정을 취재한 유일한 여기자였다. 장편 역사소설을 많이 집필하였다. 영남일보 논설위원, 문화부장, 매일신문 문화부장, 조선일보 기자로 활동을 하였다.

(3) 이영도 (시조시인 1916~1976) 경북 청도 출생으로 죽순 창간호에 시조 '제야'로 등단하여 현대시조사에 이름을 남겼다. 1954년 첫 시조집『청저집靑苧集』, 1958년 수필집『춘근집春芹集』, 시조집『석류』, 수필집『비둘기 내리는 뜨락』,『머나먼 사념의 길목』 등을 출간하였다.

한국전쟁 시 피란으로 대구에서 종군작가로 활동한 최정희(소설), 전숙희(수필)와 향토 출신 서정희(시), 장덕조(소설), 이영도(시조)는 전시 대구 문단을 함께 했던 대표적 여류작가들이다. 최정희는 김유영과 결혼했으나 남편과 사별, 다시 만난 남편 김동환이 전쟁 시 납북되자 공군종군작가단 창공구락부에서 활동했다. 대구의 피란 시절을 회고한『회상록』이라는 실명소설을 발표하여 당시 향촌동의 문화를 전해준다.

IV. 대구의 수필문단을 일깨운 작가들

50년대의 대구문단은 종군작가단이 지역의 문인들과 합류함으로써 새로운 지형이 형성되고 생동감이 일었다. 그러나 대구·경북 근현대문인 편에 수필 영역에서 활동한 작가는 드물다. 전선문학이나 문예지 등의 수필란에 선정된 작품들도 시인, 소설가, 학자, 문화 예술계에서 활동하는 명사들의 체험 기록과 시대상에 대한 소고, 신변잡기들로서 오늘의 본격수필로서의 문학성을 갖춘 글은 드물었다.

다행히 그 상황 속에서도 수필의 본질에 충실한 작품집 발간과 수필문학의 고전으로 자리매김한 수필로 한국문학사에 확고하게 자리매김한 작가들도 있다. 이 분들이 발표한 작품들은 수필의 전문성에 대한 인식과 문학

장르로서의 위상을 자리매김하는 데 큰 역할을 하였다고 할 수 있다. 일제 압제하의 민족적 정서나 전쟁이라는 극한의 상황에서 겪었던 체험들을 다양한 각도에서 의미화하고 가치를 찾아 문학성을 획득한 결실이었다. 대구 문단에 수필문학 태동에 영향력을 미쳤던 작가와 수필의 작법에 관한 이론 정립을 시도한 작가, 문학도에게 수필 세계의 신선한 바람을 일으킨 대표적 작가들을 탐색해 본다.

1. 대구 수필문학의 태동에 영향을 미친 작가들

(1) 소운 김소운(巢雲 金素雲 1907 ～ 1981)

한국문학사에 현대의 수필을 대표하는 수필가 중 한 사람으로 꼽히는 부산 출신의 김소운은 대구를 찾아 이상화 시비건립을 제안하여 이윤수 시인을 비롯한 죽순 동인들과 한국 최초의 문학비인 상화 시비를 세우는 등 지역 문인들과 친분을 갖고 교유했다. 그는 해방 후 부산의《대한신문》에 연재했던 수필을 묶어 대구 북성로의 영웅출판사에서 수필집『목근통신木槿通信』(1951)을 발간하였다. 일본에서 오랜 세월을 보낸 경험을 바탕으로 쓴 서간수필이다. 이 수필은 국내는 물론 일본에까지 번역되어 크게 주목 받았다.

첫 수필집『마이동풍첩馬耳東風帖』(1952)을 낸 뒤부터 ·『삼오당잡필三誤堂雜筆』(1955) 등 8권의 수필집과『은수삼십년恩讐三十年』(1954) 등 3권의 일문日文으로 된 수필집을 내기도 했다. 1978년에는『김소운수필전집』전5권이 간행되었다. 그의 수필은 유려한 필치로 사회와 인생의 문제를 다각적으로 분석하는 것을 특징으로 하고 있다.

(2) 흑구 한세광(黑鷗 韓世光 1909~1979)

수필가. 문학 평론가. 번역문학가. 평양출생이며 1929년 도미하여 시카고의 노스파크대학에서 영문학을, 템플대학에서 신문학을 전공하였다. 광복 후 1945년 월남하여 수필창작에 주력하면서 1948년 서울에서 포항으로 거처를 옮겨 포항수산대학 교수로 재직하였다. 미국문학 및 작가론에 대한 평론을 다수 발표하였는데, 특히《동광》·《개벽開闢》등에 흑인시를 최초로 번역, 소개하였다. 저서로《현대미국시선現代美國詩選》을 편역하여 1949년 선문사宣文社에서 출간하였다

그의 수필은 서정적인 문장과 산문시적 구성으로 아름다움의 진실을 추구하고 있으며, 생명의 존엄성과 다른 생명체와 동등한 존재인 인간의 겸손에 관심을 표명하였다. 시적 구성의 아름다움과 작품에 일관하는 인생에의 관조는 한국수필이 문학의 본령으로 자리를 굳히는 데 크게 기여하였다.

(3) 근원 김용준(近園 金瑢俊1904~1967)

『근원수필』의 작가로 알려진 김용준은 경북 선산에서 출생하였고, 문·사·철文史哲을 겸비한 화가이자 미술평론가, 미술사학자였다. 동경미술학교를 졸업하고 서울대학교 미술대 교수로 재직하였는데 서울수복 당시 월북하였다.

소설가이자《문장》지의 주간이었던 이태준李泰俊과 정지용의 절친으로 문장지의 표지화를 그리기도 하였다. '48년《학풍學風》에 수필을 기고하며

표지화를 그렸고, 6월에는 『근원수필』(을유문화사)을 출간하였다. 「노시산방기」, 「두꺼비 연적을 산 이야기」, 「매화」, 「게」 등 향기 가득한 수필을 담고 있다.

(4) 전숙희 (田淑禧 1919 ~ 2010)

원산 출생이며 1938년 이화여전 문과를 졸업했다. 전시 대구에 내려와 공군 종군작가단에서 활동하였다. 1939년 10월에 소설 「시골로 가는 노파」를 《여성》에 발표하면서 등단했다. 광복 후 수필 집필에 전념했다. 섬세하고 다정다감한 여성의 심리를 군더더기 없는 조촐한 필치로 그려내는 것이 그의 수필의 특징인데, 1954년 첫 수필집 『탕자의 변』을 출간한 이래, 『이국의 정서』(1957), 『삶은 즐거워라』(1972), 『나직한 말소리로』(1973), 『영혼의 뜨락에 내리는 비』(1980), 『가진 것은 없어도』(1982), 『당신은 특별한 사람』(2002) 등 10여 권의 수필집을 냈다.

(5) 김시헌(金時憲 1925 ~ 2014)

경북 안동 임하 태생으로 1966년 현대문학에 「사담」을 발표하면서 문단에 나왔으며, 1968년 경북수필문학회 창립 동인으로 동인지 《수필문학》 창간, 3인수필집 『산문산책』, 5인 수필집 『인생의 묘미』를 발간하였으며, 수필집 『멋을 아는 사람』, 범우에세이선 113 『두만강 푸른 물에』, 『산문산책』, 『해질 무렵』 등이 있다.

(6) 소목 김규련(素木 金奎鍊 1929 ~ 2015)

경남 하동 출생. 1968년 《수필문학》에 작품 「강마을」을 발표하면서 수필가로 문단에 올랐다. 〈영남수필〉, 〈수필문우회〉 회원이었으며 수필집으로『강마을』,『거룩한 본능』,『종교보다 거룩하고 예술보다 아름다운』,『素木의 횡설수설』,『높고 낮은 목소리』,『귀로의 사색』,『흔적』등이 있다.

대구문단 최초의 수필문학 동인은 1968년에 결성된 경북수필문학회(현 영남수필문학회)이다. 동인지 〈수필문학〉(현 영남수필)은 그 이듬해에 발간되었고, 최근에 48호를 발간하였다. 수필가 김시헌은 창간의 주역이었으며 최정석(창립회장), 김진태, 장인문, 이원성, 임도순, 정혜옥, 김규련 등은 초기 동인들이다. 그 뒤를 이어 대구수필(1983, 신택환 창립회장), 안행수필(1983, 빈남수 창립회장) 형산수필(1984, 김규련 창립회장) 등 수필문학 단체가 창립되어 내려오고 있으며, 최근에 이르기까지 여러 동인 단체의 결성과 작품집 발간 및 수필작가들의 작품 활동이 활발하게 이루어지고 있다. 2000년 이후에는 수필 창작 강좌의 지도자와 수강생도 급격히 늘어나고 있으며, 각종 문예지와 일간지 신춘문예로 등단하는 수필작가의 수가 전국 최상위권에 있을 만큼 수필에 대한 열기가 높아 '수필의 도시'라는 평판을 듣고 있다.

V. 나가며

광복 직후에는 좌우익의 이념적 대립으로 문단은 조선문학가동맹과 한국문학총연합회로 나뉘어졌고, 사회주의 문학과 민족주의 문학 사이의 이념적 대립을 피할 수 없었다. 광복과 6.25 전쟁을 겪으며 이념 대립은 국토의 분단으로 양분되었고, 문총산하 작가들은 참전의 체험을 토대로 전쟁의 비극성과 민족에 대한 연민, 전후의 새로운 가치관과 인간상을 제시하는 등 시대상을 반영하게 되었다. 유치환의 '보병과 더불어' 조지훈의 '다부원에서' 구상의 '적군 묘지 앞에서' 등은 그 시대를 대표하는 작품들이다.

이렇듯 1950년대 대구문단은 한국전쟁이라는 특수한 환경 속에서 향토 문인들과 피란문인들, 종군작가단이 함께 문학의 새로운 지평을 열어간 공간이요 역사의 장이었다. 중앙 문단이 이루어 놓은 문학적 업적에 동참하게 되었고 세계적 문예사조를 접하면서 60년대를 열어갈 준비를 했던 소중한 기간이었다. 이후에도 한국문단의 중심에서 전후 대구문단의 2세대, 3세대들은 활발하게 활동하고 있다. 현재 대구문협 산하에는 마흔이 넘는 문학동인 단체의 1,100여 명 회원이 장르별 전문지를 정기적으로 발간하고 있으며, 창작교실 운영, 각종 세미나 개최, 문우합평회, 개인 수필집 발간 등 전문성 획득과 발전을 위해 정진하고 있다.

1950년대 대구의 수필문단은 문학의 한 장르로서 뚜렷하게 자리를 잡지 못했다. 수필 인구의 희소성도 있었지만 문단에서 문학의 독자적 장르로서의 전문성을 획득하지 못한 실정이었다. 한흑구, 김소운, 전숙희, 김용준(월북) 등 소수에 지나지 않지만 이 분들의 작품은 1960년 이후 대구의 수필문단이 태동하고 발전하는 데 범전의 역할을 했다고 할 만큼 영향력이 컸으며, 작품집은 오늘에도 수필인들의 지침서가 되고 수필문학의 고전으로 사랑 받는다.

1968년 〈경북수필동인회〉(현 영남수필)의 창립은 수필문학 동인으로는 전국 최초의 일로, 이후 대구지역의 수필문학 단체들이 연이어 창립하는 데

공헌하였다. 영남수필은 50년 가까운 역사를 이어오고 있다. 대구수필, 안행수필, 형산수필 등의 단체도 1980년대 초에 창립되어 35년의 역사를 이어오고 있으며, 2000년 초입부터는 여러 수필 동인 단체들이 자생하여 수필문단의 확장과 유능한 수필작가 양성, 배출에 기여하고 있다.

수필전문지 계간 『수필세계』(2004년)와 『수필미학』(2013년)이 창간되어 수필문학의 전문성 획득과 참신한 수필작가 발굴에 진력하고 있으며, 2015년에는 한국수필문학관이 국내에서는 처음으로 대구에 세워져 우리 수필문학의 역사적 자료들을 소장하게 되었다. 수필의 질적 향상과 양적 팽창을 동반한 성장이다.

전시에 한국문단의 중심에 있었던 대구문학이 전후 2세대, 3세대를 이어 문학적 성장과 도약으로 새로운 세기의 문예부흥기를 맞이하고 있다고 하겠다.

손숙희

경북 영덕 출생. 청주여자고등학교, 청주교육대학교 졸업. 1990년 『농민문학』 등단. 한국문협, 대구문협, 대구여성문협, 국제펜대구지회, 토벽 회원. 대구수필문학회 회장 역임. 대구수필가협 회장(현). 수상: 대구수필문학상. 저서: 수필집 『그 날 이후』

〈참고문헌〉

『향촌동 소야곡』 조향래, 2007

『예향의 도시, 문학을 말하다』 대구문화재단, 박용찬 편

『대구문단 인물사』 윤장근, 2010

『대구 · 경북 근대문인연구』 이강언 · 조두섭

『대구문단 이야기』 이수남, 2008

『포항문학』 24호, 2004년, 한흑구 특집편

『향토문학연구 창간호』 대구 · 경북 향토문학연구회, 1998

『죽순 50호』 2016

『대구의 문학인 』 대구문인협회편, 2007

『근원수필』 범우문고 070 김용준 편, 2013

〈정영진의 대구이야기〉 (매일신문)

〈황인찬 기자의 '삭막한 피란지서 싹 틔운 문학예술의 배움터'〉 (동아일보)

〈대구문학에 씨 뿌린 사람들〉 장호병 2015

[네이버 지식백과], [다음 백과사전]

손숙희

밖에서 본

대
구

제17회 수필의 날 기념

밖에서 본

대구

유혜자, 정목일, 지연희 외 지음

수필인의 수필집